Acordei apaixonado por VOCÊ

TAMMY LUCIANO

Acordei apaixonado por VOCÊ

valentina
Rio de Janeiro, 2019
1ª Edição

Copyright © 2019 by Tammy Luciano

CAPA
Marcela Nogueira

FOTOS DE CAPA
Unsplash e Freepick

DIAGRAMAÇÃO
Kátia Regina Silva | editoríârte

Impresso no Brasil
Printed in Brazil
2019

CIP-BRASIL. CATALOGAÇÃO NA PUBLICAÇÃO
SINDICATO NACIONAL DOS EDITORES DE LIVROS, RJ
VANESSA MAFRA XAVIER SALGADO – BIBLIOTECÁRIA – CRB-7/6644

L971a

Luciano, Tammy
    Acordei apaixonado por você / Tammy Luciano. – 1. ed. – Rio de Janeiro: Valentina, 2019.
264p. ; 23 cm.

ISBN 978-85-5889-094-6

1. Romance brasileiro. I. Título.

CDD: 869.3
CDU: 82-31(81)

19-59035

Todos os livros da Editora Valentina estão em conformidade com
o novo Acordo Ortográfico da Língua Portuguesa.

Todos os direitos desta edição reservados à

EDITORA VALENTINA
Rua Santa Clara 50/1107 – Copacabana
Rio de Janeiro – 22041-012
Tel/Fax: (21) 3208-8777
www.editoravalentina.com.br

*Para três garotos incríveis: meu pai, Luiz Luciano;
meu amor, Santiago Junior; e meu sobrinho, Daniel Luciano Hitchen.*

Sem a minha família, certamente este livro não faria sentido. Aos meus pais pela oportunidade de vida. A meu pai, Luiz, que, incansável, é presença fundamental na minha carreira. A minha irmã, Shelly, que se tornou uma mulher incrível, e a seu marido, Anthony Hitchen, que me deram de presente o sobrinho mais lindo do mundo, Daniel. O sorriso desse bebê torna mais feliz os meus dias de escrita. A meu marido, Santiago Junior, pela parceria, cumplicidade e por misturar seus sonhos aos meus cotidianamente.

A meu editor, Rafael Goldkorn, por mais essa oportunidade de publicar. A Rosemary Alves, pelo olhar experiente e talentoso, que fez o livro ganhar ainda mais vida. A Carina Derschun e a Renata Frade, minha gratidão por tudo que vamos fazer pelo livro nas redes sociais e na divulgação. A Vânia Figueiredo, que se tornou uma amiga na Editora Valentina. A Fernanda França, uma fada ao fazer a preparação do texto. Obrigada pela declaração na quarta capa.

Aos meus amigos e familiares, que sabem quem são e trazem leveza a essa rotina tão intensa de escrita. Nossas risadas e encontros estão nas entrelinhas deste livro. Um agradecimento especial à Chris Melo, que divide comigo os sentimentos de ser escritora e em vários momentos fortaleceu meu pensamento com suas palavras.

Meus leitores, sem vocês nada faria sentido. Minha gratidão é pública, diária, mas quero registrar aqui como cada leitor estimula para que eu siga em frente. Obrigada pelos presentes, palavras, abraços, emoções, sorrisos e mensagens que chegam ao longo do dia. Espero que gostem da confusão em que o Cafa se meteu e amem o final do livro! Amei escrever!

A Maria Eduarda e a Maria Theodora, minhas cachorrinhas parceiras que estão do meu lado enquanto escrevo.

A Deus, tão claro e presente nos meus dias. Obrigada por abrir os meus caminhos e me proteger.

"Se um dia tiver que escolher entre o mundo e o amor,
lembre-se: se escolher o mundo, ficará sem o amor;
mas, se escolher o amor, com ele você conquistará o mundo."

Albert Einstein

Um ano depois do episódio de Sonhei que Amava Você...

UM

Meu erro

Quem fica feliz em magoar pessoas? Acho que essa parte da minha vida explica bem quem sou. Aliás, nossos defeitos dizem mais sobre nós do que as qualidades. Podem ter certeza disso. Assim sendo, uma ótima maneira de se apresentar pode ser começando pelo seu pior. Esse sou eu... Mas, desde já, minhas sinceras desculpas.

Aquele dia foi inesquecível, não porque faço questão de me lembrar, mas porque a memória não me deixa esquecer e repassa sem cessar cada minuto. Não posso garantir, mas parece que a partir daquele dia a mudança aconteceu. Se fecho os olhos e penso, vejo naquele momento o ponto da virada, um evento que mudou tudo para outra direção, como uma onda forte que bagunça para depois arrumar, e impulsionou a minha vida adiante. Foi uma onda incontrolável. O fim do primeiro ato.

Uma pausa ofegante e uma observação: em alguns momentos, dar tudo errado pode ser o mais correto a acontecer.

Eu havia passado a tarde na praia com uma garota. Pegamos um sol, ela ficou me olhando, sorrindo, fotografando as minhas manobras no mar, e depois, quando o sol caiu, eu a deixei em casa. Bruna, uma gata. Uma deusa com quem algumas vezes eu saía. Tínhamos assuntos em comum, ela adorava falar sobre as suas viagens, de um jeito manso, e declaradamente não esperava nada de mim. A distância nos aproximava, mas também não trazia promessas. Encontros casuais, intercalados com dias sem sequer um telefonema. Beijos ardentes, sem profundidade. Nós dois sabíamos, nossa inexistente relação não passaria disso.

No começo da noite, a Karen me ligou, perguntando se me encontraria na festa do Gustavo. Eu havia esquecido completamente, mas respondi que sim, e marcamos de nos rever. Tínhamos ficado umas quatro vezes, em largos espaços de tempo, o que não concretizava nada além de ficantes esportivos, com bastante benefício para ambos. Ela sempre me procurava e eu nunca fugia do combate.

Cadu, meu irmão gêmeo e parceiro, se desculpou, mas não me acompanharia. Tinha marcado um cinema com a Lelê. Estavam loucos assistindo aos filmes indicados ao Oscar. Kira, minha irmã, também não poderia me acompanhar. A mãe do meu cunhado Felipe faria um jantar, e os dois já haviam confirmado presença. Imaginei os quatro, mais tarde, na varanda do nosso apartamento, confabulando sobre as possibilidades da premiação cinematográfica. Vidas tão próximas e distantes de mim.

Eu não deveria ter ido àquela festa. Ou talvez tenha sido uma chance para aprender mais sobre mim mesmo, o Cafa que alguns interpretam tão mal. Dou motivos para isso? As críticas vêm pesadas na minha direção, porque, quando você não segue padrões, ou parece seguir do seu jeito, vira uma espécie de lenda. Mas eu não mereço ser culpado, já que não me visto com promessas e não negocio fidelidade. De Carlos Rafael, acabei intitulado Cafa, o cafajeste, o que, claro, incomoda, mas não me impede de continuar sendo quem sou, sem tentativas de me defender ou interromper o que estou interessado em ter nos meus dias. Vejo o mundo rodeado de gente fiscalizando a vida alheia e de pouca gente para viver a própria. Faço parte do segundo time. Quantas vezes julgamos o outro e carregamos o mesmo defeito? Também costumo encontrar muitas pessoas que comentam atitudes alheias, mas fazem três vezes pior quando ninguém está olhando. Eu não escondo as minhas escolhas e nunca faço tipo.

Não me olhe como um garoto mau. No meu mundo particular, as garotas também não estão muito interessadas em algo mais. Pelo contrário. Nos aplicativos de relacionamento, que ultimamente ando sem paciência para usar, puxo conversa com um "oi", "olá", e recebo de volta o telefone, sem sequer uma frase de apresentação. Direto e reto, sem *mais mais* ou introdução natural de duas pessoas que não se conhecem. "Vamos lá, foco no ponto. Gostei da sua foto, quer falar comigo? Toma na cara o meu telefone, e tchau." Fora as garotas que me mandam nudes um dia depois de me conhecerem. Eu sempre respondo sobre isso não ser legal, o meu celular pode parar na mão de alguém, e a culpa da foto se espalhar não ser minha. Apesar de amar a liberdade da vida, considero uma bobagem pessoas que tiram fotos e fazem vídeos nuas, homem ou mulher. Isso pode dar muito errado. O problema não está em quem manda o nude, mas em quem recebe e o que faz com ele. Já vi garotas com as vidas destruídas por machismo, preconceito e maldade. Nunca sabemos quem está do outro lado.

Cheguei na festa, e a turma parecia animada. Gustavo, amigo da galera, daqueles populares, que conhece todo mundo e faz uma recepção como poucos já se encontrava lá. A casa do meu amigo estava lotada, e não achei a Karen imediatamente, o que me causou uma certa decepção. Estava empolgado de ficar com a minha amiga naquela noite.

Achando que a Karen não viria mais, fiquei sentado de papo com uns amigos, bebendo e trocando olhares com a Olga, uma garota da minha academia que eu já havia enrolado muito, mas que naquele dia tudo parecia propício para ficar com ela. Olga acabou vindo na minha direção, depois que dei algumas risadas e tomei alguns goles de bebida, olhando o céu estrelado, mas tendo como alvo os seus olhos.

– Olá! E a academia? – Puxou conversa no que tínhamos em comum.

– Tudo ótimo. Essa semana não fui, trabalhei na clínica.

– Futuro médico – disse ela com voz charmosa. – Ai, ai…

– Quase lá. Tentando aprender tudo sobre a dermatologia para fazer o que adoro: o bem às mulheres – respondi com segundas intenções, e a Olga deu uma gargalhada gostosa.

– Então, hum… – disse ela, meio sem jeito.

Meus amigos conversavam, mas estavam totalmente ligados na nossa conversa. Achei que não cabia a plateia e convidei a Olga para beber alguma coisa no bar, montado especialmente para a festa.

— Claro — respondeu ela, mas sorriu para os meus amigos. Gostava de sair como exuberante, e a turma, formada por solteiros, a escolhera como a melhor daquela hora. O cabelo negro longo batia na cintura fina, o decote ia longe, quase imperdoável, e um perfume contagiante, marcante sem enjoar, voava perto da nossa roda de conversa, fazendo meus amigos inspirarem juntos aquele aroma.

— Cafa, você é o melhor! — disse Sodon. Meu amigo lutador de MMA tinha sofrido uma lesão, estava fora dos treinos, fazendo apenas fisioterapia, e voltara a sair mais com a gente, mas evitando bebida alcoólica.

— Quando eu crescer, quero ser igual ao Cafa — disse Ygor, meu amigo milionário. Não que essa informação seja importante; relevante mesmo é o moço sempre estar bem acompanhado. Um elogio dele acaba sendo uma autenticação de qualidade.

— Ah, podem parar, vocês estão de gracinha. No final, aqui, o aprendiz sou eu. — Saí com a Olga, de mãos dadas. Ficamos encostados no bar, vendo pessoas dando uma parada e bebendo. Inicialmente sem jeito, nos olhamos sem saber o que dizer. Ela girou a cabeça para os lados, avaliando a festa. Passei a mão no seu rosto, mas continuou atenta ao redor, e sorriu. Olga tinha a sua beleza, mas eu já conhecia aquele tipo de encontro. Não seria nada de mais.

— E a academia? — Ela já havia perguntado, mas fingi escutar pela primeira vez. Dava a mesma resposta? Fiquei na dúvida.

— Então — falei baixinho, não querendo estragar a situação —, foi como eu disse, correria, trabalho, clínica. — Acho que queria lembrá-la de já ter respondido aquilo.

— Ah, show, bacana. — Olga não dizia muito. — Então, e você?

— Então, estou bem. — A palavra "então" muitas vezes no mesmo bate-papo significa tédio. Aquele encontro não estava fluindo. — Você é uma gata. — Aquele detalhe fazia diferença sim, não vou mentir. Mesmo que eu não estivesse tremendamente interessado, ficava difícil virar as costas e deixar de tentar algo naquele território. Ah, a cintura fininha, aqueles seios na minha direção, marcados na blusa leve, sem sutiã. Era como perder uma oportunidade maravilhosa. Olga, sem a menor dúvida, estava entre as mais gatas da festa. Mesmo sem ser boa com as palavras, merecia um acompanhante.

— Obrigada. Eu gosto de me cuidar – respondeu.

— Esse seu cabelo... – falei na esperança de a conversa ganhar fôlego, mesmo com um assunto idiota.

— Ah, eu nunca tive cabelo curto, a maioria gosta assim.

— Eu diria ser uma unanimidade – respondi, pensando que, na verdade, deveria pedir um beijo. *Vamos direto ao ponto, não é mesmo, Olga?* Fui na direção dela, bem calmo, e dizendo apenas um "posso?".

— Pode, sim. – E ficamos ali longos segundos nos olhando, enquanto tocava "Shape Of You", de Ed Sheeran*: "... I may be crazy, don't mind me/ Say: Boy, let's not talk too much/ Grab on my waist and put that body on me/ Come on now, follow my lead/ Come, come on now, follow my lead"... Envolvido pelo clima, me aproximei e a puxei para perto de mim. Ela sabia beijar e onde ir com a língua.

Nos beijamos seguidamente, falando bem menos do que o convencional para um encontro, e estava tudo certo para os dois. Sentíamos uma forte atração, e isso multiplicava as nossas vontades imediatas. Não tinha como passar batido daquela garota, daqueles cabelos cheirosos e da sua boca macia mordendo a minha.

— Você é muito gato – disse ela, e eu ri.

— Obrigado. – Passei a mão no cabelo, meio sem jeito, mas curtindo cada segundo.

— Se eu for ao hospital e um médico como você me atender, vou adorar continuar doente. Alto, cabelo jogado, pele dourada, sorriso lindo...

— Não diga isso. Sou dermatologista. Minha intenção seria deixar sua pele ainda mais bonita e macia, se é que isso é possível. Não me agrada atender pessoas doentes, detesto o sofrimento humano. Quero ajudar mulheres a serem ainda mais lindas.

Eu tinha acabado de beijar a Olga e, claro, beijaria novamente, quando o Dante e o Pedro se aproximaram com uma cara meio tensa, e eu sabia que viria confusão por aí. Amigos identificam amigos. Só os íntimos sabem quando seus parceiros estão querendo sinalizar algo errado.

---

* Em tradução literal: "Seus Contornos", de Ed Sheeran – "... Eu posso ser louco, não ligue/ Diga: Garoto, não vamos falar muito/ Me pegue pela cintura e cole seu corpo no meu/ Então venha, eu te guio/ Venha, venha agora, eu te guio."

— Sua irmã está aí, Cafa.

— A Kira? – perguntei, tentando ganhar tempo para decifrar a cara dos dois.

— Você tem outra?

— Claro que não. – Por um instante, pensei se a Kira estaria mesmo ali. Não. Difícil. Ela teria me ligado. O cheiro de confusão veio imediatamente na minha direção.

— Olga gata, espera um minutinho aí – disse Dante, organizando a situação, e ali eu tive certeza de não ser a Kira. Minha acompanhante concordou com um "tudo bem" e chamou o garçom, que seguia na direção contrária do bar. Saímos andando pela festa, e o Pedro mandou:

— A Karen está aí!

— Ah, não. Achei que não viria mais.

— Pois é, mas está aí e te procurando na festa. Louca para te beijar, mas pelo jeito chegou atrasada – disse Dante, rindo.

— Que saco! – Como eu faria agora? Karen fora àquela festa para ficar comigo, mas eu estava com outra. Não tinha como dizer isso para a Olga sem me tornar um canalha. Fora eu estar bem entrosado com aquele beijo.

— Olha só, a gente já pensou em tudo – disse Dante. – Você fica com as duas. Essa festa está precisando de uma pitada de perigo. A gente arma um esquema e te ajuda a ir e vir. Só colocar uma *ficante* bem longe da outra.

— Como assim? Lógico que esse plano furado não vai dar certo, Dante.

— Faz o que a gente manda, e vai rolar. – Quando os meus amigos diziam isso, dava tudo errado, mas como discordar? Como negar a atraente ideia de ficar com duas gatas na mesma noite, sem que soubessem uma da outra? Como desistir da ideia sedutora de andar no fio do perigo, nas alturas, e sentir a adrenalina circulando pelo corpo? Meus amigos, normalmente, não me davam soluções, e sim risco de vida. Mas pensei rápido e aceitei o desafio. No máximo, sairia arranhado, já que as duas gatas, caso descobrissem, usariam suas unhas contra mim. Aquela ação cabia bem no meu portfólio da vida.

— Vai ser legal – Pedro completou a fala do Dante. – Faz assim, segue com o Dante para encontrar a Karen, enquanto eu enrolo a Olga.

Concordei e fui até o outro lado da festa. A galera conversava em voz alta, próxima de um jardim com várias cadeiras, mesas largas e vasos com plantas gigantes.

— Oi, gatinha — falei, interrompendo a impaciência da Karen.

— Nossa, onde você estava? Essa casa é muito grande, já te procurei, mas não te encontrei — disse ela. *Ainda bem*, pensei.

— Ele está agitando, eu te falei. Essa festa é um pouco do Cafa. O cara ajudou na realização dela e agora precisa conferir para nada dar errado. — Ficou estranho o Dante responder por mim, mas agradeci mentalmente o empenho do rapaz. — O Gustavo está contando com ele. Alguns detalhes, só o Cafa pode realizar e fazer funcionar.

— Porque se der algo errado... — falei, pensando na minha vida, e não na festa.

— Ah, tudo bem. Cheguei atrasada porque fui levar a minha irmã mais nova a uma festinha de pirralhos. Meus pais não me deram outra alternativa, queriam sair, eu também, então sobrou para quem manda menos.

— Podemos sentar ali? — Apontei para um banco, Dante fez um sinal de que ficaria de sentinela. O resto da turma, discretamente atenta, sacou que estávamos aprontando. Alguns tentavam entender que fim havia levado a Olga. Meus amigos se realizavam com as minhas loucuras. Para mim, até ali, tudo certo. — Então, Karen, você está linda! — Definitivamente, eu beijaria as duas garotas mais gatas da festa.

— Ah, você também, muito gato. Esse cabelo jogadinho, o sorriso de vocês dois. — Impressão minha ou ela estendeu o elogio até o meu irmão gêmeo, Cadu, como se ele também estivesse ali, querendo beijá-la? Não tinha muita alternativa, éramos idênticos. — E esses corpos dourados de vocês dois? — Ah, vamos combinar, é, no mínimo, engraçado ser elogiado parecendo ser dois. Avisava que meu brother não estava ali? Dei uma gargalhada, passando a mão no cabelo, e ela continuou os elogios, comentando o meu jeito de vestir. Imaginei que não tinha muito tempo. Meu neurônio pessimista repetia que a Olga acabaria circulando e dando de cara comigo e a Karen. Respirei fundo e a beijei enquanto falava. Uma não dizia nada, a outra falava demais.

Eu poderia empurrar a sujeira para debaixo do tapete, fazer o famoso mi-mi-mi e me posicionar como um ingênuo, sendo atacado por duas garotas ferozes, mas a verdade é que eu tinha um certo vício naquelas situações.

Gostava de não gostar de ninguém, dessa instabilidade emocional, de não dever satisfação, nem para mim mesmo. Mas, sejamos justos, não enganava a mesma garota por muito tempo, jogava no ar mentirinhas superficiais, o que honestamente acho que tira de mim a culpa de canalha inescrupuloso. No máximo, um patife frívolo, desses que não machucam profundamente ninguém.

— Que beijo bom — disse Karen, e passou a mão na lateral da minha perna. Tornei a beijá-la. Me sentia na função de deixá-la sem ar, até que pudesse seguir na direção da Olga, enquanto a Karen se recuperava. E assim fiz.

— Cafa, a sua irmã está te chamando — disse Dante, seguindo nosso código com a calma de um bicho-preguiça. Fiquei pensando na Kira, minha irmã, curtindo a vida com o Felipe, sem ter a menor ideia de que estava naquela festa comigo.

— Ah, vou lá. Gata, você me espera aqui pra gente não se perder?

— Claro. O Dante fica aqui comigo. Fica, Dante?

— Lógico. Vou te contar a história do meu primo.

— Que história de primo é essa? — perguntei baixinho.

— Não sei. Vou inventar e depois te conto.

— Putz… Você é muito louco!

— Bem menos do que você…

Saí caminhando, torcendo para a Olga estar no mesmo lugar. Pedro tinha agitado a situação e não me deixaria na mão. A gata número um não podia ter saído de perto do bar. Cheguei, apressado, e a Olga escutava atentamente uma história do meu amigo. Provavelmente alguma mentira de primo também.

— Estou aqui contando os meus inacreditáveis mergulhos no mar — disse Pedro.

— Nossa, seu amigo é fera, profissional no assunto. Já mergulhou até para ver navios naufragados. — Contou que esse navio estava quase atracado na praia? Não. Melhor deixar o Pedro envaidecido como herói dos mares. Minha maneira de retribuir o apoio na aventura da noite.

Assim como o Pedro, eu me sentia orgulhoso da minha resistência física. Não fora fácil ir de um lado para o outro da festa e atender duas garotas. Não queria uma vida diferente, aquilo me estimulava. Principalmente, nas pitadas de uma certa dose de aflição. Dormiria como um anjo naquela noite.

Pedro saiu, dizendo que iria ao banheiro, piscando o olho, e eu fiquei ao lado da Olga, pensando se o Dante seguraria a Karen.

— Noite agitada! Ajudei a produzir essa festa, desculpa sair assim e sumir em alguns momentos. Que correria.

— Tudo bem, estou curtindo estar aqui. Já notei, você não nasceu para ser de uma só. – Ela parecia saber da situação, e senti um pouco de vergonha por estar com duas ao mesmo tempo, praticamente no mesmo instante. Não sei por que acabei me lembrando da Fabi, uma garota bacana que magoei, quando tentei namorar, mas não me encaixei nos anseios dela. Juro, tentei, mas não foi natural. De certa forma, as garotas que eu ultimamente conhecia pareciam saber com quem estavam lidando. Acho que, se descobrissem aquela confusão do dia, não se surpreenderiam.

Pedro se aproximou, com o rosto levemente corado. Fez um sinal e eu entendi: a Karen estava vindo com o Dante. Puxei a Olga pela cintura, dei um daqueles beijos cinematográficos, literalmente me escondendo atrás da garota e dando intencionalmente uma volta na pilastra, torcendo para não ser encontrado. Olga se empolgou no beijo e, por pouquíssimos instantes, me distraí naquele desejo do agora, esquecendo até que o meu pescoço corria risco.

Quando nos soltamos, a Karen e o Dante certamente já tinham passado, e o Pedro esperava em pé para me auxiliar com a situação. Para a Olga estava tudo certo, o beijo tinha sido maravilhoso e o clima, apesar da confusão, estava perfeito.

— Já volto. – Minha fala claramente interrompeu os pensamentos da acompanhante número um.

— Tudo bem. Vou sentar ali. Preciso ligar para uma amiga. – Ela deu uma piscadinha, e não sei por que achei que ela precisava telefonar para algum cara. Quem seria eu para reclamar? O sujo não pode falar do mal lavado, já dizia minha mãe.

Pedro veio na minha direção, e fui falando enquanto andava.

— E aí, era a Karen?

— Passou aqui, mas como olharia para você, o Dante apontou para aquele maluco ali dançando, ela riu, se distraiu e acho que voltaram para o mesmo lugar.

— Beleza. Vamos lá!

— O que você vai fazer? – perguntou ela.

— Dizer para a Karen que precisei sair da festa para buscar um carro com bebidas, que estava perdido aqui perto.

— Ótimo. E o que vai dizer depois para a Olga?

— Talvez a mesma coisa.

Chegamos perto, e a Karen estava dando risadas com o Dante. Como agradecer a um amigo tão dedicado? De repente, senti o meu corpo meio acelerado, apesar de não ter bebido muito; aquele vaivém me deixara tonto. Pedro voltou para ficar com a Olga e conversar com a garota, enquanto eu continuava com a Karen. Olhei o relógio e cogitei que dava para ficar ali uns vinte minutos. Vários vaivéns aconteceram naquela noite, e eu parecia estar na malhação.

Karen mudou seu jeito e já não queria perder tempo com muito papo; queria encostar sua boca na minha e deixou de lado o discurso. Como eu estava beijando duas em um intervalo de tempo bem próximo, deu para comparar. Karen beijava melhor que a Olga. Olga era mais bonita que a Karen. E ali estava eu beijando a boca da Karen, quando escutei a voz da Olga.

— Já tinha ouvido falar que você era um cafajeste, mas não imaginei que fosse a esse ponto.

Senti o meu corpo inteiro queimar. Karen parou de me beijar e entendi que devia explicações às duas. Os amigos se calaram imediatamente e não esconderam a curiosidade de quem assiste a uma novela. O primeiro ato tinha acabado pior do que eu imaginara.

DOIS

O antipríncipe

Se eu pudesse escolher, seria o cara de uma garota só e ficaria com ela no sofá, assistindo a um bom filme. Mas sou eu que pego a chave do carro, me despeço da minha família e penso em quais surpresas a vida nos reservou.

Na minha casa, todos têm a chance de encontrar o amor das suas vidas, menos eu. Sou o que se pode chamar de erro de percurso ou, o que alguns consideram, ovelha negra da família, exceção, fora do contexto, e por aí vai... Isso não me abala, mas incomoda quando sei que feri alguém, quando magoei uma pessoa por ter esse jeito livre, já que as expectativas alheias acabam sendo além de um dia, e não consigo preenchê-las. Não faço promessas. Minha vontade de viver da melhor maneira envolve agir e pensar de modo fidedigno com os meus sentimentos. Não tem como ser verdade para alguém, sendo mentira para mim.

Magoei a Karen e a Olga, isso sem contar a Fabi no ano anterior. Queria muito não ter atingido da pior maneira o coração de alguém. O olhar das garotas, a decepção descarada, o julgamento das pessoas na festa... Em vez de dormir como um anjo, eu me culpei até de manhã.

Meu irmão gêmeo, Carlos Eduardo, o Cadu, tem um relacionamento sério com a minha supercunhada, a Lelê, e nunca levou jeito para administrar duas garotas ao mesmo tempo. Eu, ao contrário, já fiquei com várias no mesmo mês, sem uma saber da outra. Algumas vezes, tenho a sensação de que a minha rua, o bairro, a cidade, todos avaliam a nossa diferença de comportamento. "Como pode haver dois irmãos tão diferentes? Ah, o outro gêmeo é mais legal, namora sério a mesma moça, já o Cafa... Ficaram na mesma barriga, nasceram no mesmo dia, está aí a prova de que gêmeos podem ser tão opostos..." Existe uma pressão natural das pessoas em cima de mim. Tenho certeza de que esses discursos vêm atrás dos meus passos pelas calçadas do bairro do Recreio dos Bandeirantes, no Rio de Janeiro.

Essa minha vida, para alguns errada, tem o seu tempero de divertimento e, principalmente, o prazer da sensação de perigo. Mesmo assim, posso garantir que até os menos tradicionais têm coração, ainda que deformado, com uma batida alternativa. Já fui julgado psicopata, que absurdo, vamos combinar, sou apenas um cara que gosta de sair, detesta se sentir preso, adora uma boa night para encontrar os amigos, não curte dar satisfação, cobranças, garotas se achando minhas donas... Não quero me defender, mas não sou o único culpado nas histórias. Tenho amigos com o mesmo perfil, mas que namoram sem culpa, fazem o papel de bons moços, saem ilesos de julgamentos, são mansos e leves na frente das famílias das namoradas, e aprontam tanto quanto eu, traindo sem culpa as suas parceiras.

Além do meu irmão gêmeo, os meus pais são namorados, apaixonados e casados desde que me entendo por gente. Não sei honestamente se o meu pai teve outra gatinha além da minha mãe. E para somar o "foram felizes para sempre", a minha irmã, a Kira, vive uma dessas histórias inexplicáveis de amor que deixam a gente meio confuso, tentando entender. Acreditem, um dia, ela começou a sonhar com um cara que nunca tinha visto. Como dizer para alguém: "Sonhei que Amava Você"? Aí, deu de cara com o meu cunhado, o Felipe, e o reconheceu. O cara dos sonhos existia no mundo real. Como engolir essa realidade que parece tão surreal? Acreditem, aconteceu. Eu estava lá, vi, fui testemunha ocular, como quem observa um disco voador, mas não consegue provar.

Os dois se apaixonaram perdidamente. A história estaria resolvida se ele não tivesse uma ex muito doida, a Jalma. E, para tudo ficar ainda mais confuso, a minha irmã começou a ter sonhos com a Jeloma, irmã da ex do meu cunhado. A garota estava desaparecida, tinha sido sequestrada, e o encontro de amor da minha irmã virou… vou parar de contar a trama. Minha irmã me bateria se soubesse que, como diria o Pedro, estou abrindo a sua vida para toda a arquibancada e contando o final da história. Kira e o meu cunhado viveram muitos desafios, superados um a um. Estão felizes, unidos e cheios de certezas. Mas até chegar aqui… daria um livro!

Nunca me senti mal com a felicidade familiar ao meu redor. Alguns dias, confesso, não curto ser a vela dessa galera. Mas, se eu contar um pouco os meus dias, talvez surpreenda vocês com acontecimentos inesperados e interessantes. Aliás, tenho uma amiga, a Dina, que mora atualmente na Islândia, que certa vez disse:

— Carlos Rafael, vocês homens pensam menos na gente, né? — A maioria se diverte em me rotular Cafa, mas a Dina sempre me chamou de Carlos Rafael.

— Como assim, Dina?

— Ah, mulher pensa muito em homem. Fato. A gente é meio neurótica. Eu sou, sei lá.

— Minha irmã não é assim — retruquei.

— Sua irmã foi pior. Sonhou com o cara e se apaixonou por ele nos sonhos. Olha a dimensão desse acontecimento…

— Mas a Kira sempre foi desencanada, pensava em estudar, trabalhar.

— Hum… Pode ser. Exceção. Ou você que pensa.

— Explica melhor, Dina! — exigi.

— Os homens têm a vida, o estudo, o trabalho e o esporte. Nossa, como o esporte ocupa a rotina de vocês. Vão vivendo. Mulher pensa demais. No cara que não tem, no cara que quer ter, no cara que vai ter, no cara que conheceu, com quem está saindo, se vai viver um grande amor, se ele realmente está gostando dela, se vai ligar, se ligou, se o coração está batendo na mesma sintonia.

— Nossa… cansativo. — Foi tudo que consegui dizer. Fiquei pensando, sem nenhuma arrogância, nas várias garotas com quem tinha ficado. Não foram poucas. Teriam pensado tudo isso a meu respeito? Eu tinha ficado com elas e tocado a vida adiante. Porque assim tem que ser.

— Detesto quando dizem que uma garota pode encontrar alguém melhor, que vai logo vir outro cara mais legal… E se ela simplesmente quiser ficar sozinha? Adoro a ideia de que uma mulher pode viver sem homem. Podemos focar na carreira, ser quem a gente quer ser, batalhar pelos sonhos, essas questões... – Dina estava reflexiva.

– E muita gente não entende que o feminismo nada mais é que trabalhar direitos iguais para homens e mulheres – completei. Essa lição até eu tinha aprendido.

– Ah, nunca serão iguais. Se uma garota fica com vários caras, logo é taxada – lamentou a minha amiga, e senti como uma indireta sincera. – Por isso sou a favor do *desprincesamento*. A gente não tem que ficar sonhando com um príncipe. Se conhecer o amor, ótimo, caso não, vamos estudar, trabalhar e fazer diferença na vida real. Eu vou ser feliz e virar uma ótima profissional.

Não quis dizer, mas até eu pensava em ter algo com alguém, mas só que, quando via, já estava enjoadaço daquele mesmo encontro, começando a olhar para o lado e desejando outras. Como eu me conhecia, não iludia nem mesmo a mim. Quando alguma garota falava em namoro, eu jogava limpo. Para mim, não tinha como. Queria ser livre, abrir as asas, voar por aí e não ter que voltar para nenhum ninho. Às vezes, passava do ponto, como a minha atitude com a Olga e a Karen na festa. Vergonhosa.

Meu esquema focava na diversão da mais alta qualidade... uns beijos, encontros, um som alto e boas gargalhadas com os amigos. A maioria dos caras com quem eu andava agia da mesma forma. A gente não ficava pensando em namorar, queria curtir, viver e seguir a vida. Funcionava quase como um pacto. Volta e meia alguém traía o grupo e se apaixonava, mas a turma seguia unida. Meu irmão, mesmo namorando a Lelê, continuava dividindo comigo essas mesmas amizades de anos. Eu torcia muito pelo relacionamento do casal. Entendia que para ele não funcionava uma vida parecida com a minha. Ele jurava que um dia eu mudaria o meu pensamento.

– O dia em que você se apaixonar, vai entender os meus motivos.

Sobre a minha irmã, confesso o meu machismo. Com certeza, eu achava ótimo o namoro sério dela com o Felipe. Me dava arrepios só de imaginar a Kira encontrando caras como eu e passando pela mão de vários. A ideia de vê-la sofrer me amargurava.

No ano anterior, tínhamos saído de um rolo compressor. No período em que a minha irmã começou a sonhar com o meu cunhado, acabei ficando com a ex dele, a Jalma, mas também saí algumas vezes com a Fabi. Guria

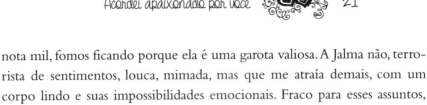

nota mil, fomos ficando porque ela é uma garota valiosa. A Jalma não, terrorista de sentimentos, louca, mimada, mas que me atraía demais, com um corpo lindo e suas impossibilidades emocionais. Fraco para esses assuntos, fiquei com as duas, até o dia em que notei que a Jalma ainda estava com ciúmes do ex, por acaso o namorado da minha irmã. Chegou a atacar a Kira, e aquela foi a deixa para eu escolher a Fabi. O namoro durou uma eternidade, pelo menos para mim, dois meses no meu currículo, e acabou com uma decepção. Um dia, fiquei com uma amiga depois de beber um pouco mais, a Fabi descobriu e, em vez de fazer um escândalo, coberta de razão, só disse: "Cafa, já deu." Voltei para a vida com aquela frase. Isso tem uns dez meses. E, claro, fui um vilão. Fabi não merecia ser deixada de lado, mas pelo menos foi antes de um estrago maior. Pedi muitas desculpas e expliquei que não era nenhum problema com ela.

Encontrei depois algumas vezes a Jalma, e também não deu para alimentar algo já nascido de uma semente podre. Muito doida para a minha cabeça. Em alguns dos nossos encontros, se ela tivesse uma tesoura, eu teria saído cortado.

Poucos têm o tiro certeiro de escolher a gata com aptidão para tratamento psicológico. Eu deveria me associar a um psiquiatra e até receber um extra, já que faria uma pré-seleção perfeita de maluquinhas.

Meus amigos e eu passávamos muitas madrugadas rindo das nossas roubadas. Sodon me definia como o hors-concours das furadas femininas:

— Cafa escolhe com carinho a mais louca da noite.

— A Fabi valia a pena – avaliei.

— Mas você fez o favor de estragar – Sodon mandou na minha cara. – E ainda entra nas loucuras do Pedro e do Dante: "Vai, pega a Karen e a Olga na mesma noite".

— As duas bateram uma boca horrorosa na minha frente – comentei, sem querer lembrar.

— Eu achei que elas ficariam amigas só para te bater. – Pedro tinha razão.

— Não acreditei quando vi o Pedro segurando uma e o Dante a outra. Cena de filme.

— Você precisa frear os seus instintos, Cafa! – Sodon não poupava críticas quando tinha que fazer uma.

Me senti péssimo nessa situação. A única certeza da noite da festa na casa do Gustavo.

Minha mãe e a Kira ficavam tentando me alertar do impossível:

— Um dia você vai se apaixonar — diziam em coro.

— E aí, ferrou, maninho! — completava Cadu, em apoio à mulherada de casa. Quem sabe? Eu não tinha medo de me apaixonar. Receio, sim, de fazer alguém sofrer. O que ultimamente vinha acontecendo com mais frequência.

Quando surgiam essas pressões, eu me lembrava da Fabi. Sei que a fiz muito infeliz. Depois de me detonar pelo celular, fui atrás dela. Foi péssimo. Ela me disse várias verdades, estava muito magoada e, para piorar, chorou. Mas chorou muito. E perguntou como eu havia tido coragem. Aí ferrou. Detesto ver mulher chorando, quando o culpado sou eu. Minha alma pesou toneladas e o meu corpo chegou a doer. Mas, avaliando o passado, não aprendi. Repeti a ação com a Karen e a Olga. Ainda consigo lembrar a Fabi incluindo o meu nome em uma espécie de catálogo dos piores caras, ganhando rótulo de cafajeste, o mesmo dado pela Olga e pela Karen, e ritmando a voz em uma fala de arrependimento. De tão livre, estava preso dentro de um circuito de ficadas com garotas e mais garotas.

A conversa com a Fabi continuava na memória...

— Cafa, se eu pudesse escolher? Pergunta! "Fabi, se você pudesse escolher?" Não teria insistido para a gente ficar. Fiquei te ligando, falando, procurando, e raramente você vinha na minha direção. Estava na cara! Eram as dicas de que você não estava a fim de mim, tanto fazia, e que se lixassem os meus sentimentos. Por que aquela velha máxima de "quando um cara quer, ele vem atrás" não foi seguida por mim? Falta de autoestima, por ter costume de me sentir por baixo. Pura realidade. Quando estão loucos por uma mulher, vocês fazem tudo. Eu acreditei nas suas desculpas, procurei ser maravilhosa e não merecia ter ganho um belo par de chifres.

— Não foi isso, Fabi. Cara, você é uma gata, gente boa...

— Cafa, nem pensa em entrar nessa de que o problema está em você. Não começa a me elogiar para me colocar pra cima. Eu já sei que sou melhor do que você. Coisa irritante ser dispensada com elogio!

— Não é isso. Estou sendo apenas franco, porque achei que já estivesse pronto para algo mais sério, mas não estava.

— Nunca estará. Não me interessa mais o que você tem na cabeça. Eu nem deveria ter te encontrado algum dia na vida... E, na boa, sorte minha ter acabado. Cola na Jalma, vocês vão se dar bem na vida. Foram feitos um para o outro.

Apesar de a Fabi falar aquilo tudo, eu não sentia nos seus olhos que queria realmente terminar comigo. De certa forma, eu me sentia culpado, decepcionado, e algo estranho bateu em mim, como se em algum momento eu viesse a ser punido por um mal que não conseguia tocar, mas sabia o tamanho do estrago.

Ficamos nos olhando. Eu tentando digerir aquela lama toda. Queria entender aquelas palavras, porque com sentimentos a gente não deve brincar. Não queria ter decepcionado tanto alguém assim. Talvez nunca mais fosse me envolver além de três encontros. Eu poderia adotar isso como regra. No quarto, eu cairia fora e ninguém sairia ferido. Ficar dois meses com a Fabi foi uma tentativa inútil de achar que eu valia um relacionamento estável.

– Fabi, eu queria entender... – falei, quando na verdade tinha compreendido tudo.

– O que você quer saber mais, Cafa? Está errado. A gente não combina. Não curti o seu jeito mulherengo. Estou em busca de outro tipo de homem.

Fiquei passando insistentemente a mão no cabelo. Que droga. Desencontro. Eu errara. Não era mesmo o meu forte ser fiel. Ficar com a mesma garota para a eternidade me parecia algo impossível. Mas eu não a queria com tanta raiva de mim e por isso a insistência em conversar.

– Quer explicações? Está preocupado com você ou comigo? Fugindo de carregar um peso maior do que aguenta? Assuma o que fez e liberte-se de você mesmo, mas não me peça ajuda.

Enquanto a Fabi acabava comigo, lembrei da música "Sufoco", cantada pelo Silva*: "... Às vezes é assim, vai se complicar/ Querer demais alguém e se afogar/ Sei que é complicado/ Mas tem que haver um jeito..." Pedi muitas desculpas pelo meu comportamento. Ela tinha razão. Minha culpa não podia ser mais importante do que a decepção causada. Que se danasse eu estar chateado, ela carregava um sentimento pior do que o meu. Lembrei das mentiras sinceras cantadas por Cazuza. Pensei em me explicar novamente, falar de mim, da minha intimidade, daqueles pensamentos que não contamos

---

* Composição de Silva.

para ninguém, mas compreendi, naquele momento, que tudo seria em vão. Pedir a amizade dela seria uma traição. Me calei.

Naquele dia, a Fabi me deixou falando sozinho, e cheguei em casa com uma ressaca emocional capaz de me fazer desligar o celular e dormir mais cedo do que todos na minha casa, vestindo cueca, calça jeans e meia. Só deu tempo para tirar o tênis, a camisa, e morder os meus próprios pensamentos. Eu me sentia um monstro.

Alguns dias depois desse desencontro com a Fabi e meses antes do rolo com a Karen e a Olga, conheci a Vicky. Gostava de sair mais do que eu. Valorizava beber mais do que o meu amigo mais bêbado. E parecia gostar mais da falta de regras do que todos os meus amigos reunidos. Isso nos aproximava e nos distanciava na mesma medida. Eu achava o máximo toda aquela liberdade, mas não sabia bem como lidar com ela. Curtia encontrá-la na noitada, ao acaso, sem maiores cobranças, mas ia embora já esquecendo os beijos intensos e as mãos abusadas da Vicky. Um furacão sem freio, capaz de me deixar envergonhado. Nessas horas, a moça me pegava pela gola, me empurrava em alguma parede suja, passava a língua na minha orelha e dizia sempre a mesma coisa:

— Cafa, hoje vamos beber todas! Não vem com papo de garotinho bom, não cola. O que eu gosto em você é do seu descontrole, da falta de ética, de regras, da sua fama de canalha e desse seu jeito cafajeste. Me beija logo. Está esperando o quê?

Decidi sumir, para não me viciar no jeito da Vicky. Não podia perder o controle. Certa vez, cheguei num lugar na Barra da Tijuca ou no Recreio, mas, quando a vi de longe, fui para outro lado. Na maioria das vezes, preferia ficar com alguma garota que eu não conhecia. Achava que estava tudo certo, e a experiência com a Fabi tinha me deixado vacinado para não causar danos a nenhuma outra garota. Vicky e eu terminamos o que realmente não existia, quando ela decidiu namorar sério um sujeito mais doido do que ela. Respirei aliviado.

No meu grupo de amigos, a gente passava o dia todo trocando mensagens, fotos, histórias interessantes e sacanas, falando besteiras que podiam ser inteligentes, fúteis ou completamente sem sentido. Um pegando no pé do outro. E, claro, sobravam para mim as piadinhas de harém. Meus amigos adoravam dizer que eu tinha mulheres demais. Iguaizinhos a mim, viviam enrolados, mas adoravam jogar a culpa no colo alheio. Pedro tinha terminado um rolo digno de filme e o Gustavo estava tentando se afastar de uma louca que quase quebrara o seu carro. Mas a mim cabia a vaga de pior de todos.

Avaliando a vida dos meus amigos, eu achava que me saía bem. Não ter gostado de ninguém me parecia um bem tremendo. Pelo menos até o momento.

TRÊS

Magoando pessoas

Estou decepcionando pessoas. Elas dizem que querem a verdade. Eu dou. Elas não aceitam, me julgam e me devolvem aquele olhar de mágoa. Mas eu disse a verdade... Aquele parecia um ciclo interminável.

Os dias tinham passado, e a confusão com a Karen e a Olga se tornou mais um dentre tantos acontecimentos loucos do meu cotidiano. Já nem me lembrava do assunto, mas não esquecia o acordo de não ficar mais com duas garotas na mesma festa. Pelo menos até isso se tornar irresistível. Mas, honestamente, depois do susto eu esperava estar curado.

Na praia, em um daqueles dias de sol com sensação térmica acima de quarenta graus, eu e os meus amigos combinamos uma saída noturna. O sábado prometia uma belíssima noite de lua cheia, dessas marcantes, e todos queriam comemorar as suas felicidades particulares.

Fiquei surfando com o Cadu e o Felipe em um mar exuberante. Meu irmão andava estressado porque uma parte do restaurante da minha mãe, o Enxurrada Delícia, que estava em obras, ganharia nova decoração e era ele que cuidava pessoalmente de cada detalhe. Surfar aliviava as preocupações. A patroa queria o melhor, e as cobranças vindas de todos os lados não estavam pequenas. Eu agradecia ter escolhido ser médico e não me envolver com os negócios de família.

Kira e a Lelê chegaram animadas e vieram para perto de nós, brincando terem abandonado a loja, quando, na verdade, a deixaram aos cuidados da Sandra, uma vendedora que tiveram a sorte de contratar. O papo começou leve, mas, de repente, não reparei como, chegamos ao ponto de eu ser massacrado pelas duas.

— Meu irmão vai conhecer o amor da vida dele com 115 anos.

— Ainda bem que escolhi o irmão certo. Cadu é calmo, da paz, me diverte e faz feliz. E ainda é gato como o Cafa. Traduzindo: o cara perfeito. Por isso estou sempre alerta para botar para correr essa mulherada sem noção. Tem coisa pior do que aquelas que dão em cima de homem que já tem compromisso? "Minha filha, larga, esse eu já peguei." E você, Carlos Rafael, é gato, mas tem problemas. Disponível demais!

— Lelê adora acabar comigo. Olha aqui, cunhada, as gatas que saem comigo não reclamam. — Eu estava descaradamente mentindo. Ultimamente, as garotas só queriam me detonar.

— Porque não conhecem você. Elas saem um dia, dois, e depois ficam chorando por causa do seu abandono, tenho dó. Eu e o seu irmão já completamos o nosso primeiro ano de namoro. Bem, estou sendo franca, você sabe como prefiro ser sincera.

— Isso aí, amiga. Você é a melhor no sinericídio. — Kira concordava com a Lelê, apesar de evitar se meter na minha vida.

— Vocês duas já pararam para pensar que nem todo mundo quer ser par? Eu estou feliz sozinho. Se serei assim a vida toda, não sei. Pelo menos, não engano ninguém.

— Mas elas acreditam, mesmo você ficando calado. A Fabi, por exemplo…

— Lelê, a Fabi é assunto proibido — Cadu tentou encerrar o assunto.

— Ué, achei que a Jalma é que fosse assunto proibido.

O coro foi em um só som:

— Jalma nãooooooo!!!

Todos da minha galera tinham horror à ex-namorada do Felipe. Fabi tinha se tornado um assunto indelicado, que envolvia a certeza de eu ter decepcionado muito aquela garota, mas a Jalma, todos tínhamos ojeriza a ela. Metida, arrogante, mentirosa, ardilosa... Alguns dias me perguntei como uma só pessoa conseguia carregar tantos adjetivos ruins.

— O meu namorado até hoje não me convenceu por que namorou a Jalma. — Minha irmã fingiu aborrecimento.

— Porque eu tinha que namorar uma doida para dar valor a você, amor — disse Felipe. — Mas, sério, ela não tinha essa postura, infelizmente mudou muito, não a reconheço mais.

Meu cunhado já havia explicado como a Jalma, na época em que ele a namorara, nada tinha a ver com a atual. Mudara e nunca mais voltara ao normal. Quanto a mim e ao Felipe, nunca tivemos problema por termos, em épocas diferentes, vale ressaltar, ficado com a mesma garota.

— Depois vocês falam que eu sou cafajeste, olha a resposta do cunhado.

Risada generalizada, e o Felipe fingiu aborrecimento.

— Ah, para, Cafa, você é pós-graduado no "falo para te conquistar" — disse Felipe, e a gente sabia que ele tinha verdade nas palavras. Eu era mesmo pós-graduado em alguma coisa, enquanto o meu cunhado e a minha irmã tinham um estranho encontro perfeito, desses inimagináveis. Eu não me lembrava mais da Kira sozinha.

O assunto de repente cessou. O verão estava no auge e o Rio de Janeiro convidava a sair em todos os horários do dia. A água do mar na temperatura perfeita e eu agradecendo ter nascido nesta cidade. Minha irmã e a Lelê ficaram um bom tempo na água e demoraram a voltar para a areia. Quando retornaram, meus amigos da bagunça estavam confirmando a saída à noite.

Eu tinha muito gás, e em alguns dias nem mesmo sabia como conseguia acordar tão cedo para surfar, estudar, estagiar e sair como se fosse acordar às três da tarde no outro dia. Quando eu chegava quase de manhã e tinha compromisso em poucas horas, a minha mãe entrava no quarto, colocava a mão no meu pescoço, cogitando a possibilidade de a qualquer hora eu aparecer com febre. Quando sentia a mão materna em mim, eu me cobrava por ser o filho que dava mais trabalho. Apesar disso, levantava com facilidade para as responsabilidades e demonstrava uma energia surpreendente com uma ótima saúde.

Dormir quatro horinhas por dia me bastava. Raramente esse ritmo alucinante me fazia passar o domingo largado no sofá da sala. Meus pais diziam ser o lado bom da juventude. Mais velho, caso não dormisse, certamente desejaria ser internado com soro na veia e um quarto todo escuro para recuperar as horas perdidas, diziam eles às gargalhadas. Bastava enumerar os meus compromissos profissionais, ou a correria dos fins de semana e as ondas perfeitas me esperando, para ficar de pé, tomar um café reforçado e correr para onde quer que fosse.

Naquele dia, quando saí do mar e me sentei na areia, a Vicky apareceu. Meus amigos, que conhecem a fama da peça, se entreolharam. Ela não estava namorando? Para mim tanto fazia ela estar ali, não me incomodava.

Sentou-se na areia com a sua canga colorida, o seu brinco gigante em uma das orelhas, um biquíni dourado com a parte de cima sem alça e o olhar agitado característico.

— Qual é, Cafinha?

Cafinha. Ela gostava de me chamar assim, e eu não curtia. Virou o rosto na direção do mar e pude reparar a ousadia do seu nariz arrebitado. Um coque no alto da cabeça parecia ter sido feito às pressas e a deixava linda. O cabelo nascia escuro e tinha a ponta dos fios quase branca. Atraente!

— Qual é, Vicky?

— Tá ligado que saquei. Reparei, anotei e verifiquei que tu sumiu. — Aquele típico jeito de falar.

— Eu? Continuo morando no mesmo lugar e andando pelas mesmas ruas.

— Não sei. Estou achando que está fugindo de mim.

— Eu, Vicky? Fugindo de mulher, mas, espera aí, está me dando uma dura? Você não arrumou um namorado?

— Arrumei.

— Então qual é da cobrança?

— Porque a gente não tem nada, mas quero respeito.

— Como assim? Não entendi. Eu te falei, gatinha, não quero compromisso...

— Eu sei. E eu quero? Ainda mais contigo.

— Qual o problema comigo?

— Nem vou responder, mas você me viu no bar outro dia e saiu fora. Achei meio chato.

— Eu te vi? Ih, está neurótica. Mania de perseguição? — Eu já havia ido embora algumas vezes depois de vê-la, mas tinha quase certeza de não ter sido notado. Vicky jogava verde na maioria das situações. Ou alguém tinha me denunciado.

— Não tenho essas crises, Cafa. Só achei ridículo.

— Não estou entendendo, Vicky. Você nunca quis nada com nada. Quando era para entender que você faz tanta questão de a gente se falar?

— Não faço – disse ela.

Mulher confusa. Entender o sexo feminino já é complicado. No caso de uma garota neurótica, mais ainda.

— Não fica pensando que sou neurótica.

— Não pensei. – Claro que pensei. E estava na cara que, mesmo me fazendo aquelas cobranças sem sentido, seguia o namoro com um mais doido que ela.

— Vi na sua cara que sim. – Além de tudo, a garota adivinhava os meus pensamentos.

— Vicky, vou voltar para pegar onda. Numa boa, detesto dar satisfação, ter que me explicar... nós não temos nada, não somos namorados, não prometi correspondência, até porque não quero. Muito bom te encontrar por aí, curtir; agora, compromisso, seja ele qual for, estou fora, fugindo disso.

Vicky fez o mesmo olhar da Fabi. Confesso, me surpreendeu. Aquele jeito decepcionado e uma estranheza com algo que parecia novidade. O que a Vicky esperava de mim? Eu tinha mexido com ela? Aquela garota estava gostando do nosso envolvimento? Mas, afinal, alguém poderia me responder? A doida estava ou não namorando?

Kira parecia mais uma vez assistir a uma cena conhecida. Quando a minha irmã me olhava com cara de "pô, Cafa", eu ficava sem graça. Nunca tive interesse em ter nada com a Vicky. Estava tudo certo desse jeito. Qual o problema em não desejar um laço mais intenso com ela? Mas aquele olhar da minha irmã... Meu coração batia acelerado quando o assunto envolvia a minha família, porque eu os amava, queria bem e me davam a sensação de porto seguro.

Vicky se levantou, disse apenas "sim, estou namorando, acho ele melhor que você", e foi embora. Nosso papo ficou pela metade, ou por inteiro, mas não desceu goela abaixo. Estava namorando? Queria me cobrar o quê? Queria falar de mim, mas lá estava com os seus defeitos enormes pendurados na pele.

Saímos da praia quando o sol também nos deixou. Chegamos em casa cheios de fome e, como a geladeira não parecia convidativa, decidimos seguir até o Enxurrada Delícia. Apesar da animação do momento, confesso que o encontro com a Vicky me incomodou. As garotas pareciam ter se unido contra mim nos últimos tempos.

Felipe e a Kira chegaram antes de todos para reservar a nossa mesa. Lelê apareceu logo em seguida e nos sentamos com fome e fazendo bagunça na mesma intensidade.

— Cafa, achei que a tal Vicky saiu da praia borocoxô.

— Não fala assim. Não sei por que ela apareceu, mas, posso garantir, ela é completamente maluca.

— Você tem que parar de deixar essas meninas pra baixo. Está arrumando um carma.

— Kira, eu não engano ninguém, elas que ficam atrás de mim. Sei lá. A Karen e a Olga entraram no jogo, sabiam da minha realidade, porque sempre me posiciono, falo a verdade. Depois a Olga só faltou acabar comigo. Qual a surpresa? Eu não escondi e não prometi namoro, noivado, casamento, dois filhinhos e um cachorro. Pelo contrário, eu sempre digo não ter chance, que só quero ficar, e nada mais.

— Eu devo ser um bobo, quero dois filhinhos — disse Felipe, zoando. — A cachorra já temos!

— Se vocês se casarem, vão levar a Angel embora? — Cadu perguntou mais preocupado do que com a minha vida sentimental.

— Lógico — respondeu Felipe, enquanto eu pensava longe…

— Cunhado, deixa te perguntar uma coisa — falei, interrompendo a conversa dos dois. — Que fim levou a Jeloma depois do sequestro?

— Cara, ela viajou, fez um curso fora, mas não tenho mais notícias dela.

— Como pode ser tão diferente da irmã? A Jeloma é gente boa, contrasta com a Jalma. Acho que eu seria amiga da Jeloma, se não encontrasse nunca mais a Jalma — disse a minha irmã, que tinha motivos para não curtir a ex-namorada do seu namorado. Mas a ex-cunhada do Felipe tinha uma energia completamente diferente e parecia ser uma garota muito legal.

— Em alguns dias, costuma me lembrar do que vivemos e parece um filme, cenas inacreditáveis. A gente ajudando a descobrir o cativeiro de uma garota sequestrada. Contando, ninguém acredita… — disse, voltando ao passado.

— Somos personagens de um filme tenso — disse Cadu com voz ácida. A situação não tinha mesmo sido fácil.

— Tudo isso nos aproximou ainda mais. — Cadu e a Lelê tinham começado a namorar durante aquela confusão. Eu curtia olhar os dois. Observar o meu gêmeo acompanhado se tornara uma maneira de me ver namorando, carregando menos peso com as cobranças. A mente humana e suas programações. Funcionava muito bem na minha cabeça. Quase como uma loucura destemida sem plateia. Não tinha coragem de contar alguns dos meus pensamentos para ninguém. O irmão gêmeo, em algumas situações, se tornava um espelho de ações jamais realizadas. Era como se vê-lo fazer me preenchesse da necessidade de realizar. Ele carregava o melhor de nós. Um cara puro de alma, doce com as pessoas, um coração capaz de salvar quem quer que fosse, mesmo quando também estava correndo perigo. E tínhamos testado isso na vida real.

Minha mãe chegou na nossa mesa, animada. Acabara de inventar uma receita, e, quando isso acontecia, ficava eufórica.

— Novidade no Enxurrada Delícia! Uma massinha que leva peito de peru, abacaxi, amêndoas e um molho leve que ficou uma loucura. Coloquei o nome de massa da Lelê.

— Mentira que ganhei um macarrão para chamar de meu? Desmaiada no sol do Caribe, porque lá fico chique como pimentão vermelho.

— Todo seu! E espero que adore o seu próprio macarrão. — Fizemos a maior festa para a namorada do meu irmão a partir daquele instante. Minha mãe homenageava as pessoas amadas dando seus nomes para os pratos criados por ela.

— Minha sogra fez um macarrão em minha homenagem. Agora sim, a massa da Lelê! Cara, sou mesmo dessa família, entrei para o cardápio. — Cadu abraçou forte a sua namorada, e a imagem emocionou.

Saí do restaurante depois de um estrogonofe de carne de soja que só a minha mãe sabia temperar. Esses momentos familiares me lotavam de um sentimento raro. Quando alguém falava de amor por uma mulher, eu pensava nesses meus sentimentos, os mais nobres. Talvez fosse assim. Gostar de alguém sem poder imaginar a vida sem aquela companhia, sem os melhores momentos, as risadas...

Cheguei em casa, e os amigos começaram a ligar confirmando uma festa boa na casa de um amigo do Sodon. A comemoração prometia. Aniversário do cara, as amigas da irmã com presença garantida, DJ com a melhor playlist e a bagunça costumeira.

Fiquei pronto mais rápido do que de costume. Kira, o Felipe, a Lelê e o Cadu não quiseram me acompanhar, entretidos em assistir a um filme. Aquele quarteto andava desanimado para sair. Lá fui eu para a minha tão adorada vida de solteiro, prometendo não ficar com duas ou ficar, mas com intervalo de uma hora, tendo certeza de que a outra já fora embora. Sair de casa com aquele banho tomado, bem-vestido e com o tanque do carro cheio me entusiasmava.

Quando bati a porta de casa, não tinha ideia da bomba que me aguardava na tal festa.

QUATRO

Covardia sem saber

Esse é aquele momento da vida em que você não gostaria de estar ali, mas não teve como fugir. A covardia me pegou e deu socos na minha cara, sem piedade, até porque benevolência não é o forte dela.

Eu me sentia em casa estando na rua. Cheguei, e a festa alto nível colecionava sorrisos. No apartamento de cobertura na Península, na Barra da Tijuca, vasos de plantas surpreendiam por serem tão grandes quanto as pessoas, coqueiros que pareciam cenário, garçons com uniformes impecáveis, e um clima de animação no ar. O amigo do Sodon, Enzo, era um desses caras bem loucos, com uma energia acelerada. Depois eu soube que cuidava de uma ONG que recolhia roupas dos amigos ricos e levava até comunidades carentes. Não aceitava ver tanta gente desamparada. Uma atitude louvável para um cara que possuía tão pouco contato com o mundo das ausências e podia se fazer de cego que não notariam. As características mais agitadas, de rei de festa, não deixavam transparecer esse outro lado humano de pensar no semelhante.

Em meia hora, a festa parecia um pouco minha, de tanta gente conhecida vindo me abraçar. Se tinha algo de que eu e o meu irmão não podíamos reclamar era a nossa popularidade. Não sei se por sermos gêmeos, muita gente nos conhecia pelo nosso astral ou por estarmos nos locais da moda. Muita gente também comentava a nossa sincronicidade em rir ao mesmo tempo e chamar uma certa atenção pelo corpo atlético.

Uma garota, de quem eu não lembrava o nome, ficou rindo na minha direção. Correspondi. Comigo não tinha tempo ruim. Eu a conhecia, mas não conseguia me lembrar de onde. Tentei. Fui no meu arquivo mental, mas nada. Em que lugar eu tinha visto aquela menina? Cabelo abaixo da orelha, vestido curto, pernas bem bonitas, um salto altíssimo, não sei explicar como as meninas conseguem andar nisso, e o sorriso conhecido... infelizmente... não me lembrava de onde.

— Você não se lembra de mim? – perguntou depois de alguns passos determinados na minha direção.

— Lembro – menti.

— Claro que não lembra. – Gargalhou, e confirmei os dentes brancos e certos de quem usou aparelho por muitos anos.

— Lembro. Sério mesmo! – insisti na mentira.

— De onde? – A pergunta curta me deixou desconcertado.

— Eu e você sabemos. – Imaginei já termos ficado juntos em alguma noite dessas.

— Claro. – Debochou descaradamente da minha cara, com a certeza de que eu não tinha a mínima ideia do que havia ocorrido entre nós.

O rosto dela não me parecia estranho. Irmã de algum amigo meu? Alguém que beijara em uma noite apagada da memória? Amiga de alguma ficante? Um rolo? Um momento? Eu não conseguia achar a cena da nossa convivência dentro da memória. Os segundos estavam ficando pausados, o tempo perdendo o ritmo, e a garota continuava me olhando. Dona da cena.

— Nós já ficamos – disse ela de maneira desinteressada, dando a entender não ter sido bom.

— Eu me lembro de você. – Tentei falar da maneira mais sincera, mesmo mentindo.

— Estudamos juntos também. Fiz o primeiro período da faculdade, mas abandonei. Estou querendo morar fora do Brasil. Não levo jeito para medicina, quem sabe moda? – perguntou para si mesma.

— Claro! — Situação, no mínimo, estranha, mas fui salvo pela imagem da sala de aula. — Você é a estudante de dermatologia que sonhava em trabalhar com moda em Paris?

— Ficamos um dia no churrasco da turma. — A memória da menina possuía neurônios melhores que os meus. — Dias depois, você ficou com a minha irmã.

— Eu fiz isso? — perguntei, já sentindo o tamanho da zica.

— Ficamos seis meses brigadas. Você causou um tornado sem saber.

— Quem é a sua irmã?

— A Lu da academia. Modelo. Ela, sim, trabalha com moda.

Senti que rolava uma certa rivalidade entre as duas que fisicamente se pareciam, mas a irmã, de altura mais baixa, me pareceu ter menos autoestima para lidar com o mundo. Como não liguei a imagem de uma com a outra? Chato ter ficado com a garota e não me dar conta. Para piorar, passava pela Lu na academia sem me lembrar de ter beijado a irmã dela. Também não me recordava do churrasco da turma. Devo ter bebido além da conta nesse dia.

— Bem, vou nessa. Antes posso te dizer uma coisa? — Ela me olhou firme e imaginei não poder negar a pergunta.

— Pode sim — respondi, mas sem muita convicção.

— Você é um cara gatinho, gente boa, mas tão cafajeste com as garotas. Parece que faz sem querer, mas não imagina os estragos. Fica com uma pessoa, e no dia seguinte ela não existe. Foi assim comigo, com a minha irmã e as minhas amigas que você pegou.

Eu tinha pego as amigas dela?

— Eu fiquei com as suas amigas?

— Ficou. Briguei com a minha irmã e com uma amiga, sendo que você não estava nem aí para a gente. Você deveria tratar melhor as mulheres, já que parece gostar tanto do sexo oposto.

— Hum… — Eu estava sem fala. Me senti um idiota. Enquanto ficava sem saber o que dizer, vi um cara me olhando e apontando o dedo na minha direção. Outro que eu não tinha a mínima ideia de quem era. O que estava acontecendo naquela festa?

A garota, que saiu sem dizer o nome, vou chamá-la para sempre de "irmã da Lu da academia, que eu peguei e não lembro", me deixou com um nó na garganta. Não tive tempo de pedir desculpas. Pelo que entendi, não solucionaria muito o problema entre nós. Minha imagem para a "irmã da Lu da academia, que eu peguei e não lembro", estava mais do que arranhada.

Resolvi voltar para casa. O clima estava azedo dentro de mim. Não havia motivo para comemorar mais nada. Queria ficar sozinho no meu quarto e pensar um pouco nas decepções causadas nas pessoas e no discurso vomitado da "irmã da Lu da academia, que eu peguei e não lembro". Minha intenção sempre foi me divertir, e jamais fazer mal a quem quer que fosse, e isso ultimamente parecia uma ocorrência. De repente me senti como um moleque sem escrúpulos, desses poucos preocupados com as reações das suas ações.

Avisei aos meus amigos que iria embora, e ninguém entendeu bem por que eu, que era sempre o último a sair, estava voltando para casa mais cedo. Minha vontade era enfiar a cara no travesseiro, e nada mais. Sodon insistiu para eu ficar, inventei que a minha mãe tinha ligado e precisava de mim. Depois de alguma insistência, consegui vencer os pedidos dos amigos e caí fora.

Entrei no elevador e me virei para me olhar no espelho. Constatei o cabelo bagunçado, passei os dedos nos fios acima da testa e fiquei puxando para o alto. Dentro de mim, os neurônios tentavam me distrair com bobagens.

Alguém segurou a ponta do elevador antes que fechasse, e um cara apontou o dedo na minha cara ao entrar com dois amigos. Dei um meio sorriso e recebi silêncio como resposta. *Tudo bem*, pensei. *Não quer cumprimentar, não cumprimenta.*

O elevador desceu, e o indivíduo, no mínimo estranho, manteve o olhar seco e determinado na minha direção. *Qual era a do cara?* Sabe aquele silêncio incômodo que acontece dentro de um elevador? Multiplica. Estava quase perguntando qual a do perdido, quando ele abriu a boca.

— Lembra de mim? — A segunda pessoa que me perguntava se eu me recordava dela na mesma noite. Não me parecia um bom sinal. Dessa vez, senti o encontro indo além de um sermão. — Ah, esqueci, você não me conhece. Seu papo reto foi com outra pessoa.

— Não tenho ideia do que está falando.

— Levou um papo com a minha namorada... e eu não gostei — disse entre os dentes, mantendo uma postura de ataque. Me calei. Não tinha ideia de quem seria a garota dele. Mais uma sem ficha catalográfica. Apesar do espaço pequeno do elevador, os amigos falaram algo que não entendi e ele completou: – Muita cara de pau. Mas, quando me viu, quis logo ir embora.

– Oi? Amigo, você deve estar me confundindo com alguém. Acha que estou indo embora por sua causa? – As palavras da "irmã da Lu da academia, que eu peguei e não lembro", voltaram mais uma vez na minha direção.

– Não tenho paciência com "pelassaco", Carlos Rafael – disse o meu nome para me mostrar que sabia quem eu era.

Nessas horas, um homem sempre se pergunta: vou deixar que o cara me chame de pelassaco? Óbvio, aquilo estava dirigido a mim. Pergunto qual foi? Como não sou de fugir de nada, indaguei:

– Está falando comigo? Pelassaco?

– Se reconheceu? – O rosto desconhecido parecia ter veias saltadas vindo na minha direção como flechas.

– Cara, eu nem te conheço, nunca te vi na vida – respondi, cogitando a possibilidade de apanhar dos três.

– Eu esperei pacientemente te encontrar por aí. Agora estamos aqui.

– Cara, na boa, está com algum problema comigo? Não sei do que está falando. Está estressado? Entra na fila, não vai ser o primeiro.

– Já tinham me dito que tu é cheio de marra.

– Sou não, meu irmão. Só não sou frouxo. Não fui criado para não assumir as minhas paradas. Não sei qual é a sua, mas vamos resolver. – Falei sério, duro, e senti que o cara, apesar de acompanhado por dois, ficou meio tenso. – E tem mais, meu irmão, você está com dois amiguinhos, mas se for homem de verdade cai comigo sozinho. Os amiguinhos ficam de plateia.

Os três se olharam discretamente.

– Quando o elevador chegar ao térreo, o chão será nosso e você vai apanhar sabendo o motivo.

– Ou vou te encher de porrada, sem você saber por quê – retruquei, tendo a certeza de que não sou de brigar, mas também não saio correndo.

A porta do elevador se abriu, somente os nossos passos podiam ser ouvidos. O desconhecido falou mais uma vez com os coleguinhas, e eu saí pelo portão do prédio, disposto a encarar a situação.

Meu carro estava estacionado bem próximo. Os três vieram atrás de mim. Parei em frente à porta. A cena parecia um assalto. Os caras me olhavam com jeito de criminosos.

— Qual foi? Vão ficar me olhando? Vão cair pra cima na covardia? – perguntei, indo direto ao ponto.

— Você se acha o malandro garanhão, mas saiu uma noite dessas e ficou com a minha namorada. Com a minha namorada! – repetiu ele, com ódio nas palavras.

— Ué, se ela é sua namorada, como eu peguei? Deu mole! Meu irmão, se ela não te respeita, o problema não é meu.

— É nosso.

— A mulher também é nossa? – Já que queria deboche, fui fundo e tive quase certeza de ver fogo saindo pelos olhos dele. – Ela é sua namorada, mas, amigo, sinto dizer, não cuidou direito.

— Vai dar uma de engraçadinho? – Ele me empurrou, e entendi ali, não teria jeito, que ele queria rivalizar. Cara marrento. Eu só faltei rir, brigaria sem ideia da identidade da garota.

— Não fico perguntando antes se a pessoa tem ou não namorado. Se ela estava sozinha uma noite dessas e ficamos, não sou eu que vou fiscalizar o compromisso alheio.

O cara ficou uma fera depois que eu disse isso e avançou para cima de mim, com a intenção de me dar um soco. Segurei a mão dele no ar, mas a outra veio ainda mais forte. Devolvi com outro soco e começamos uma luta sem nenhuma coreografia combinada.

No início, os dois caras ficaram olhando, dando apoio moral ao amigo, como uma equipe técnica no ringue de luta. Depois, controlei a situação e o cara apanhou, tomando dois fortes socos que nem eu sabia como tinha dado. Sodon ficaria orgulhoso da minha habilidade. Eu não tinha raiva do cara. Eu estava tranquilo, mas não iria apanhar. Ele me acertou na direção da boca, senti o gosto de sangue e revidei com um soco no estômago. Estava tudo errado. Quase parei a briga para dizer: "Qual é? Besteira tudo isso. Eu não pego mais a sua mulher e fica tudo certo." Antes que pudesse dizer isso, o desconhecido pediu que os amigos me segurassem. Um de cada lado agarrou os meus braços, e o covarde desconhecido começou a dar socos na minha barriga. De repente, senti uma dor horrorosa, algo tinha dado errado na brincadeira. Um soco daqueles. Minha cabeça abaixou sozinha e vi tudo escurecer. Não desmaiei, mas estava longe de mim mesmo, como se tivesse saído para não me olhar apanhando. Tinha perdido qualquer força para agir.

Um segurança do prédio, de longe, começou a chamar e indagar o que estava acontecendo.

– O otário desmaiou. Larga esse bosta aí! – disse o chefe da coisa toda.

O trio me deixou cair no chão. Um deles ainda me deu um chute e finalmente foram embora.

Fiquei ali deitado, estático. A rua vazia e, embalando a cena, a música da festa, que comecei a ouvir ao longe. Não sabia se os caras voltariam, mas não tinha forças para me mexer. O celular estava no bolso, mas não pensei em telefonar para ninguém. Daria o meu jeito. O funcionário certamente achou que todos tinham ido embora e não notou o meu corpo jogado na rua.

Depois de alguns minutos, coloquei a mão no bolso, peguei o chaveiro e apertei o alarme, destravando o carro. Consegui me levantar, me agarrando na janela do automóvel. Precisava ficar de pé e sair dali, mesmo sem saber como. Uma dor abaixo do peito me invadiu com mais força ainda, e meu coração acelerou. A maneira como tratamos as pessoas é como o mundo nos trata. Essa lição de casa veio na minha cabeça como um raio. Eu me sentei no banco com uma dificuldade tremenda de respirar. Olhei a hora, uma da manhã. Como ligaria o carro e iria embora? Nada decente passava pela minha cabeça. O sabor de sangue na boca e uma certa sonolência davam a dimensão da minha situação.

Depois de alguns instantes pensando, tomei uma decisão meio maluca. Com muita dificuldade, abri o capô do carro, tirei o fio da bobina e me sentei no carro de novo. Abri a carteira, peguei o cartão do seguro e liguei, pedindo um reboque. Foi o que me veio à cabeça. O guincho levaria a mim e o carro em segurança para casa.

Dormi, enquanto não chegava o salvamento. Por um milagre, a ajuda não demorou. Umas duas pessoas saíram pelo portão do prédio, provavelmente indo embora da festa, mas não tive forças para checar quem eram. Minha cabeça zonza só conseguia repetir as cenas da briga, tendo como trilha sonora a voz da "irmã da Lu da academia, que eu peguei e não lembro". Que cara doente. E eu continuava sem ter ideia de quem era a namorada dele.

Vi o carro do reboque entrar na rua e respirei aliviado. Liguei as luzes e deixei o alerta piscando. O motorista respondeu com o farol, e relaxei, jogando a cabeça na poltrona. Alguns minutos depois, escutei:

— E aí, meu irmão, beleza? — O cara tinha uma voz simpática, um detalhe que fazia toda a diferença naquele momento. — Tudo certinho? Qual foi
a do carro?

Quando coloquei o meu corpo levemente para fora, senti a surpresa por
parte do funcionário da seguradora.

— O carro não quis ligar. — Minha voz fraca mal saiu.

— O reboque é para você ou para o veículo?

— Cara, tem como me ajudar? Uns caras me pegaram, estou meio arrebentado, sem querer telefonar para casa. Tem como rebocar o carro comigo
aqui dentro? Acho que não consigo sair, e dirigir, muito menos.

— Está estragado mesmo. O endereço para te levar é esse aqui? — Ele não
questionou, me entregou um papel, assinei e assenti com a cabeça. Uma
confiança imediata em quem eu não conhecia me fez apagar. O carro foi
colocado em cima do reboque e eu dentro dele, na dúvida entre estar dormindo ou desmaiado.

A madrugada sem engarrafamento me fez chegar na porta de casa em uns
vinte minutos. Assim que vi a rua do meu apartamento, liguei para o Cadu.

— Fala aí, irmão!

— Cara, tô precisando da sua ajuda.

— Que voz é essa? Qual foi? — Meu irmão gêmeo me conhecia bem,
entendeu na melodia da minha voz alguma gravidade no ar.

— Alguns caras me pegaram…

— Alguns? Como assim?

— Não fala nada com o pai e a mãe. — Como sempre, a dona Claudia e
o seu marido só recebiam notícias em última instância. — Apanhei feio.
Estava sem condições de dirigir. Arrumei um reboque e estou chegando aí.
Tem como descer?

— Lógico. Segura firme, estou indo.

Felipe, meu cunhado, sempre muito prestativo, caso estivesse na minha
casa desceria junto. Kira e a Lelê não iam gostar quando vissem o estado do
meu rosto. O motorista desceu, ágil, adiantando a realidade.

— Acho que o seu irmão está meio ruim. Gêmeo, né?

— Somos, sim.

Cadu subiu no caminhão, enquanto o motorista se preparava para retirar
o carro.

— Qual foi, Cafa?

— Uns otários. Um deles veio pra cima… Tentei me defender, mas no final me pegaram. Não consegui dar conta de três.

— O que você está sentindo?

— Estou com uma dor na parte de baixo do peito. Sei lá. Acho que quebrei algo por aqui. Estou com um pouco de falta de ar.

— Putz… Por que será que quem toma porrada é você, mas eu sinto como se fosse comigo?

— Porque sou seu irmão? – perguntei, agradecido.

— Vou te levar para o hospital!

O semblante assustado do Cadu foi confirmado pelos olhares tensos da Kira, do Felipe e da Lelê. Talvez a minha fisionomia estivesse muito pior do que imaginara.

Meu carro ficou na calçada, e rapidamente o Felipe pegou o dele. Permaneci no banco da frente e confesso que qualquer movimento incomodava demais. Minha irmã e a minha cunhada falavam sem parar, mas não entendi bem o que diziam. Eu me sentia meio longe. Felipe foi dirigindo, demonstrando enorme preocupação comigo. Todos pareciam muito abalados e ficaram se questionando quem seriam os covardes.

Não queria deixar ninguém preocupado, mas, de zero a dez em como eu estava me sentindo, certamente apertaria o botão menos um. Eu parecia não estar só com o corpo quebrado, mas ter me perdido de mim mesmo.

CINCO

A mão da maldade

Será que eu merecia aquilo? Será que o destino ou o céu fazem esse tipo de coisa como vingança pelas nossas atitudes? Cada passo que damos está sendo vigiado? Por quem? Alguém, em algum lugar, decide a hora do nosso sofrimento?

Como posso contar o que não lembro direito? Vou tentar. Zonzo. Confuso. Levemente envergonhado e ainda com umas pitadas de dores pelo corpo, marcas e a emoção fazendo girar o meu pensamento.

Fiquei no carro enquanto o Cadu me registrava na emergência. Não tinha condições de andar. Lelê, o Felipe e a Kira ficaram comigo, e a dor parecia se multiplicar a cada minuto.

Uma maca me pegou alguns minutos depois e fui levado para um consultório onde um médico chegou curiosamente animado, mas, pelo menos, não me deu um tapinha nas costas. Expliquei ser estudante de medicina, descrevi com facilidade a localização da minha dor e cogitei uma possibilidade com a qual o médico concordou. Minha costela. Eu só podia ter ferrado algum osso.

Depois de alguns exames e até suspeita de ter rompido o fígado, o resultado foi o seguinte: ossos quebrados ao redor dos olhos, nariz quebrado em dois lugares, dois dentes destruídos na lateral da boca, uma costela quebrada e hematomas pelo corpo. Eu tinha apanhado mais do que sentira.

Fui para casa com as indicações do médico. Como tive uma fratura simples de costela, sem comprometimento da respiração e sem lesões de órgãos internos, levei uma receita de analgésico, fui proibido de fazer esforço físico e prometi focar nos exercícios respiratórios. Em três a seis semanas, eu estaria melhor. Nada de surfe ou qualquer outra gracinha esportiva. Essa informação me fez sentir muita raiva do trio de covardes.

Saí do consultório, ouvindo do médico que tivera muita sorte de não ter perfurado o pulmão. Prometi procurar posteriormente um ortopedista para confirmar que não havia necessidade de nenhum outro procedimento.

Zero animação. Além da saúde debilitada, o meu moral tinha mergulhado para o fundo do mar e o meu rosto deformado não me faria esquecer com facilidade aquela noite. Segui mais calado que o normal, a minha galera respeitou, e fui no carro de olhos fechados, sentindo algumas partes do meu corpo latejar, aliviado com a medicação e cobrindo o meu rosto com o braço. Acho que por vergonha.

No trajeto, paramos na farmácia 24 horas e o Cadu comprou o que a receita pedia. Algo em mim mudou naquele dia, mesmo que eu ainda não soubesse. Um novo pensamento, ainda indecifrável na minha cabeça, tinha ultrapassado um portal imaginário que indicava transformações.

Entrei no meu quarto, e o Felipe saiu com a Kira para deixar a Lelê em casa. Cadu ficou na cama dele, olhando na direção do ar-condicionado na parede do quarto.

— Quer conversar?

— Pode ser... — Me abrir com o meu irmão fazia parte da rotina. Não escondíamos nada um do outro. Alguns dias, muito doidamente, falando com o Cadu, eu sentia como se estivesse conversando comigo mesmo. Mais um mistério sobre a mente humana e suas programações. As pessoas da casa sentiam isso e, de certa forma, respeitavam a nossa troca, o excesso de intimidade e a facilidade de dizer um ao outro as nossas verdades mais íntimas. Nunca me sentia julgado conversando sobre sentimentos com o meu irmão.

— Me explica direito o que aconteceu?

— Fui lá na festa do Enzo, amigo do Sodon. Rolou uma parada engraçada, uma gata com quem fiquei veio falar comigo e eu não lembrava da gente junto. Irmã da Lu da academia, que eu peguei e não lembro. Nisso, um cara ficou me olhando de maneira estranha, apontou o dedo nojento na minha direção e eu não saquei qual era a situação. Como o papo com a irmã da Lu me colocou meio para baixo, achei melhor vir para casa. Aí, quando saí fora, o cara desceu no mesmo elevador, acompanhado de mais dois amiguinhos, e não tive como fugir da porrada. No começo, só nós dois, mas depois os amigos me seguraram para o otário me bater. Foi aí que quebraram a minha costela.

— Ninguém merece quem não se garante e quer cair dentro acompanhado. Vinha sozinho... mas ele apanharia e sabia disso. — Meu irmão entendeu sem que eu precisasse falar. — Mas qual foi? Você conhecia esse maluco? O que ele alegou para bater?

— Você imagina? — perguntei, pedindo ao meu irmão para falar sobre o único pecado que eu cometia em excesso.

— Mulher... pô, Cafa, não acredito, mais um rolo?

— Dessa vez não tenho culpa.

— Quem é a garota?

— Não tenho ideia, Cadu. Eu sei lá por causa de quem apanhei. Alguém, em uma noite dessas, ficou comigo e namora o tal cara.

— Que roubada...

— O que vamos dizer para o pai e a mãe? — perguntei, já sabendo que dessa vez não daria para esconder tantos hematomas.

— A verdade. Até porque a verdade sempre vem à tona.

— Beleza. Amanhã converso com eles. Agora vou dormir. Estou literalmente arrebentado.

Acordei pior ainda, com a Kira passando a mão no meu cabelo e me chamando para o café da manhã em família. Hora de encarar os meus pais e assumir o problema. Na minha casa, apesar da nossa correria, existiam algumas regras jamais quebradas: respeitávamos muito os nossos pais, falávamos sempre a verdade, seguíamos a vida estudando, trabalhando com os nossos objetivos bem determinados e tentávamos fazer as refeições juntos.

Ao chegar à sala, não precisei falar muito. Cadu estava calado, se servindo de suco de laranja, e a Kira cortava fatias de queijo. Seríamos uma linda família feliz, não fosse a minha cara deformada. Minha mãe vinha com uma travessa de pães frescos e deu um passo para trás.

— Carlos Rafael, o que aconteceu com você? Meu Deus do céu, seu rosto! Bateu com o carro? — Uma boa desculpa, mas o meu carro estava ótimo e não seria conivente na mentira.

— Tive um problema ontem.

Ao ouvir isso, meu pai veio andando pelo corredor do apartamento, mais rápido que de costume.

— Como foi isso, Carlos Rafael? — A voz grave do meu pai me fazia lembrar que eu tinha em casa um dos juízes mais importantes do Rio de Janeiro. Contei a história toda, e a minha família disse que isso não poderia ficar assim. Meu pai queria que eu fosse à delegacia dar parte, fazer exame de corpo de delito e tentar descobrir a identidade dos caras. — Isso é crime! Você não é santo, mas apanhar porque ficou com a namorada, ou ex-namorada de alguém? O rapazinho gosta de resolver no braço? Vamos agir com a justiça.

— Melhor avisar vocês que, além dos hematomas, eu quebrei ossos da face, nariz, costela e dois dentes. Fora isso, estou legal.

— Não é possível. Você ouviu isso, Marcondez? Esse menino quebrou uma costela! — Minha mãe imediatamente ficou histérica como uma daquelas matriarcas de filme americano que falam aceleradas, enquanto servem o café da manhã com ovo e bacon.

— Mãe, o médico disse que está tranquilo.

— Onde quebrar costela é tranquilo, Carlos Rafael?

— Eu vou fazer repouso, não vou para a academia, nem surfar... Tomando remédio tudo vai dar certo.

Kira fez uma cara de "meu irmão não tem jeito", e fiquei pensando no quanto queria encontrar aqueles caras de novo. Latejava em mim uma sensação de nó na garganta, me sentindo meio humilhado com a coisa toda. A vergonha na cara doía mais que a costela.

Meu pai, estranhamente, não fez grandes reclamações. Acho que ficou incomodado demais até por ser homem e imaginar como a sensação de derrota me dominara. Quando acabamos o café, voltei caminhando lentamente até o quarto, e ele falou calmo e pensativo:

— Eu estou do seu lado. Vamos agir contra esses marginais e resolver isso pela justiça. Nada de juntar amigos para revidar. Não te criei para ficar no meio da rua se metendo em confusão. E se arrume, vamos à delegacia.

Eu e o meu irmão nunca fomos de ficar pela rua brigando, envolvidos em conflitos. Possivelmente eu teria brigado mais se não fossem os conselhos insistentes do meu pai e a placidez do meu irmão, me segurando pelo braço e repetindo todas as vezes que vivíamos alguma confusão com outros garotos: "Cafa, deixa pra lá!"

Eu queria fazer o mesmo naquele instante, mas o meu coroa não me deu saída.

— Olhando para o seu rosto, meu filho, tenho certeza de que não devo esquecer o assunto. Não criei vocês para apanharem de ninguém. Se você errou e ficou com a namorada dele, é outro problema. Eu acredito que a sua maneira de viver pode atrair situações de conflito, mas não me meto nas suas escolhas. Mas deixar barato quando batem no meu filho não é sua opção. Não vou aceitar. Se arrume.

Meu pai saiu do quarto. Minha mãe entrou logo em seguida com a desculpa de "você esqueceu e não tomou o suco de laranja que adora". Não falamos muito, ela estava mais calma e parecia grata por me ver vivo, mas não tirava os olhos dos hematomas da minha face.

Quando fiquei sozinho, imaginei a vida calma de novo. Os medicamentos não me deixavam sentir dor e consegui ficar alguns minutos sem pensar em nada, reparando apenas no céu claro com nuvens que pareciam algodão.

Seguindo o pedido do meu pai, me arrumei e fiquei na sala aguardando por ele. De cabelos molhados, uma blusa polo, calça jeans e tênis, eu sairia de bom moço, se não fosse o rosto vermelho com suaves misturas de roxo. O seu Marcondez estava no quarto fazendo algumas ligações, e o meu ânimo para ir até a delegacia diminuía, enquanto um sono fora de hora chegava. Alguns minutos depois, quando meus olhos insistiam em fechar, os meus pais se aproximaram.

— Fiz algumas ligações. Vamos?

Balancei a cabeça, a minha mãe beijou a minha testa e eu me levantei, tentando não demonstrar como estava me sentindo fisicamente desamparado e ridículo por ter apanhado de uns desconhecidos por causa de uma garota sem nome. Me fiz de forte, me encostando despretensiosamente na parede do corredor, esperando o elevador.

No caminho, o meu pai falou pouco. O domingo seria longo, e eu queria um comprimido para dormir e só acordar quinze dias depois. Um policial nos acompanhou até a sala do delegado que nos aguardava no segundo andar. Passamos uma hora no local, contei exatamente como tudo havia acontecido, e a cada fala os olhos do meu pai se surpreendiam. Fomos muito bem atendidos, e tive que seguir depois para fazer exames para anexar aos documentos oficiais e comprovar o meu estado físico.

Cheguei em casa no fim da tarde e me sentei no sofá da sala, já esperando todo o questionário materno. Kira tentou amenizar, me avisando que a minha turma familiar estava na área gourmet, localizada na varanda recém-reformada e recentemente inaugurada.

Meu cunhado adorava confraternizações, e sem querer acabou saindo um churrasco que não deveria comemorar nada, mas surgiu como uma espécie de gratidão por eu estar bem. Felipe ficava sempre nos pickups das carnes, cuidando pessoalmente dos preparativos. Kira e a Lelê mergulharam sem parar em assuntos sobre a Canto da Casa e as novidades que desejavam para a loja. O empreendimento no Recreio andava animado com encontros temáticos sobre literatura, moda, reunindo as clientes e contribuindo culturalmente para o nosso bairro. As duas estavam sempre buscando melhorar. Os produtos da Canto da Casa tinham saída certa. A marca havia conquistado donas de casa, garotas solteiras que moravam sozinhas, artistas… eu estava muito orgulhoso das meninas da minha casa.

Fiquei o tempo todo deitado na chaise longue da varanda, olhando a animação dos meus familiares, e me senti ainda mais por baixo. De alguma forma, pela primeira vez, desejei estar com alguém. Uma realidade estranha parecia ter batido em mim com a sensação do corpo dolorido e a mente desalinhada. Uma necessidade de poder viver aquele momento acompanhado, ter alguém com quem conversar sobre os meus medos e revolta.

Minha irmã seguia o seu namoro em uma felicidade contagiante. Maravilhoso perceber como a Kira e o Felipe possuíam afinidades, completavam um a frase do outro e tinham um jeito de se olhar que ninguém mais parecia entrar na frequência daquela energia.

Cadu e a Lelê viviam grudados, e para o meu irmão tudo parecia resolvido. Carregava com ele sempre uma leveza, e eu o admirava muito por isso. Ele amava trabalhar com a minha mãe no Enxurrada Delícia, os dois tinham uma parceria admirável para dividir o sonho da matriarca, com vários planos em comum quando o assunto envolvia o futuro do negócio.

O que estava acontecendo com a minha vida? Que sentimentos estranhos vinham na minha cabeça desde o ataque? Por que eu me sentia tão fora do contexto das pessoas a quem eu queria tanto bem e com quem tinha tanta afinidade?

Até o dia anterior, a minha vida estava toda certa, ou quase, e eu raramente reclamava de alguma coisa. Agora, alguma peça parecia fora de lugar. Que peça? Boa pergunta. Estava disposto a descobrir.

— Cafa, você está com uma cara estranha… — Lelê ficou me olhando; no fundo, sabia do que se tratava.

— Estou? — Fingi. Meus pensamentos estavam tão descarados assim?

— Está. É dor? — Kira quis saber.

— Não. O remédio anestesiou tudo.

— Irmão, na boa, eu quero que você encontre esses caras comigo e os nossos amigos juntos. — Cadu não parecia falar de brincadeira.

— O seu Marcondez pediu para eu não me envolver em confusão. Sabe como é o nosso pai, prefere resolver as coisas através da justiça.

— Com certeza, o pai de vocês está certo. Eu não quero buscar o Cadu no hospital. Desde quando vocês têm que ficar brigando por aí? Os caras foram uns idiotas e vocês não podem cair nessa. — Lelê falou sério como poucas vezes.

A campainha do apartamento tocou, e a Kira abriu para que os meus amigos entrassem. A turma chegou com comidas, bebidas e animação para uma semana. Abri um sorriso. Pelo celular, o meu irmão tinha avisado do que acontecera comigo, mas a galera não conseguiu conter a surpresa ao me ver tão machucado.

Sodon foi logo dedurando que já sabiam quem eram os caras e a garota com quem que eu tinha ficado.

— O Tavinho é namorado da Flavia. Você ficou com ela naquele dia da boate em que amanhecemos na padaria.

— Putz… — Na hora me lembrei da tal Flavia. — Sei quem é essa menina.

— Claro que sabe. Pegou ela — mandou o Ygor.

— Isso não quer dizer nada. — Pedro não tinha papas na língua. — Já peguei e não lembrei.

— Ah, isso no caso do Cafa não quer dizer muita coisa mesmo. Sofre de amnésia. — Minha cunhada também não segurava o que pensava. Fiquei me sentindo o maior cafajeste da região.

Rimos, mas por dentro eu não estava lá essas coisas. Minha vida de solteiro parecia engraçada, mesmo que isso não fizesse tanto sentido naquele momento.

— Prometi ao meu pai que não vou retribuir porrada com porrada.

— Claro que não. O MMA me ensinou que só luta fora do ringue quem é bundão. Quer dar porrada, pratique o esporte, respeite o adversário e não seja moleque. Três contra um? Perderam a razão. — Sodon só usava a sua força para lutar profissionalmente, mas, se ele estivesse comigo na hora, os covardes não teriam me batido.

— Maluco, se eu encontrar esses caras, não me responsabilizo, infelizmente vou decepcionar muito o seu pai e o Sodon. — Dante falou dando a entender que o juiz da minha casa e o lutador profissional não conseguiriam segurar a gente, caso rolasse um encontro entre os dois grupos.

— Ai, gente, por favor. Meu irmão já teve uma costela quebrada. O que mais vocês querem? Poderá acontecer algo sério se vocês derem continuidade a essa covardia. Já não basta toda a violência no Rio de Janeiro? Querem virar estatística? — Kira demonstrou preocupação porque conhecia bem cada um de nós e como funcionava o esquema do nosso grupo. Ninguém se envolvia em confusão, mas carregávamos uma união forte para nos defender, fosse de sentimentos tristes, de uma acusação e, claro, de uma agressão.

— Pô, Kira, mulher não entende algumas situações… Um cara apanhar e deixar quieto? Difícil — disse Dante.

— Vocês são muito infantis, Dante. O cara está todo arrebentado. Vão fazer como? Apanhar mais? Bater? Deixar o idiota desse tal de Tavinho no mesmo estado? — Nunca tinha visto a minha irmã falar com tanta força e determinação.

— Galera, vamos deixar esse assunto para lá. Primeiro, o Cafa precisa se recuperar — pediu o meu cunhado, entendendo imediatamente que a namorada não estava curtindo imaginar o irmão arrebentado mais uma vez.

Eu também não queria falar muito sobre o assunto. Ainda por cima, estava sentindo desconforto. Costela quebrada é como diz a Lelê: "uó". O tal do Tavinho tinha se mostrado um palhaço de marca maior. Eu poderia até ficar uns dias da minha vida para dar uma recuperada, mas depois voltaria para a luta. Mas, e ele? Tinha perdido o caráter e não o acharia tão cedo.

O churrasco continuou rolando, e o meu celular vibrava animado. A notícia de que eu tinha apanhado virara assunto no Recreio, na Barra da Tijuca e nos grupos de amigos nas redes sociais. Algumas garotas queriam saber como eu estava. Não seria fácil decepcioná-las, informando que eu era uma dor em um corpo sentado no meio de um churrasco com amigos.

De repente, uma das mensagens me travou. Flavia. Olhando a foto dela, eu me lembrei do melhor do dia em que ficamos.

— Cafa, está podendo falar?

— Estou sim. Tudo certinho com você?

— Acabei de saber o que aconteceu. Estou chocada.

— É, foi uma brutalidade.

— Você está bem?

— Vou ficar melhor.

— Soube na academia. Peguei o número do seu telefone com a galera de lá.

— Eu estava apanhando, mas não sabia por causa de quem. Pelo menos, foi em nome de uma gata. Você vale uma costela quebrada. — Cadu, sentado ao meu lado, riu escutando o meu áudio. A Flavia valia mesmo a porrada.

— Eu não estou mais com o Tavinho tem umas semanas. Não sei qual é a dele, achando que ainda tem namorada. Na verdade, quando fiquei com você, estávamos brigados, eu tinha terminado. — Enquanto a Flavia falava, lembrei da maluca da Jalma, ex-namorada do Felipe, ainda se achando oficial quando a minha irmã e o meu cunhado se conheceram. — Quero pedir desculpas por ele ter sido tão babaca. Só me mostrou que não vale a pena mesmo. Ah, quem te mandou um beijo foi a Jeloma, somos bem amigas. Eu sei que você e a sua família a ajudaram muito na história do sequestro.

Jeloma? Nossa... ela era amiga da Jeloma. Bateu uma enorme vontade de ter informações da irmã da Jalma, mas fiquei sem jeito.

— Jeloma sofreu muito naquele sequestro...

— Eu sei. Muito triste aquilo tudo — disse Flavia, e um hiato pairou na troca de áudios.

Retomei a conversa, deixando claro que ela não tinha culpa alguma. Pelo tom de voz, a Flavia se sentia motivadora da ação. Como uma garota pode ser responsabilizada por ter se envolvido com um imbecil? Nos despedimos de maneira carinhosa, coloquei o celular sobre a barriga, senti uma leve dor nos olhos, e a Jeloma veio à memória. Garota guerreira. Passamos um momento histórico ao seu lado. Eu, os meus irmãos e a Lelê simplesmente a salvamos, encontrando-a presa por dois doentes. Jeloma era a única garota sequestrada que eu conhecera na vida. Estava muito magra, assustada, infeliz e com um olhar que nunca tinha visto em nenhuma outra pessoa. Taí alguém que eu gostaria de reencontrar, de ser amigo…

Sodon chegou perto de mim, preocupado. Reparou que um detalhe no meu olhar havia mudado. Amizade de anos faz a gente saber quando o outro está percebendo a vida diferente.

— Qual foi, cara?

— Não sei, Sodon.

— Você está abalado com aqueles babacas. Nós estamos com você. Essa parada não vai ficar assim, mas, concordo com o seu Marcondez, precisa ser por meios legais.

— A Flavia se livrou de um criminoso — falou.

— A nossa galera nunca saiu metendo a mão para mostrar força. Mas daí a deixar isso pra lá… — Dante não estava muito convencido de deixar que apenas a justiça cuidasse do assunto.

Certamente fiz um olhar de tristeza, porque o Sodon sacou que as coisas não tinham mexido comigo apenas fisicamente.

— Moleque, tudo vai se acertar — disse o meu amigo lutador.

— Aí, galera, queria agradecer pelo nosso amigo Cafa estar bem. Ficará ainda melhor de saúde. Essa parada nada a ver vai ser um detalhe na história do nosso grupo. Agora, desculpa dizer, esse Tavinho vai ter que rezar para não encontrar a gente por aí. O caldo vai entornar na cara dele. — Ygor puxou o brinde, e um silêncio estranho pareceu calar a boca de todos.

Kira olhou na minha direção, pedindo que eu não desse ouvidos e não me contaminasse com aquela opinião. Se tinha algo que a minha irmã carregava dentro dela dizia respeito à defesa da família. Eu estava desanimado e percebi a decepção de alguns amigos por não me empolgar em dar porrada em alguém. Na verdade, mal tinha forças para me levantar.

Meu cunhado Felipe se sentou do meu lado e começou contando que algo pior poderia ter acontecido.

— Tem muito cara morrendo por causa dos covardes. Não tive como olhar para você e não me lembrar do que rolou comigo no ano passado. — Felipe sofrera uma violência no ano anterior e a minha irmã quase ficara louca. Quase louca, não. Louca mesmo. Maluquinha. Não queria comer, só chorava, e depois, por milagre, o Felipe se salvou. Mais arrebentado do que eu, mas bem.

— Cunhado. — Eu curtia aquele cara. — Posso ser sincero? — perguntei.

— Claro, Cafa. A gente é amigo. Ou mais. Eu namoro a sua irmã, somos muito felizes e sinto como se tivesse ganhado uma família de bônus.

— Sei disso. — Calei para tomar um fôlego. — Essa porrada que tomei abriu uma tela com o filme da minha vida. Não gostei do que vi.

— Que isso!? Você é um dos caras que mais admiro. Não faz tipo, não quer assumir nada com ninguém, não quer namorar sério e deixa isso bem claro. O que existe de hipócrita por aí… Talvez esse seja o motivo do seu sucesso, a sua verdade.

— Mas não sei se é certo. Eu já andava refletindo sobre fazer pessoas infelizes. Aquele dia com a Olga e a Karen foi muito ruim. Imagino que as duas achem que eu mereci essa porrada. Porque, com certeza, alguém fez questão de contar o que aconteceu para elas.

— Errado é o cara que faz as garotas de palhaças. Não está parecendo o Cafa que eu conheço. Seja você mesmo. Sobre a Olga e a Karen, você realmente não agiu certo, mas pelo menos a atitude te fez mal.

— Pode ser — falei, enquanto escutava a gargalhada dos amigos. Eu já não sabia como dizer para aquelas pessoas que talvez eu não fosse mais o Cafa que elas conheciam.

SEIS

Um ano depois... ela

Tem momentos em que você desaprende a ser você,
mas não pode abaixar a cabeça e desistir.
Eu agora tinha que enfrentar a mim mesmo e
fazer a famosa limonada com o limão mais detonado de todos.

Duas semanas depois, eu estava fisicamente melhor, mas ainda tentava organizar os pensamentos. O rosto inchado, tonalizado pela cor roxa, ainda me lembrava os socos, mas com alguns mergulhos diários no mar de água fria do Recreio, o inchaço havia diminuído.

Meus irmãos me acordaram naquele sábado falando que a nossa turma do bem havia marcado uma praia. Meus amigos e a família tinham sido cuidadosos nos últimos dias, me dando um apoio inacreditável. Agora eu precisava retribuir, melhorando o meu ânimo para que ficassem tranquilos. Meu pai, um leão para defender os que amava, tinha levado adiante o processo contra o Tavinho e os seus amigos. As fotos no exame de corpo de delito falavam por si. Poucas horas depois da pancadaria, eu virara um monstro deformado. Aqueles caras me queriam morto, e só entendi isso quando vi tanta maldade marcada na pele.

Ainda com os vestígios do ataque do trio, fui à praia.

A energia dos amigos, diferentemente de qualquer outro grupo de pessoas do planeta, me religava com antigas sensações: risadas intercaladas com declarações históricas e uma piada acompanhada da lembrança de algum acontecimento, recebendo um coro simpático de comentários do grupo. Meus pais faziam várias análises positivas sobre a nossa turma, chegando a lamentar não terem nascido na mesma época que nós. Reunidos, parecíamos eternizados.

— Qual é, Cafa? Como está?

— Bem melhor — respondi para um cara da academia que chegou perto de nós na areia.

— Aí, a galera da academia está querendo catar esse Tavinho. — Ele falou de maneira severa e fiquei me perguntando se queria estender a violência. Eu achava que já era hora de parar por ali. Depois da confusão da briga, fui sabendo de várias histórias e coincidências. Tavinho e eu malhávamos na mesma academia, tomávamos açaí na mesma loja de sucos, ele frequentara por meio período a minha faculdade e eu nunca o tinha visto. Desde a nossa briga, mensagens chegavam como se eu estivesse dando um ingresso de graça para um show do Coldplay. Todo mundo queria e tinha algo a me dizer. Os amigos de longe apareceram, as garotas demonstravam uma preocupação que eu nem merecia. Em parte, me sentia estrela de um filme trash. Os olhares estavam voltados para mim junto com a massacrante sensação de exposição. Mas também sabia que, em breve, o assunto seria deixado para lá, assim como acontece quando uma fofoca explode, vira máquina de conversa e depois não serve para mais nada.

Eu não estava pegando onda por causa da costela ainda ferrada e fiquei sentado na areia com a Kira e a Lelê, enquanto o Cadu, o Felipe e os amigos correram para o mar. No começo do namoro, a galera não deu muita ideia para o Felipe, mas agora ele estava completamente inserido no contexto. A água estava perfeita naquele dia, e tive que aguentar a família fazendo manobras e ficar de castigo na areia.

— Cafa, pela primeira vez *in all my life*, estou com pena de você.

— Qual é, Lelê? Não quero ninguém com esse sentimento para o meu lado.

— Achava você muito doido com mulher, mas considero injusto o que fizeram.

— Quer dizer que antes eu merecia apanhar?

— Não, antes você merecia viver como acha que deve ser. Mas, vamos combinar, Carlos Rafael, esse seu apelido com uma leve referência a um cafajeste, às vezes, lhe cai bem.

— Na boa, Cafa – Kira não andava poupando a sua fala –, você poderia ter morrido na mão daqueles caras. Eu acho que algo os fez parar.

— Pode ter sido um grito do porteiro, que reparou que algo estava acontecendo, mas também não se deu conta de que eu tinha ficado caído no chão. O sentimento de solidão depois do ataque foi enorme. – Ao ouvirem isso, as duas se olharam.

Fiquei um tempo parado, elogiando o mar, enquanto a Kira mudava de assunto e comentava sobre o desejo de viajar com o Felipe.

— Depois de sonhar com o meu namorado tantas vezes, estamos planejando voltar aos lugares com os quais sonhei.

— A sua história só não é mais bonita do que a minha com o Cadu. É bem louco imaginar que o amor da minha vida era o tempo todo o meu melhor amigo. – Minha cunhada sorriu com ar apaixonado e emendou com um comentário nada a ver sobre cortar o cabelo.

O sol estava forte, lamentei não poder surfar, mas agradeci estar ali, vendo aquela natureza absurda. O celular chamou várias vezes seguidas, alguém estava tentando falar insistentemente. Olhei a tela, e a Debora enviava carinhas divertidas, me considerando sumido demais. Resumi o ocorrido dos últimos dias e li um "chocaaaaada" que gastava a letra "A" sem pena.

— Qual a boa de hoje? – perguntou, curiosa.

— Ficarei em casa, estou com o pé no freio.

— Vou com umas amigas em um bar novo que abriu lá na Olegário Maciel. Bora? Fala com o Sodon.

— Hum… não sei. Se der, apareço.

— Minhas amigas são todas gatas! – Impressão minha ou ela estava querendo me seduzir, oferecendo as amigas?

— Se forem todas maravilhosas iguais a você, a noite será perfeita. – O velho Cafa já tinha ido embora, mas como não elogiar uma garota como a Debora?

Larguei o telefone e chamei a Kira e a Lelê para sairmos naquela noite. As duas tinham combinado ir a um show de um cantor amigo do Felipe. Caso o Sodon não fosse, eu desistiria do programa. Sair sozinho não me trazia boas lembranças.

A noite chegou, e essa seria a minha primeira saída depois do encontro com o doente do Tavinho. Fiquei duas semanas dormindo, descansando, recebi minhas férias antecipadas no estágio e faltei a algumas aulas na faculdade, recebendo total compreensão dos professores. A pausa na rotina acabou sendo uma interrupção na vida.

Na sala de casa, ficou todo mundo me cobrando se eu estava realmente bem para sair. Minha mãe, mesmo depois de um dia inteiro no Enxurrada Delícia, preparava a sua nova receita de brusqueta. Meu pai assistia ao jornal da noite, esperando as notícias sobre o julgamento em que era juiz. O magnata havia cometido violência psicológica e física contra uma cantora. A TV estava em cima, os programas de fofocas não falavam outra coisa. Meu pai torcia o nariz só de imaginar ser assunto nos programas de celebridades.

Na varanda, a Kira, o Felipe, o Cadu e a Lelê gargalhavam com as histórias do Sodon. Algum assunto antigo, eu não lembrava direito, sobre garotas perdidas em uma madrugada totalmente esquecível.

— Ela disse na minha cara: "Fraquinho, você, hein, Sodon!" Eu, fraco?

— Não me lembro bem desse dia — falei, completando o assunto escutado pela metade.

— Falou o mais desmemoriado. Ele vive e depois esquece. — Sodon adorava sujar a minha barra.

— Tem certeza de que vai sair? — Kira substituía bem a minha mãe quando queria.

— Bora, Sodon, antes de a Kira me colocar de castigo no cantinho do pensamento.

Todo mundo caiu na gargalhada, mas ela não se deu por vencida e insistiu:

— Não querem desistir desse encontrinho e nos acompanhar no "Juro que vou", para assistir ao show do amigo do Felipe?

— Ah, já marquei com a Debora. — Não tinha prometido ir, mas não me sentiria tão bem acompanhando os "casados" da família.

— Você é muito agitado, Cafa, ligado nos 220v. – Lelê deu um tom definitivo na conversa, fazendo a minha irmã parar de insistir. – Esse showzinho voz e violão vai te dar sono, cunhado.

— Lelê? – Kira demonstrou irritação com a falta de apoio da amiga para que ele desistisse da saída com o Sodon.

Consegui fugir das cobranças e caminhamos na direção da porta. Minhas costelas ainda doíam levemente. Ai de mim falar alguma coisa sobre dores no corpo. Kira me amarraria na cama e me impediria de sair. Fui embora antes de qualquer desconfiança com a minha recuperação e depois de ganhar lambidas da nossa cachorrinha Angel.

— Onde as garotas estão? – A animação do Sodon me fez ligar o som do carro e colocar "Closer", do The Chainsmokers*: "So baby pull me closer/ In the back seat of your Rover/ That I know you can't afford/ Bite that tattoo on your shoulder…"

— Onde as garotas estão? – insistiu Sodon.

— No Vazou.

— O novo bar da Olegário?

Assenti com a cabeça e mandei o meu "bora nós". Meu amigo aproveitou, provavelmente porque estávamos sozinhos, para questionar o meu real estado de saúde.

— Com leve dor na costela, mas não fale isso na minha casa.

Ficamos rindo, mesmo sabendo de toda a história séria que vinha junto com o meu estado de saúde. Confesso, bastou colocar o pé no Vazou que o velho Cafa tinha voltado com a animação intensa e característica. Um misto de vários sentimentos me envolvia. Estava feliz de voltar à vida, aliviado por ainda me encontrar no meio do que entendia como minha existência. Uma leve intranquilidade, imaginando a possibilidade de o Tavinho aparecer, mas ainda assim me sentindo bem.

— Vamos acabar logo com isso – falei como quem quer buscar a antiga vida de volta. Sodon riu com o meu jeito de falar, mas entendeu a minha mente acelerada.

---

* Em tradução literal: "Mais perto", do Chainsmokers – "… Amor, me puxe para mais perto/ No banco de trás do seu Rover/ Que eu sei que você não consegue pagar/ Mordo aquela tatuagem no seu ombro…".

Debora me viu e acenou, animada. Estava sentada com as amigas em uma mesa de cadeiras altas. As garotas me olharam e sorriram. Debora tinha razão, as amigas estavam de parabéns, a mesa chamava atenção. Meu amigo perguntou, sem que notassem, qual delas seria a minha.

— É para dizer assim, Sodon? A gente nem chegou nas garotas.

— Anda, fala... — Ele me pedia para andar enquanto conversava sorridente.

— Nenhuma. Estou devagar.

— Qual é, Cafa? O seu devagar mal dá para ver a cor da moto diante da velocidade.

— Está bem. A minha amiga é a de blusa verde. — Escolhi a primeira em que bati o olho, esquecendo a Debora, com quem tinha marcado o encontro.

— Beleza. Curti a loira de vestido preto.

— Oi, meninos. — Ane, da academia, estava no mesmo bar e interrompeu qualquer reflexão sobre loiras e morenas. — E aí, está melhor, Cafa?

— Ótimo. — Esquecendo a dor constante na costela sobre a qual ninguém precisava ser informado.

Nos sentamos e, em poucos minutos, as risadas já eram a principal pontuação da conversa. A Debora, a Gabriela, a Joana e a Elisa pareciam do tipo autênticas, preocupadas mesmo em ser felizes, e contavam sem muita censura sobre os seus últimos relacionamentos sérios e as suas viagens em grupo, saindo por aí como mochileiras de praias.

— Namorei um cara tão machista... Meu ex-namorado brincava de pedir relatório sobre o meu dia. Eu tinha que explicar aonde tinha ido, quando, com quem...

— Que absurdo — comentei, não acreditando e recebendo a concordância das amigas. Nenhuma gostava do tal cara.

— Sabe aquela festa estranha com gente esquisita? — Debora falou essa frase baixinho só para mim. Nos olhamos e, mesmo com o comentário sem sentido, notei que a moça parecia esperar um retorno maior. Ela era uma gata, eu tinha tudo para estar fissurado, mas, entendi, não fluiria e demonstrei o meu desejo de focar no papo com os amigos, concluindo ser o melhor para aquela noite. Só ainda não sabia como diria isso a ela.

— O cara tem que ser seguro e deixar a garota livre. Só pessoas leves se dão bem. A pressão pode ser o pior ingrediente para uma relação —

comentei, me distraindo nos segundos seguintes, dando uma geral no lugar, admirando uma moto maravilhosa, correndo o olhar em toda aquela bagunça até literalmente travar. Ela, aquela garota. Uma imagem inicialmente meio embaçada e depois, como um susto, a conclusão: Jeloma. Só podia ser a Jeloma. Ela estava diferente, mas só podia ser ela. Eu a reconheci, aquele olhar...

Depois de toda a história do sequestro, ela não dera mais notícias. Agora estava ali com um grupo de amigas, e parecia outra garota, como se a vida sempre tivesse sido boa. Jamais me esqueceria daqueles olhos brilhantes e fortes. Depois de um ano, eu voltava a um dos momentos mais marcantes da minha vida.

As garotas na mesa perderam o brilho para mim e eu precisava reencontrá-la. Coincidência ou não, a sua imagem tinha surgido na minha memória durante aquela semana. Não podia sair da conversa sem mais nem menos, por isso precisei encenar um susto ao dar de cara com ela, o que não deixou de ser verdade, para a Debora entender a minha necessidade real de sair da mesa.

— Ih, olha lá — falei, dando uma interpretada.

— Qual foi? — Sodon interrompeu a fala, me conhecia bem e sabia que algo estava acontecendo de maneira paralela.

— Preciso ir ali. — Todas as garotas viraram a cabeça ao mesmo tempo para olhar na direção da Jeloma, conversando animada com as amigas. — Pois é, vou ali. Uma amigona que não vejo há um ano.

— Quem? — Às vezes, eu queria colocar cola na boca do Sodon.

— Jeloma, lembra? A irmã da Jalma, que foi sequestrada.

— Sequestrada? — O burburinho entre as garotas da mesa foi a deixa para eu sair.

— Vou ali — respondi rápido, me levantei, saí sem dar margem para nenhuma outra pergunta e deixei o Sodon explicar no meu lugar. Mesmo de costas, eu podia prever o olhar de decepção da Debora.

Caminhei pensando no que dizer. Estava sem graça antes mesmo de falar qualquer coisa. E se não fosse a Jeloma? Mas eu estava tão certo. Apesar de tê-la visto em um momento tão cruel, afinal a encontramos mergulhada em enorme sofrimento, bem mais magra, com outro semblante, e do nosso pouco contato, a imagem daquela garota em apuros nunca saíra da minha cabeça.

Parei ao lado dela, com o olhar no outro lado da calçada, tremendamente sem graça, como se procurasse alguém, mas com quem eu queria falar estava ali quase encostando o corpo na minha perna. Respirei fundo. Jeloma. Ela. Coloquei a mão no seu ombro e, por segundos, imaginei qual seria a reação.

— Jeloma!

— Oi. — Ela pareceu não me reconhecer.

— Eu sou o Carlos Rafael, o Cafa, irmão da Kira, namorada do Felipe.

— Nossa! — Ela sorriu lindamente, e me lembrei, naquele momento, de todas as minhas fraquezas com mulheres. Ali não cabia. — Como vai você?

— Estou bem. Estava ali com uns amigos, vim aqui procurar um conhecido e aí te vi. — *Colou? Falei bem? Hum... meio ridículo, tentando ser natural.*

— Me reconheceu? Estou diferente de quando nos conhecemos. — Ela colocou uma gota de tristeza no olhar.

— Você mudou para melhor.

— Depois do sequestro... — As amigas assistiam à cena curiosas. Ela ficou pensativa e pareceu tomar fôlego. — Passei um período ruim, mas depois fui estudar fora, morei alguns meses em Barcelona.

— Que bom. Dizem que Barcelona é maravilhosa.

— Se você conhecer o Bairro Gótico, vai se apaixonar. Aquelas ruas tão peculiares, as roupas coloridas penduradas ao vento...

— Demais. Que bom te ver tão bem... — Pensei em elogiar a sua beleza, mas achei melhor guardar para mim.

— Como está a sua família? — Ela queria saber da galera da minha casa, mas eu não tinha interesse em receber notícias da maluca da irmã dela.

— Estão ótimos. Kira e o Felipe, mais grudados do que nunca. Meu irmão com a Lelê e meus pais também.

— E você? — Ela sorriu novamente, mas dessa vez apertando os lábios, meio tímida com a própria pergunta.

— Bem. Na correria da vida. A novidade foi ter quebrado uma costela, mas sobrevivi.

— Nossa, como? Surfando?

— Antes fosse. História meio louca. — *Por que fui falar disso? Boca grande.* Suas amigas silenciaram e não conseguiam esconder a curiosidade no nosso bate-papo. — Um cara e mais dois amigos me bateram depois de uma festa.

— Que horror!

— Eu envergo, mas não quebro. Ficou tudo bem. Ele agora que se entenda com a justiça.

— Que absurdo. — Um silêncio ficou entre nós. Hora de voltar para a minha mesa.

— Bem, vou nessa. Adorei te ver. — Achei melhor não perguntar pela Jalma. Ela poderia interpretar que eu queria saber da irmã dela, quando eu não queria ouvir por onde andava aquela doida, e não faria isso nem por educação. A guria, mais enrolada que carretel, me causara vários problemas.

Nos despedimos e voltei para a mesa, olhando algumas vezes para trás. Quando me dei conta, mirei na mesa onde a Debora estava e segui reto.

Sodon só observou, levantando as sobrancelhas, louco para saber detalhes. Fiz cara de paisagem e pedi em pensamento para ele não exigir informações em voz alta. As garotas na nossa mesa pareciam querer a mesma resposta. Sentei-me e não consegui deixar de olhar para a Jeloma gesticulando animadamente.

— Sua amiga? — Debora não gostou muito de eu ter levantado para encontrar outra garota.

— Igual a você. — Nunca gostei de ser cobrado. Afinal, não existe satisfação alguma dentro de uma relação indefinida. Ainda mais quando se tratava de reencontrar a Jeloma, uma garota com uma história de vida tão marcante e a quem eu queria muito bem.

A noite com a Debora acabou ali. Perdemos o clima. Ela não conseguiu desfazer o bico e ficamos mergulhados no papo coletivo, falando superficialidades e seguindo a madrugada sem nenhuma outra surpresa.

Fui embora bem antes do previsto. Sodon ainda teve tempo de anotar o telefone da loira que lhe interessou. Os dois ficaram descaradamente se cantando. Já no carro, enquanto seguíamos pela Olegário Maciel, vi a Jeloma caminhando com as amigas, o cabelo esvoaçante, as pernas com o charme de quem desfila em uma passarela. Ela havia mudado, mas continuava a mesma garota que eu conhecera um ano antes.

Me pareceu que faltou dizer algo mais. Não sabia bem o quê, mas sentia como se a nossa conversa tivesse ficado pela metade. Eu queria estar caminhando com ela naquele instante.

SETE

Destino ajudando

*Algumas vezes não sabemos exatamente o que estamos pensando.
E menos ainda quando nos surpreendemos com os nossos sentimentos.
Eu estava diferente, porém, mais do que isso, estava saindo do meu antigo
mundo e encontrando novas inspirações.*

Acordei no dia seguinte, e a costela dera uma trégua. Minha família tomava café e segui pelo corredor reconhecendo as vozes dos meus familiares. Felipe tinha dormido no escritório do pai, porque os homens da casa não davam moleza e parecíamos os seguranças da Kira. A gente sabia, óbvio, mas não queria tomar conhecimento das intimidades do casal. Meu cunhado compreendia e respeitava as regras.

Eu me sentei, já pegando um pão quentinho feito pela minha mãe. Meu irmão chegou cantando Lulu Santos: "Quando um certo alguém desperta o sentimento...", e parecia bastante animado.

— Kira, sabe quem encontrei ontem? – falei.

— Não tenho ideia, Cafa – disse com um sorrisinho sarcástico. – Mas com certeza foi alguma garota.

— A Jeloma.

Todos ao mesmo tempo demonstraram interesse em receber notícias da ex-cunhada do Felipe. Há um ano não sabíamos por onde andava a garota que sofrera o mais comentado sequestro do Recreio dos Bandeirantes. Como a Jalma não batia bem, nos afastamos, mas a irmã, completamente diferente, seria uma pessoa muito bem recebida por todos da minha casa.

— Conta detalhes.

Cadu voltou no tempo com o olhar e lembrou os momentos de quando a encontramos tão debilitada.

— Ela está muito bonita, bem diferente daquela garota tão magrinha de quando a resgatamos. O cabelo com alguns fios claros, acho que pintou.

— Ela deve ter feito californiana – comentou Kira, achando engraçado porque, óbvio, a minha última especialidade envolvia cabelo feminino. – E o que ela contou?

— Que morou em Barcelona depois do sequestro, por isso nunca mais a encontramos. Deve ter sido tudo bem louco durante esse ano. A garota passou por algo tão terrível, foi assunto para tantas pessoas. Agora parece estar ótima.

— A Jeloma é muito do bem e muito forte. – Felipe a conhecia melhor do que nós. – Provavelmente resolveu a questão numa boa dentro da cabeça. Pegou tudo de ruim vivido naqueles dias e transformou em algo bom.

— Acho que só não viramos amigas por ela ser irmã de quem é. – Kira me fez lembrar do tamanho da confusão. Felipe, ex da Jalma, irmã da Jeloma, agora namorava a minha irmã. Na época, eu e os meus irmãos ficamos muito envolvidos em descobrir onde Jeloma estava aprisionada. Pela proximidade, tive um rolo com a Jalma, e nessa loucura ainda havia a Fabi, uma garota legal que magoei muito e até hoje me culpo.

Óbvio, o meu lance com a irmã da Jeloma não deu certo e nunca mais encontrei as duas. Honestamente, só não queria mais me meter em nenhum outro tumulto semelhante. Não sei se eu teria uma cura para o ímã de loucuras ao redor da minha vida, mas estava me esforçando. Talvez por isso não tivesse ficado com a Debora na noite anterior. Pensando exatamente nela, meu celular começou a tocar e era ela que me chamava. Fui até a varanda para atender.

— Oi, Debora.

— Cafa, está podendo falar?

— Claro.

— Olha, eu ia deixar pra lá, mas acordei pensando e não consigo guardar quando algo me incomoda.

— Hum... – Repetidamente garotas que não me namoravam queriam ter DR comigo.

— Achei péssimo o que rolou ontem. Poxa, eu te chamei para sair, sei o que viveu recentemente, você foi com o seu amigo, muito mais simpático que você. – Ponto para o Sodon. – E, depois do encontro com aquela sua amiga – ênfase no amiga, como se ela pudesse colocar aspas voadoras na palavra –, você mudou completamente e virou outro. Não parava de olhar para a garota.

— Eu? – Minha voz declarava não ter feito isso, mas claro que tinha.

— Com certeza. Fiquei supermal com as minhas amigas, elas me questionaram hoje qual é a sua. Não sei, foi a minha resposta. Não gostei do que rolou.

— Debora, foi mal, não queria te decepcionar dessa maneira.

— Muito chato, decepcionou mesmo.

— Não estou em uma fase boa e não deveria ter te encontrado. Aquela minha amiga passou uma fase pior do que a minha. Como disse ontem, ela sofreu um sequestro e fiquei feliz ao vê-la. Não foi nada com você, sério.

— Eu não quero te colocar para baixo, mas preciso dizer como foi frustrante. Não preciso passar por isso. Imaginei o nosso encontro e vivi uma das piores noites da minha vida. – Piores noites da vida? Nossa, Debora, menos.

— Desculpa mais uma vez, vou desligar. Minha família está me esperando para o café.

Debora se calou, e deixei para ela o gosto de desligar o telefone na minha cara. Voltei ao café encucado com a informação de não ter tirado os olhos da Jeloma. Eu não havia me dado conta, mas realmente tinha gostado de encontrá-la por acaso. Gostado muito.

Fiquei rindo porque a Lelê chegou na nossa casa, animada com os produtos novos comprados para a loja.

— Sem noção as galochas que chegaram na loja. A mulherada ficará louca. Aquilo com vestidinho é o mundo se acabando.

— Você não vai sair comigo usando galocha! – Cadu fingiu estar apavorado.

— Claro que vou, meu lindão! Eu e a Kira fazemos os pedidos da loja e também os nossos pedidinhos especiais.

— Por isso as donas da Canto da Casa continuam lindas. – Meu pai costumava colocar pilha e adorava a bagunça logo de manhã.

— E com os armários lotados. – Cadu levantou a sobrancelha e encarou a namorada.

— Felipe – me aproximei do meu cunhado, meio sem jeito –, tem como me passar o telefone da Jeloma?

— Claro. Anota aí. Ainda deve ser esse…

Não sei se teria coragem de ligar, mas agora tinha o número e quem sabe mandaria uma mensagem.

Depois do café, eu e o Cadu ficamos na varanda de casa. Kira, a Lelê e o Felipe foram à loja para conferir a entrega dos novos produtos. Eu queria conversar com o meu irmão. Talvez as teorias sobre gêmeos explicassem que, ao conversar com ele, muitas vezes, eu me entendia melhor.

— Irmão, preciso te contar…

— Mulher?

— Para de zoação. É assunto sério.

— Tavinho?

— Mulher – respondi e demos gargalhadas. Tão próximos e conectados. – Ontem, quando encontrei a Jeloma, fiquei feliz por ela estar ótima. Aí, hoje a Debora me ligou…

— Debora?

— A garota que fui encontrar ontem com o Sodon e estava com umas amigas lá no Vazou.

— O que tem ela?

— Nada, o problema foi o que me disse. Ligou meio aborrecida e comentou, para minha surpresa, como fiquei olhando para a Jeloma.

— Ficou?

— Ah, não tinha me dado conta, mas quando a Debora falou, caiu a ficha. Me surpreendi em encontrar a Jeloma tão feliz, bonita e sorridente. Quando a gente se conheceu, não foi o momento ideal, estávamos salvando a vida dela, aquela tragédia toda. — Meu irmão ficou com o semblante desanimado, balançando a cabeça e se lembrando do nosso primeiro encontro. — Ela estava tão infeliz há um ano, e ontem era outra pessoa. Adorei tê-la encontrado.

— Adorou?

— Muito.

Ficamos em silêncio e depois falamos juntos, ao mesmo tempo:

— Ferrou! — Mais gargalhadas sincronizadas.

— Peguei o telefone da Jeloma com o Felipe.

— Brabo é ela ser irmã da Jalma. Da Jalma, irmão! — Cadu tinha me cobrado muito por eu ter ficado com a doida na época do sequestro. Tudo bem, foi algo meio sem sentido, mas aconteceu, e passado é algo que fica ali tatuado no canto do "já foi", e nada mais pode ser feito. Um erro, mas um lapso sem chance de ser consertado. Estava feito. Eu podia prometer mudanças dali para frente, mas o antes não poderia ser alterado.

Como Jalma reagiria caso eu me aproximasse da irmã dela? A única certeza? Não me intimidaria por causa de uma mulher pirada. Se fosse para ligar, ligaria. Só não queria magoar a Jeloma, os dias ruins já tinham se encarregado disso. Ela era a última pessoa que merecia ficar triste com o que quer que fosse.

Naquele dia, fui para a piscina na casa do Sodon. Meu corpo parecia ter desistido de doer. A galera de amigos estava toda lá. Eu e o Cadu chegamos na frente, sentindo como se a vida voltasse ao normal. Kira, o Felipe e a Lelê apareceram logo depois.

— Kira, depois do sequestro da Jeloma e de a gente tê-la encontrado, nunca mais você sonhou?

— Nunca mais, Cafa.

— Tão inexplicáveis esses sonhos da Kira. Eu fico cho-ca-da. — Lelê entendia a minha curiosidade. — Mas parece que tinham prazo de validade.

— Foi bacana encontrar a Jeloma ontem.

— Hum… está falando muito na Jeloma. — Lelê sempre fora boa para pescar as entrelinhas.

— Ela estava linda! — comentei sem me dar conta.

— Jesus, esse menino vai dar o bote na Jeloma? Vai pegar a família toda. Segura a mãe das duas, porque esse moço não é fácil. Ou é, né, fácil demais! — Lelê riu sozinha.

— Nada disso! Cafa, irmão, amo você, mas não podemos esquecer o seu péssimo hábito com mulheres, de curtir uma noite, e nada mais. Várias vezes já fiquei com pena das garotas apaixonadas e envolvidas pelo seu charme. A Jeloma não merece, pensa nisso. Essa já sofreu a cota — disse Kira de maneira taxativa.

— Também não é assim, eu não sou apenas ruim para as garotas. — Existia alguém centrada, capaz de me alertar dos meus erros, mas, naquele momento, a Kira estava sendo injusta, me colocando como se eu só pudesse fazer alguém infeliz. Claro, a história da minha vida não colaborava. Por outro lado, existia uma garota marcada por um sequestro, que merecia muito a felicidade e eu sabia disso. Algumas vezes me incomodava falar de uma índole cafajeste, quando seguia meus dias sem intenção de ferir as garotas. Ainda por cima, a minha mãe me dera o nome Carlos Rafael. O apelido Cafa caía como uma luva nos meus rolos e confusões.

— Estou dizendo isso, mas acho que você está diferente. — Minha irmã me conhecia bem e havia reparado nos pequenos detalhes dos novos dias que envolviam os meus passos.

— Pode ser, Kira — concordei.

— Você parece ter mudado algo no coração — completou ela.

— Eu nunca te vi falando de uma garota dessa maneira. Ou melhor, o costume é falar de várias ao mesmo tempo. — Lelê também me conhecia bem. Eu tinha a sensação de ela agradecer todos os dias por estar com o gêmeo certo.

A conversa foi interrompida e aproveitei para dar um mergulho. O dia estava naquele bom calor carioca e a água gelada ao redor do meu corpo refrescou a minha pele, dando uma sensação de liberdade. Olhei as árvores ao redor e fiquei boiando, enquanto olhava na direção do sol. Naqueles tempos de tantos pensamentos, me conectar com a natureza dava sentido ao excesso de reflexões e me fazia ter a sensação de entrar no eixo.

— Cafa, a gente podia sair daqui e almoçar no Enxurrada. A mamãe disse para irmos, estamos com crédito – convidou Kira.

— Crédito? Toda hora a gente vai. Minha mãe não aguenta é ficar sem a nossa bagunça. Por mim, beleza. Quero provar o novo arroz natural com alcachofra, invenção dela – comentei, sentindo a fome chegar.

— Divino, já provei. A minha sogra é a melhor, cozinha demais. Fora ter feito uma massa em minha homenagem. Como esquecer tanto amor? Por isso estou essa delícia. Namorando o seu irmão, eu engordei uns quilos, mas me sinto feliz. Ele diz que estou ótima e sei que estou maravilhosa mesmo.

Depois de muito papo e risadas, o sol começou a ir embora. Hora da nossa *almojanta* no Enxurrada. Seguindo a rotina de fim de semana, em que regularmente íamos almoçar nesses horários extraordinários, partimos reclamando de fome.

Minha mãe estava na porta do restaurante, admirando um verdadeiro comboio de Harley Davidson que passava pela rua com as suas motos brilhantes e os seus motociclistas com os figurinos característicos. Biru Biru, garçom-chefe do restaurante, tinha reservado uma mesa grande para todos nós. O cheiro da comida familiar abriu ainda mais o meu apetite. Ameacei pegar a minha mãe no colo, fazendo-a entrar correndo na cozinha, fingindo fugir de mim.

Cadu comentou o dia maravilhoso que tivemos, e de repente parou de falar, parecendo engasgado. Não reagiu com o meu questionamento, continuou assustado e parecia admirar a aparição de um pterodáctilo.

— Cafa, está sentado?

— Que cara é essa? Parece que congelou.

— Olha quem está ali com umas amigas. – Não conseguia pensar quem estaria no restaurante da minha mãe. – Alguém que você não para de falar o nome. – Ridiculamente eu adiava virar a cabeça. Só podia ser a Jeloma.

— Jeloma? – perguntei, incrédulo. Não podia ser. No nosso restaurante?

— A própria.

Virei a cabeça, para mim no tempo de uma eternidade, e lá estava ela. Ainda mais bonita. Kira se levantou da sua cadeira, me abraçou e disse no meu ouvido:

— Vai lá falar com ela!

— Agora foi ele que congelou. – Cadu percebeu o tamanho da minha surpresa.

— Levanta, irmão, desaprendeu como se faz, logo você? – Kira ficou apertando os meus ombros.

— Não, ela está com amigas. Deixa quieto.

Antes que pudesse tomar uma atitude decente, meu cunhado, desligado na nossa conversa entre irmãos, reconheceu a Jeloma, levantou-se por conta própria e foi cumprimentá-la.

— Ih, ferrou. O cunhado foi lá falar com a ex-cunhada. – Cadu não resistia a colocar uma pilha. De repente, o Felipe apontou para a mesa, falou algo incompreensível e novamente vi aquele sorriso na minha direção.

— Vai lá ou vou te dar um beliscão. – O que eu seria sem a leveza da Kira?

Fiquei mudo, covardemente mudo. Uma atitude que nem combinava comigo. Com um mínimo de bravura, peguei o meu celular e mandei uma mensagem:

Quer dizer que você veio almoçar no meu restaurante?

Ela pegou o celular chamando, viu a minha mensagem presunçosa, sorriu, falou algo com o Felipe, ficou de pé e corajosamente veio na minha direção.

— Eu não sabia que esse lugar lindo era seu, que fique claro, senhor Carlos Rafael. – Ela acertou em cheio, ultimamente eu preferia que me chamassem de Carlos Rafael.

— Na verdade, estou tirando onda, o restaurante pertence à minha mãe. Ela é a grande musa do Enxurrada Delícia. Eu sou do ramo médico, não entendo nada de comidas, receitas e sucesso gastronômico. Cadu administra o negócio. Está de folga hoje, mas a grana desse lugar é toda dele. – Fui falando sem parar, para enganar o nervoso.

— Ah, que nada, quem manda mesmo é a mamãe! – disse Cadu, tranquilão, rindo do meu desespero.

— O Felipe chegou a comentar, mas a minha cabeça não guardou tudo daquela época ruim. Mas agora não esquecerei. Deve ser legal ter um restaurante com essas comidas maravilhosas à disposição.

— Eu pago dobrado a conta — ironizei. — Mentira. Somos prejuízo aqui. Minha mãe tem muito capricho, e o cardápio virou referência. Fora a organização e a limpeza. Tenho o maior orgulho da matriarca da minha casa. A parte boa? Eu provo umas combinações muito loucas, mas quase tudo aqui nasce da cabeça dela e de pesquisa. Ela é talentosa na mistura de temperos. Avisarei quando tiver provas dos novos pratos da dona Claudia. — Nunca falei tanto sobre o Enxurrada na vida.

— Vou adorar! — Jeloma ficou me olhando e parecia estar me vendo pela primeira vez. — Preciso voltar para a mesa. Minhas amigas estão esperando para fazermos os pedidos, todas loucas de fome.

— Claro. A gente se fala. Quer dizer, tudo bem a gente se falar? — Não acreditei naquela minha pergunta.

— Lógico. — Ela riu com o meu jeito esquisito para fazer um simples convite. Me deu um beijo no rosto e se foi.

Fiquei meio idiota em pé, como se a cena tivesse congelado, mas depois me dei conta da necessidade de reagir, porque, óbvio, os meus irmãos notaram a minha perplexidade patética diante da garota. Me sentei à mesa, e o Cadu ficou três segundos calado. Esperei seu comentário, ele não aguentaria silenciar o assunto.

— Qual é, cara, fala na garota e ela aparece no nosso restaurante? Vou começar a te falar quais são os meus sonhos para você realizar melhor as coisas para mim. Quero franquia do Enxurrada Delícia no Brasil todo. Está bem conectado, hein!?

— Nem fala. Tomei um susto.

— Sei, depois passa. Suas paixões só duram dois dias ou um mês.

— Paixões? Ah, para, você fala assim e eu me sinto o pior cara do mundo.

— Algo deu errado aí nesse seu coração. Olha bem, não vai zoar a menina.

— Gostei de reencontrar a Jeloma. É só isso. Amizade. Tem espaço sobrando para amigas na minha vida.

— Não sei, mas nem você está acreditando no que acabou de dizer. Vale uma ressalva: não fica chateado, mas você vive o estado civil "só mais uma". Pelo menos não é covarde, não fica dando de certinho quando, na verdade, é mulherengo.

— Quem sabe quando a gente encontrou aquele cativeiro, a Jeloma não estava mesmo começando o salvamento de um canalha? — disse, brincando com o meu irmão, mas na verdade eu falava muito sério. Voltei o meu olhar para a mesa de garotas lindas, mas apenas ela me interessava. O que representava um mundo novo chegando para mim.

OITO

Com emoção

*Eu queria poder dizer a ela que o seu nome estava passando
pelos meus pensamentos. Sua imagem e, principalmente,
o sorriso vinham me visitar. Eu queria poder encontrá-la mais uma vez,
apenas para conversar e saber mais a seu respeito.
Mas dias mansos não eram o meu forte.*

Fiquei alguns dias pensando na Jeloma, sem ação. Não queria forçar qualquer tipo de situação, mas também não desejava perder o contato. Apesar de sempre ter estudado muito e me dedicado à rotina profissional, quando o assunto envolvia a minha vida pessoal, eu me divertia sem culpa. Entretanto, ultimamente andava me sentindo superficial com algumas das minhas decisões. Não havia mais espaço para pensar apenas em mim. A vida parecia me cobrar a conta e acabava sendo inevitável pensar que isso estava acontecendo depois do soco do Tavinho, que, evidentemente, não merecia agradecimento.

Alguns dias depois do encontro no restaurante, acordei decidido a falar com a Jeloma. Em casa, todos frearam as perguntas, o que me deixou aliviado, já que nem eu mesmo sabia processar muito bem as respostas.

Jeloma, tudo bem? Sou eu, Cafa, como vai? Queria te chamar para almoçar.

Mandei a mensagem de supetão e quase joguei o celular longe. Se eu tomasse um fora, a história estaria resolvida, eu desencanaria de uma vez e encerraria qualquer possibilidade ali.

Uma hora se passou, e esperar nunca foi muito o meu forte. Até pela falta de costume. Peguei um livro do Saramago para ler, *Ensaio sobre a cegueira*, indicação da minha irmã, mas não conseguia me concentrar. Eu lia, mas não processava a informação. Me peguei várias vezes relendo os parágrafos, e vários passaram sem entendimento. Eu não reparava na minha falta de atenção com a leitura e continuava lendo como um robô.

Entretanto, depois dessa longa hora, intercalando a leitura do livro com olhar a capa, zapear atrás de um bom filme na TV, admirar a paisagem ao longe, tomar um banho, comer um sanduíche de frango com ricota, atender algumas chamadas e ler mensagens desimportantes, chegou um recado da Jeloma:

Hoje? Só vi seu recado agora. Estou na academia, indo para casa. Pode ser mais tarde?

Ótimo. Quer que eu te pegue na sua casa?

Pode sim. Mando mensagem quando estiver pronta. Moramos pertinho...

Sim, sim, eu sei qual é o seu prédio.

Eu sei que você sabe...

Claro que ela sabia. Eu tinha sido um rolo da irmã dela. Não cheguei a ficar íntimo da casa, não subi ao apartamento, mas cheguei a buscar a Jalma na portaria. Senti uma certa vergonha com aquela frase "eu sei que você sabe", afinal eu sabia que ela sabia que eu sabia. Me arrumei refazendo o nosso último encontro e pensando no que dizer ao encontrá-la. Não tinha como chegar e falar que queria apenas amizade, mas também não queria ter que explicar, legendar... Queria confiar na verdade e nas possibilidades de deixar acontecer.

Ela entrou no meu carro, me tirando o fôlego. O cabelo solto e esvoaçante parecia ter seu próprio ventilador com os fios sedutoramente instáveis e vivos. O shortinho jeans, a camiseta simples, uma dessas bolsas bem bonitas e um salto alto mexeram no meu fraco pensamento masculino, mas tentei pensar nas coisas práticas, recebê-la com toda atenção, acelerar o carro e partir.

Seguimos falando trivialidades: o Recreio dos Bandeirantes, os jacarés que moram no canal do bairro, comida japonesa... A orla da praia estava especialmente linda naquele dia, minha mais nova amiga pareceu acompanhar o voo de uma ave e o ir e vir das ondas no mar. Depois, sorridente, perguntou aonde iríamos:

— Desculpa. Não falei. Pensei em almoçarmos pela Barra da Tijuca, o que acha?

— Está ótimo. O Enxurrada não vale, né? – disse, rindo.

— Até vale, mas acho que ficaríamos tímidos com os olhos grudados da minha mãe na mesa.

Jeloma riu e perguntou se existia muito ciúme na minha casa. Expliquei que não. Nem meu pai sentia ciúmes do Felipe com a Kira. Não tinha jeito, em alguns momentos os filhos amadureciam, conheciam pessoas, criavam seus laços e seguiam adiante. Ela concordou e comentou que o pai dela demonstrava cautela, mas não se metia nas escolhas das filhas. Só de ela falar no plural, lembrei do parentesco com a Jalma. Como podiam ser irmãs e tão diferentes?

Eu não tinha ideia para onde estava indo, não conseguia pensar em nenhum restaurante, mesmo ouvindo regularmente os comentários da minha mãe sobre os melhores locais para estar com alguém e provar um prato maravilhoso.

— Posso sugerir um local para a gente ir? – perguntou, e eu concordei, tentando omitir a minha tensão. Ela abriu a bolsa, tirou um pedacinho de papel e pareceu ler algo. – O que acha da gente comer um nhoque à moda do chefe puxado na cebola flambada no vinho madeira e toque de gorgonzola?

— Já estou com vontade de provar esse prato. E a minha mãe precisa saber desse seu interesse por culinária.

— Foi dica de uma amiga quando eu estava saindo de casa.

Fiquei feliz em saber que ela comentara com alguém sobre o nosso encontro e tentei esconder parte do meu entusiasmo. Continuamos pela orla do Recreio em direção à Barra da Tijuca, passando pela Reserva. Jeloma adorava praia, eu comentei do meu amor pelo surfe, de como me acalmava uma manhã de ondas. Ela falou que adoraria me ver surfando. Repetia regularmente o hábito de ler na praia, enquanto observava a natureza.

Entramos no restaurante, e a Jeloma se mostrava bastante interessante, contando detalhes da sua temporada em Barcelona, suas caminhadas pelas Ramblas, os encontros com pessoas raras e a chance de repensar a vida.

— Sentiu saudades do Brasil?

— Naquele momento não, meu foco estava apenas em me sentir melhor. Dez meses depois, voltei com muitas saudades.

O garçom se aproximou e pedimos as bebidas. Ela curiosamente pediu uma limonada suíça, explicando que nenhum outro suco tinha tantos benefícios. Falei que a acompanharia e, em poucos minutos, chegaram as limonadas suíças decoradas, sendo prontamente levadas ao alto e brindadas como espumante.

— Que a vida seja sempre melhor, feliz e com dias maravilhosos!

— À vida! — respondi, lembrando-me dos conselhos da minha irmã, para não fazer uso de palavras e atitudes que fizessem a Jeloma sofrer.

O prato indicado pela minha acompanhante só poderia ser explicado como sendo dos deuses. Minha mãe não gostava de copiar receita de ninguém, mas só conseguia pensar nela provando e criando algo naquela linha. Uma massa perfeita, derretendo na boca, com os temperos no ponto certo. Estranhamente, a limonada escolhida pela Jeloma combinara.

— Sabe que em alguns momentos, quando eu me lembrava do meu resgate, vinha a sua imagem na minha frente? Você e o seu irmão me ajudando e dizendo palavras de incentivo, que conseguiríamos nos salvar, e que vocês estavam comigo… As imagens estão dentro de uma névoa, mas eu lembro.

— É, o episódio de "Sonhei que Amava Você" não foi fácil.

— "Sonhei que Amava Você"?

— É a maneira como chamamos aquele acontecimento. Você sabe que a Kira sonhou com o Felipe antes de conhecê-lo e depois sonhou com você presa em um cativeiro?

— O Felipe contou quando me visitou.

— Pois é. Não me pergunte o porquê, não sei explicar. Um desses mistérios da vida, mas o fato é que tudo que ela sonhou aconteceu.

— E ela ainda sonha?

— Não. Pelo menos, não lembra. Se lembra, não fala para a gente.

— Eu serei sempre grata aos sonhos da sua irmã. Salvaram a minha vida.

— Ela é demais. A minha família toda... Sou muito realizado por ter pessoas tão incríveis perto de mim todos os dias.

— A Kira passou por cima da informação de que eu era irmã da ex-namorada do Felipe. Isso mostra nobreza.

— Mas ajudar você não valia mesquinharia – retruquei, mas queria mesmo era perguntar se ela passaria por cima da informação de que eu era, como dizem por aí, um ex-crush da irmã dela. Senti um certo arrependimento por ter me envolvido com a Jalma.

— Obrigada, mas tinha a minha irmã no meio do caminho – disse com sinceridade. Ficamos em silêncio, refletindo, e concluí que, independentemente, do que estava acontecendo ali, a Jalma estaria perto. Parecia mais fácil falar do passado, apesar de tanta dor que envolvia aqueles dias. Não sabíamos lidar bem com os acontecimentos recentes, com o nosso reencontro. – O bom de tudo é que sobrevivi, mas o lado ruim se resume em: eu tenho medo.

— Na atual violência, todos sentem medo.

Ela agradeceu, colocando a mão na minha perna e tirando alguns segundos depois.

O almoço agradável foi como eu queria, sem pressão. Jeloma não falou nada que me fizesse desanimar de estar ali. Honestamente, esmorecer com garotas ocorria com mais frequência do que eu gostaria. Eu sei, era uma atitude ruim esgotar o assunto rapidamente. Eu não queria viver o que não me fizesse bem, sempre fora muito sincero no que queria para mim. Preferia abandonar o barco antes de dar qualquer esperança.

— Deve ser demais ser médico...

— Ah, estou aprendendo muito, gosto bastante e, acredite, sou estudioso. Não tenho cara, né?

— Tem, sim. Você tem jeito daquelas pessoas que ficam horas e horas na mesa estudando.

— Normalmente fico lendo na varanda do apê. Os livros de medicina são grossos, mas, quando vejo, a leitura fluiu e aprendi mais sobre a minha profissão. E você?

— Bem, eu fiz 19 anos no dia seguinte ao resgate, tem um ano que tudo isso aconteceu, estou com 20 anos e acabei dando uma parada na faculdade de administração, mas depois da passagem por Barcelona, de fazer cursos muito interessantes, ampliei o meu horizonte. Fora isso, abri um pequeno negócio de corset.

— Desculpe a ignorância, mas o que é corset?

— Imagina. Me surpreenderia se você soubesse. Corsets são os famosos espartilhos.

— Uau! Que coisa sedutora. — Não resisti a comentar porque a minha imaginação pensou bobagem.

— Eu fiz um curso de costura em Barcelona, porque ficava no mesmo prédio do curso de espanhol, aí acabei me apaixonando. Criei uma pequena marca e estou fazendo vendas on-line.

— Que interessante. Você sabia que a Kira e a Lelê têm uma loja? A Canto da Casa.

— De decoração?

— Também, mas a minha irmã faz roupas para a loja. Fazem o maior sucesso. Eu posso falar com elas, vão adorar vender os seus espartilhos, quer dizer, como é mesmo o nome?

— Corset.

— Esses corsets. Desculpe a falta de intimidade. Não que eu nunca tenha visto um. Bem, melhor eu ficar calado.

— Vou adorar conversar sobre moda com a Kira.

O telefone da Jeloma começou a tocar.

— Calma, vou te buscar — disse ela. — Fica na garagem do prédio. Quando eu ligar, você sai. Fica bem, vai dar tudo certo. — Minha acompanhante mudou o semblante, e a sua voz ficou nervosa ao ouvir quem falava do outro lado da linha.

— O que aconteceu? — perguntei, querendo ajudar.

— Cafa, tem como me levar em um lugar?

— Lógico. Agora. Está tudo bem?

— Comigo sim, mas uma amiga precisa de ajuda.

Pedi a conta, que demorou um pouco, e para a Jeloma durou uma eternidade.

Ela tentou me explicar o que estava acontecendo, mas senti sua dificuldade em falar a verdade. Paramos na entrada do prédio, encostamos na fileira de carros estacionados e ela imediatamente ligou para a amiga.

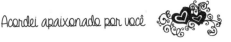

— Vem, amiga. Vai dar tudo certo. Respira fundo e anda com passo firme, não olha para trás — disse, tentando manter a voz calma.

Vamos combinar que a situação era bem esquisita. O que estava acontecendo? Eu não tinha ideia. Só sabia que alguém estava sofrendo e correndo risco. Uns três minutos depois, vi uma garota subindo a rampa da garagem ficou parada, até o porteiro abrir sem maiores questionamentos o portão. Jeloma ficou em pé na rua, sua amiga veio na nossa direção, eu liguei o carro e partimos.

Nos primeiros minutos, seguimos no carro em um silêncio constrangedor. Eu não sabia o que dizer, estava tremendamente sem graça, e a menina no banco de trás só chorava. Jeloma virou o corpo e ficou consolando-a, explicando ter sido o certo e chegando a dar parabéns pela determinação e coragem. Eu não entendia nada, mas podia imaginar. Decidi focar no trânsito da Linha Amarela, fazendo a função de motorista, sem interpretar nada. Segui até a Barra, onde a moça ficaria.

Só conseguia pensar: *minha vida não nasceu para ser calma.*

O barulho do choro não parou, e, quando olhei pelo retrovisor, para acompanhar os carros que vinham atrás e confirmar se podia pegar a outra pista, reparei num hematoma enorme no rosto dela. Percebi que os braços também estavam machucados e cortados. Bizarro o estado da menina. Quase me meti para perguntar o que tinha acontecido, mas respirei fundo e segui para o endereço dado, próximo ao metrô da Barra da Tijuca.

Paramos na entrada principal de um prédio bonito, de varandas largas. A moça controlara o choro, mas carregava dentro de si a prova viva de que dinheiro não é significado de felicidade. Jeloma avisou que subiria com a moça até a casa dela. Eu entendi, concordei, mas fomos surpreendidos por uma fala cansada, alertando sobre a necessidade de ficar só. Mais uma vez, me segurei para não questionar o ocorrido.

— Tudo bem, amiga. Me ligue assim que der. Mande notícias. Se cuide. Você deu um grande passo hoje. Amanhã veremos o que fazer nas questões práticas.

— Obrigada, Jeloma. Eu não teria coragem sem você.

Oi? Coragem para...? A falta de sensibilidade masculina não me fazia entender bem o diálogo entre as duas.

— Imagina. Fiz o que um dia fizeram por mim — respondeu e me encarou com um semblante emocionado. A frase era para mim, eu tinha algo a ver com os seus sentimentos naquele instante. *Segura a sua onda, Cafa, está imaginando coisas.* Sorri, mesmo deduzindo não caber um sorriso no momento. Eu andava pensando demais ultimamente.

A moça desceu, caminhou como a mais derrotada de todas as criaturas, e eu fiquei acompanhando seus passos, voltando no tempo e lembrando do dia em que estava caído em uma calçada depois de apanhar de três covardes. Reconhecia aquele desânimo, o vazio da falta de fé na vida e o banho de água fria da injustiça bem comum nos dias de hoje. Quem teria batido naquela garota? Jeloma sabia, mas achei melhor ligar o carro e partir ao ter certeza de que a vítima tinha entrado nos limites da portaria do prédio.

Mais uma vez o som estranho do silêncio absoluto dominou o carro. Jeloma, estática, processava o acontecimento anterior com um semblante congelado. Segui direto até a orla da Barra da Tijuca, sempre achei o caminho da praia o melhor de todos, e combinei internamente não indagar, dando a ela o direito de guardar para si o ocorrido.

Depois de alguns instantes, a Jeloma respirou fundo e desabafou:

— Cafa, desculpa. Eu não deveria ter te levado para buscar a minha amiga. O certo seria chegar lá sozinha — disse com a voz doce peculiar.

— Que isso? Não foi problema nenhum.

— Mas poderia ter acontecido algo.

— O quê? — perguntei, mas ela não respondeu.

— Seria a segunda vez que eu colocaria você em perigo. — Abaixou a cabeça, e certamente o dia do sequestro veio à memória. — Sinto muito. Acho que nesse momento não consigo explicar o que aconteceu...

— Não tem problema. Quando quiser, me conta. O que posso dizer... achei bonita a maneira como cuidou da sua amiga. Ela estava mal, precisava da sua ajuda.

— Obrigada. Você se incomoda de me deixar em casa e a gente conversar outro dia?

— Claro que não.

— Você é muito gente boa, Cafa.

— Pode ter certeza de que muita garota por aí não tem a mesma opinião.

– A minha irmã, com certeza não – disse ela, e gargalhamos com a sua espontaneidade. Penso que queria ter falado aquilo desde que nos encontramos. Pelo menos, a Jalma estava deixando de ser um fantasma entre nós dois. Eu havia me relacionado com a irmã dela, não tinha sido nada importante, acontecera em outro momento da minha vida e sem nenhum comprometimento com o presente. Sabíamos disso. Ou em algum momento eu gostaria que ela pudesse confirmar.

Nossa despedida foi rápida, e a Jeloma desceu do carro carregando nitidamente uma certa vergonha pelo episódio com a amiga. Ela estava emocionada, pensativa e pediu desculpas. Por mim, estava tudo bem. Até porque várias vezes na minha vida tudo dera certo porque primeiro dera tudo errado.

NOVE

Duas irmãs tão diferentes

Quando alguém do seu passado, que você não tem interesse em rever, surge na sua frente, tudo ao redor fica constrangedor. Não existe mais afinidade, vontade... Acabou. Aquele encontro só aconteceu porque o destino quis rir um pouco, não com você, mas de você.

Então o que teria acontecido no dia anterior? Eu estava confuso, mas sem coragem de comentar em casa sobre o meu encontro com a Jeloma e o salvamento da moça desconhecida. Fiquei imaginando a Kira perguntando se eu estava doido, meu pai relatando os pormenores judiciais de colocar no meu carro uma garota repleta de marcas de violência, minha mãe andando pela casa levantando a voz, falando sozinha para todos ouvirem... Então comentei apenas com o Cadu, que não agiu muito diferente.

— Você é o maior para-raios de doideira que conheço. Sai para almoçar com uma moça indefesa e termina fazendo salvamento de vítima de violência doméstica?

— Ah, sem dúvida ela apanhou de alguém. Vi vários machucados pelo corpo. Fomos até Jacarepaguá para buscá-la e a deixamos na Barra, no apartamento dela. Não me pergunte na casa de quem ela estava.

— O que rolou na barriga da nossa mãe? A gente combinou alguma coisa que não sei? Você se meteria nas tretas e eu ficaria na calmaria? Às vezes, penso que a sua vida daria um livro e a minha seria resumida em duas ou três linhas, no máximo um parágrafo.

— Ah, comigo a vida não parece simples.

— Primeiro, o Cafa imaginando um almocinho amorzinho com uma garota. Corta para a próxima cena, uma desconhecida machucada no banco de trás. Você atrai confusão. Só pode.

— Eu sou o clichê daquele que não quer compromisso, mas não posso ser só isso. Ando cheio dos comentários insistentes das pessoas. Não tenho um compromisso sério porque não valeu a pena até aqui. Sempre achei melhor sair com várias garotas.

— Até porque hoje em dia você não tem mais a minha maravilhosa ajuda para os seus términos.

— Vai jogar na minha cara que terminou algumas histórias para mim?

— Duro demais quando a menina com a maquiagem borrada me perguntava: "Você não gosta de mim?". Então, eu dizia mentalmente "eu com certeza não" e explicava que não estávamos conectados, e pedia desculpas. Você é cruel, Cafa.

— Eu não tinha coragem, você é a minha cara, tinha que servir para alguma coisa.

— Mas esse serviço está definitivamente extinto, irmão. E que isso seja o nosso segredo maior porque a Lelê falaria igual a mamãe, sozinha pela casa, caso descobrisse.

— Eu sei. Perdi o meu dublê.

— E a Jeloma? Fora essa roubada de salvar a moça…

— Queria falar com ela, mas precisei ficar na minha e deixar acontecer em outro momento.

— Você fazendo joguinho?

— Juro que não. Só não quero forçar uma situação quando sei como isso é chato. Prefiro ficar por aqui. Se quiser, ela virá.

— E se ela não vier? Por que está achando que ela precisa vir?

— Porque eu gostaria de estar com ela agora. Mas não devo insistir.

Não sei explicar bem a cara do meu irmão ao escutar isso. Não fez nenhum comentário, ficou calado e eu também. Nada falamos por um tempo e vasculhamos nossos celulares em busca de novidades, fingindo não reparar na declaração diferente do meu normal.

De repente, o meu aparelho começou a tocar de um número não identificado.

— Alô — atendi, sem imaginar o que viria.

— Cafa?

— Eu.

— Jalma falando. — A tão falada irmã da Jeloma resolveu dar as caras.

— Oi. — Meu tom de voz foi honesto, não tinha vontade de falar, mas também não queria tratar mal uma ex.

— Acabei de saber que você convidou a minha irmã para sair. Ela estava comentando com a minha mãe que vocês saíram para almoçar. Você é muito cara de pau.

— Por quê?

— Ela é minha irmã.

— E daí?

— E daí que é ridículo você vir atrás da minha irmã. Eu não costumo dividir homens com ela. Não sei se você lembra, tivemos uma história. — A arrogância da Jalma merecia estudo.

— Não fui atrás da sua irmã, Jalma. — Quando falei esse nome, o meu irmão arregalou os olhos. Aquele minuto se tornara mais uma prova da minha capacidade de atrair escândalos. — Encontrei com ela por acaso e o convite surgiu no mesmo acaso. Nunca fui seu homem, se esse é o problema. Que história a gente teve? Nenhuma.

— Ué, a gente não saiu, não ficou, não se viu seguidamente, não beijou na boca e outras coisas mais? Você é bem gato, mas não presta, e, apesar de não tê-la como a minha melhor amiga, não desejo o pior para a Jeloma que, aliás, comentou ser só amizade, mas eu conheço você muito bem, achei melhor ligar e avisar do papel de ridículo. — Vomitou sem pausa.

— O que eu tenho ou não com a sua irmã só diz respeito a nós dois — respondi, pensando se a Jeloma adjetivara nosso relacionamento apenas como amizade.

— Nós dois? Vocês dois não existem, perdedor.

— Tá legal, Jalma, vou desligar, um abraço. — Encerrei a chamada, e o Cadu ficou esperando a confirmação de que a doida tinha realmente me ligado. Será que eu não errara o nome? — A doida ligara mesmo.

— Sério, acho que essa é a pior garota de todas. Inacreditável que o Felipe e você tenham ficado com ela. Bonita, corpão, mas não presta. Arrogante, metida, desagradável, não consigo ver algo de positivo nesse ser humano.

— Só percebi isso depois, acabei sendo levado. Sou fraco, ficou difícil resistir e negar aquele corpão e aquele cabelo na minha cara...

— E agora você enrolado com a irmã e ela sabendo.

— Posso garantir, as duas são completamente diferentes.

— Sei disso. Imagino. — Cadu se levantou, precisava trabalhar. — Vou para o restaurante. Hoje é aquele dia de fechamento até mais tarde com a mamãe.

— Beleza. Vou sair também, dar uma caminhada na praia e um mergulho.

— Se cuida. Não está podendo ficar mergulhando para o fundo. E qualquer coisa me liga. Você não está sozinho, seja em que roubada for.

— Já estou bem, irmão. E eu sei. Se você estivesse comigo naquele dia...

Quando o meu irmão saiu, desci para dar uma respirada. Precisava curtir um pouco as ondas capazes de acalmar qualquer pensamento confuso. Andei com a camisa no ombro, bermuda e chinelo, quando um carro subiu a calçada na minha frente e a Jalma surgiu do nada.

— Oi — disse ela e não respondi. Eu não tinha mais nada para falar. — Podemos conversar?

— Não temos nada a dizer.

— Você está pegando a minha irmã.

— Eu não estou pegando ninguém. Saí com a sua irmã para um almoço. Uma pessoa muito agradável, não aconteceu nada, e é isso. Não devo explicações. Ela sabe que você está aqui fazendo esse papel patético?

— Não, até porque a Jeloma não sabe nem quem é direito. Minha irmã é uma idiota e eu estou aqui para preservar a imagem dela, que pode sair muito arranhada andando com você.

— Por que isso, eu sou algum marginal?

— Você brinca com as pessoas, se diverte com as garotas.

— Quando a gente ficou, eu me diverti sozinho?

— Não, mas me deixou falando sozinha. Apesar de não merecer a minha defesa, não quero isso para a minha irmã. Ela já tem problemas demais. Jeloma é uma traumatizada, você sabia disso?

— Ah, pulou a parte que fuxicou o meu celular, teve ataques de ciúmes gritando comigo. Eu não namorei você. Saíamos sem nenhum tipo de compromisso. E quem é você para decidir o que é melhor para a Jeloma? Nesse momento você só está preocupada com você!

— Como tem coragem de me dizer isso?

— Primeiro porque sou sincero e depois porque você precisa se ligar na vida, acordar. Se acha a dona do mundo, mas é um cosmos do tamanho de um grão de feijão. Pode ser a dona do seu sistema solar, eu estou pouco ligando para ele, mas a vida dos outros não diz respeito a você. Não tenho paciência, Jalma. E, por favor, me deixa em paz.

— Você mereceu a porrada que levou do Tavinho. — Aquela fala foi quase como um dos socos que tomei na costela. Até a pirada sabia da covardia.

— O que eu poderia esperar de você? Uma garota bonita só por fora, o que não é qualidade alguma, apenas uma constatação, que tinha que abrir a boca contaminada. Alguém com tão pouco interiormente, incapaz de deixar saudades nas pessoas, só poderia apoiar um covarde e os seus amigos sem personalidade.

Saí andando e deixei a Jalma gritando o meu nome. Chamou, chamou, e eu fui caminhando, refletindo como podia ser tão abusada e falar tanta asneira ao mesmo tempo. A irmã da Jeloma não seria impedimento para nada. Eu não era perfeito, meus defeitos eram conhecidos por muitos, tudo bem visível sem fazer média, e não aceitaria julgamento de quem não sabia de mim nos últimos tempos e agia pior do que eu.

Ah, o mar... Me sentei na areia e fiquei observando aquelas pequenas ondas quebrando bem na beirinha. Nem sempre eu tinha sensibilidade para reparar nos detalhes do paraíso. Em vários dias estava acompanhado dos amigos, aquela animação da galera, as falas em voz alta, as bobagens que divertiam, e eu acabava não percebendo os detalhes do mar. Naquele instante solitário, pude visualizar a natureza para me ver ainda melhor dentro de mim e dar uma processada no que precisava.

— Você não vai acreditar. — Mandei ao telefone para o meu irmão. — Adivinha quem apareceu no caminho até a praia?

— Jeloma — disse ele, animado.

— Jalma. — Mandei, azedando a voz e pensando na cena do nosso péssimo encontro.

— Ah, não. Foi por acaso? — Expliquei que não, imaginei ela ter me esperado no carro e de repente subido a calçada e surgido com o seu vestido curto, saltão alto, os cabelos loiros bem tratados e aquela superficialidade tão característica.

— Essa Jalma é a prova viva, falante e real de que uma mulher bonita pode não ter nada para acrescentar. O que queria?

— O mesmo papo ridículo de não aceitar o meu envolvimento com a irmã. Até parece que vai mandar em alguma coisa. Dei uma cortada, fui meio grosso e encerrei o assunto com ela falando sozinha.

— Beleza. Cheguei aqui no restaurante, vou meter a cara no trabalho porque de noite a patroa quer ir ao cinema, assistir a uma comédia romântica.

— Segura essa, irmão.

Voltei ao calçadão para tomar uma água de coco. Apesar de estar comumente rodeado de pessoas, eu me tornara ao longo dos anos um bom amigo de mim mesmo. Não tinha dificuldades em ficar só, gostava de me ouvir e trocar uma ideia comigo. Estranhamente nem todo mundo sabe ser desacompanhado. Para alguns, ficar sozinho tem o tamanho de uma dor no meio de um vazio. Não no meu caso. Eu me bastava.

Fugindo do sol forte, sentei próximo a um coqueiro grandioso, criador de uma respeitosa sombra. Geraldinho, atendente simpático, chegou perguntando se eu estava melhor. Pelo jeito, a minha história tinha sido passada adiante.

— Estou bem, mas vou ficar melhor com aquela água de coco na temperatura perfeita.

— Deixa comigo.

Olhei o meu celular, que tinha uma mensagem da Jeloma.

Minha irmã me mandou mensagem dizendo que procurou você. Desculpa, Cafa.

Imagina. Quer dizer que falou de mim para a sua mãe?

Sim. #vergonha

Fiquei feliz ao saber, Jeloma. Não prestei atenção no resto do que a sua irmã disse.

Infelizmente a Jalma passa dos limites quase sempre.

Eu e ela tivemos um pequeno rolo. Isso não tenho como mudar. Tudo bem para você?

Você foi uma das pessoas que salvou a minha vida. Todo o resto não me importa. Vou adorar ser sua amiga.

Posso te ver mais tarde?

Pode sim... Que horas?

Preciso dar um pulo na clínica e depois estou livre.

Ótimo. E mais uma vez, desculpa.

Tudo bem. Nos vemos.

Voltei para casa, animado. Jeloma tinha uma docilidade encantadora. O que estava acontecendo me fazia bem. Tomei banho, me arrumei e saí para a clínica do Recreio, onde trabalhava como estagiário do médico-chefe, doutor Alexandre Laçoluy.

Cheguei à clínica com saudades de todo mundo. A secretária, Wanderléa, uma senhorinha de 1,50 metro, que eu com 1,82 metro me tornava uma girafa, me recebeu carinhosa.

— Carlos Rafael, essa clínica está adoecendo de saudades de você.

— Oh, Wanderléa, que bom escutar isso, estar aqui e abraçar a senhora. Andei vivendo uns dias ruins, mas estou com saudades de voltar com tudo para o estágio.

— Oh, que lindo. Menino, essa sua beleza está fazendo falta aqui. Você combina com essa clínica. Só tem um defeito, me chama de senhora ou de dona...

— É o respeito.

— Não precisa. — Ela me abraçou, se afastou, ficou parada na minha frente, segurou as minhas mãos e mandou: — Você está diferente, finalmente se apaixonou?

Dei uma gargalhada.

— Não, ainda não. — O que eu poderia dizer? Sim, já sim. Ri de nervoso. Nem eu estava ciente dessa informação.

— Não é o que os seus olhos estão dizendo — pressionou ela. — Sou boa nisso. Nunca erro!

— Na verdade, ainda não sei.

— Hum… acho que sim, mas ainda não descobriu. Logo terá certeza.

As meninas no balcão ficaram rindo, e a Wanderléa informou que haviam perdido o mais gato de todos. Eu ficava envergonhado com as brincadeiras, mas nunca recebi de maneira ruim. Dona Wanderléa carregava uma história de vida repleta de desafios, havia sido agredida pelo ex-marido, possuía queimaduras nas pernas, cuidadas pela equipe da clínica, acabara contratada, mas vivia sorrindo e parecia só ter vivido momentos bons.

Doutor Alexandre Laçoluy estava na sua sala me aguardando. Abri a porta, enquanto dava três batidinhas para avisar a minha chegada.

— Oh, rapaz, que bom vê-lo. Como está?

— Bem melhor.

— Entre, entre. Quero mesmo falar com você. Primeiro, dizer, aproveite as suas férias e só volte na data que combinamos e, segundo, o motivo da minha mensagem, sabe que esse garoto que te bateu é filho de um amigo? — Eu também era filho de um amigo. O médico e o meu pai se conheciam havia anos, e a princípio eu ganhara o estágio por pedido especial do seu Marcondez, indicação mesmo, peixada como dizem, mas depois conquistara o respeito e a admiração do dono da clínica. — Já conversei com o seu pai ao telefone. Estou sem saber o que pensar. O pai desse rapaz deve estar decepcionadíssimo com o filho. Um homem não pode garantir que seu filho vá nascer com caráter, não é mesmo? Talvez tenha errado na criação, dando presentes fora de época, ajudando quando deveria deixar que o garoto fosse por si, cobrando pouco, e agora está nessa situação difícil, vendo o filho responder na justiça pelas barbaridades cometidas.

— Complicado, o cara é um idiota, eu não tive nada sério com a namorada dele e não sabia da relação dos dois. A menina estava sozinha quando a encontrei, nunca a tinha visto na vida, ficamos uma única noite e depois nada mais. Ele é maluco.

— Você é um rapaz muito bonito, isso incomoda. Mas o Otávio vai responder na justiça e você se cuide por aí. A vida não está fácil, quando o assunto é violência.

— Pode deixar. – Enquanto respondia, pensei na garota machucada e resgatada. Minha vida realmente gostava de atrair cenas de ação. Calmaria não determinava os meus dias e, só de pensar nisso, entendi o recado. O destino precisava colaborar, mas será que o pior já passara mesmo? Ou eu ainda teria novos capítulos dignos de filme?

DEZ

O beijo que não foi dado

Eu queria vê-la. Precisava, para dizer tudo que estava sentindo. Ou, quem sabe, somente para ficar calado, escutar a sua voz e perceber mais da sua maneira de ser, do jeito como mexia as mãos, da risada ou como olharia para mim. Eu só conseguia pensar no que ainda não tinha vivido com aquela garota...

Saí pelo corredor da clínica, pensando em como o mundo é pequeno. Quando imaginaria que o doutor Alexandre Laçoluy conhecia o Tavinho? Lembrei que precisava levar um dos meus jalecos para lavar, dei alguns passos na direção contrária à entrada, e de repente parei em frente a uma sala de atendimento. Vi rapidamente as costas de um corpo feminino através da abertura da camisola hospitalar. A moça usava uma touca e não reparou na presença de alguém próximo a ela. Não pude deixar de notar as costas repletas de marcas, várias cicatrizes. Ela aguardava o médico, e eu fiquei pensando o que poderia ter acontecido com alguém tão delicada. Nessas horas, eu sentia muito orgulho da minha profissão e de a dermatologia poder ser diretamente ligada à autoestima, renovação, amor-próprio e felicidade.

Entrei no carro com muita vontade de chegar logo em casa e me preparar para o encontro com a Jeloma. Uma sensação muito boa, confesso, um algo mais que não tinha costume de sentir. Mas eu não queria me animar de estar vivendo o que tanto me diziam. Podia ser empolgação, então que eu desse um passo de cada vez, para não me decepcionar comigo mesmo e não ferir, de jeito nenhum, a minha acompanhante.

Pedi para o tempo passar rápido, e passou. Quando vi, estava ali sentado na parte lateral de um restaurante próximo à praia do Recreio. Mais uma vez o local fora sugestão dela.

— Adoro vir aqui. Indicação do meu pai. — Jeloma surgiu falante do meu lado.

— Que legal. Estive com o Cadu aqui uma vez. Está com fome? O que vamos provar? — perguntei, admirando o sorriso da minha acompanhante.

— Atrás dessa pilastra, está disponível o nosso rodízio de sopas, caso queiram — disse o garçom cordialmente.

Olhei o cardápio e vi uma lista de sopas disponíveis: vegetariana, bobó de camarão, caldo verde, canja, legumes e uma chamada "surpreendente" que o garçom garantiu ser dos deuses.

— Vamos no rodízio de sopas? Deu uma esfriada no tempo sem motivo, acho que cabe — disse Jeloma.

Enquanto esperávamos as nossas bebidas, ela pediu mais uma vez limonada suíça e eu uma água com gás.

— Vou pedir para a minha mãe inventar um suco de limão para você. Aí vamos no Enxurrada provar.

— Vou adorar. — Ela pareceu interromper a fala, enquanto passou a mão no tecido da mesa. — Quero agradecer por você entender que não sou a minha irmã — disse, séria.

— Vocês são bem diferentes. Beeeeeem diferentes… — prolonguei a palavra para ela compreender o quanto eu não as comparava.

— Desde meninas, pensamos e agimos de formas distintas. Para mim, é triste porque queria muito que a minha única irmã fosse acima de tudo minha amiga. Com o tempo, esse distanciamento piorou.

— Desculpa o que vou dizer, mas acho que a sua irmã não é amiga nem dela mesma.

— Eu sei. Ela já teve atitudes horríveis na própria vida. Felipe deu muita sorte de ter terminado com a Jalma, sem acontecer uma tragédia. Fico feliz por ele estar com a sua irmã, uma garota centrada, apaixonada e capaz de fazê-lo feliz.

— Por mim está tudo certo. Não estou preocupado com a Jalma. Honestamente, só tenho olhos para você. – Jeloma sorriu, envergonhada. Senti uma mudança sutil na respiração dela, me fazendo perceber dificuldade em receber elogio. – Vamos pegar uma sopa? – sugeri, quebrando o clima.

— Claro. – Ela se levantou, aliviada pelo assunto parar ali. Caminhamos, combinando provar um pouco de cada sabor, eleger as melhores e depois encerrar a noite repetindo as preferidas.

Sentei com um prato de bobó de camarão nas mãos e a Jeloma optou pela eslava.

— Bobó de camarão é sopa? – Jeloma perguntou, achando graça.

— Acho que não, mas não vou reclamar. – Provei um pouco. – Só não está melhor do que o da dona Claudia.

— Cafa, queria conversar com você.

— Pode falar. – Imaginei se a Jalma voltaria a ser assunto.

— Preciso explicar o que aconteceu com aquela minha amiga. Acho que, antes de qualquer coisa, até para a gente sair de novo, você precisa saber. É algo que ninguém tem conhecimento, mas preciso te contar.

— Pode falar. – Finalmente eu saberia o que havia acontecido. Quem batera naquela garota daquele jeito? Confesso ter pensado muito nisso desde o ocorrido. Vamos buscar a tal amiga e a garota está toda arrebentada? Não é algo rotineiro na minha vida, mesmo sabendo ser a realidade de tantas garotas. Achei melhor esperar que a Jeloma confiasse em mim e me contasse, o que estava acontecendo naquele instante.

— Eu queria pedir primeiro o óbvio, para você não comentar com ninguém. É algo bem grave e conto com a sua compreensão.

— Olha, sou na minha e, você me pedindo, não tocarei no assunto com ninguém. No máximo, com o meu irmão. Não sei esconder muito os acontecimentos da minha vida para ele – disse, dando a intenção de Cadu já saber do resgate.

— Quando eu estava em Barcelona, em uma noite em que não saí, fiquei a madrugada pesquisando sobre a violência contra a mulher no Brasil e acabei, depois de algumas horas, montando um grupo virtual para ajudar garotas. Eu não esperava que fosse dar certo, nem a proporção que tomaria, mas o fato é que muitas meninas passaram a me procurar carregando as suas histórias absurdas com os seus namorados imbecis. Muitas garotas são mortas por dia no nosso país...

— Terrível! – Foi tudo que consegui dizer.

— E agora estou no Brasil e me tornei mais próxima dessas garotas. Aquela moça apanhou do namorado e estava presa desde o dia anterior. Quando ele saiu, ela me pediu ajuda. Um vizinho arrombou a porta e você nos ajudou na fuga.

— Jeloma, isso é muito grave.

— Tenho um amigo que é advogado e está me auxiliando em como posso proceder diante das denúncias, como oferecer amparo e ajudar nas dificuldades enfrentadas.

— Como pode uma garota tão nova envolvida com um assunto tão grave?

— O que vivi me transformou para sempre. Não posso parar. Como estamos nos conhecendo, imagino que você precise saber disso para decidir se quer continuar me vendo. Entenderei perfeitamente se for demais para você, se achar que sou doida. Essa foi a maneira encontrada para agradecer, para fazer a minha parte ou até para não enlouquecer.

— Eu não quero deixar de te ver. – Tanto havia mudado ao meu redor depois da agressão do Tavinho, que eu não sabia mais como continuar sendo a mesma pessoa.

— Obrigada. Não posso abandonar essas mulheres. Não agora.

— Também preciso te falar algo. Não sou o tipo de cara de fácil compreensão. Quem me olha superficialmente me avalia como bad boy, então não ache que eu serei alguém fácil para você, já que eu mesmo estou tentando me entender melhor e saber que caminho quero para mim.

— Então a gente pode tentar fazer isso juntos, sem promessas, sem acordos banais e difíceis de serem cumpridos. Vamos viver, e tudo o mais são restos e não nos importam. Amigos? – Aquele "amigos" foi bastante incômodo de escutar.

— Vamos deixar rolar. Só precisa se cuidar mais com o que anda fazendo. Pessoas são perigosas quando não têm caráter, não sentem remorso nem compaixão. Eu aprendi isso por esses dias. — Tavinho e a sua turminha de canalhas tinham me deixado essa lição. Certamente, pessoas daquele nível estavam envolvidas com as vítimas ajudadas pela Jeloma.

— Me sinto aliviada de contar isso para você. Todos os dias entram garotas no grupo, contam as suas vidas, intimidades, violências sofridas, situações absurdas com namorados, noivos e maridos. A maioria quer apenas desabafar, as famílias pouco sabem, as vítimas continuam nas relações, como se aquela dor fosse uma realidade imutável. Mas nenhuma mulher deve aceitar ser diminuída ou agredida. Tenho tentado mostrar como somos donas das nossas vidas, capazes de mudar quando não estamos felizes.

— Mas muitas dessas garotas acabam convencidas de que as erradas são elas?

— Exatamente, Cafa. Esses homens praticam bem a violência psicológica e convencem essas mulheres de como eles são maravilhosos por darem a elas sempre mais uma chance, quando todas deveriam sair pela porta da frente e nunca mais voltar. Acabam ficando ao lado deles, dando razão ao criminoso, envolvidas por todas aquelas mentiras.

— A gente escuta falar, mas parece tão distante…

— Eu só quero poder ajudar garotas a se encontrarem.

Não resisti e cheguei mais perto da Jeloma. Ficamos bem próximos, e pensei em beijá-la, mas não queria estragar aquele nosso contato. Ela encostou a cabeça no meu ombro, e eu, tão acostumado em beijar facilmente, senti o meu corpo meio travado. Tentei me distrair, me concentrando na minha respiração, e acabei sentindo a dela. Uma conexão se formou entre nós, mesmo com a ausência de um beijo, e foi como se nos tornássemos um só.

Tive vontade de dizer que um péssimo cara como eu nada poderia prometer. Quase me denunciei me mostrando como um desses homens que as mulheres querem conhecer, com quem querem sair e depois se arrependem por muito tempo. Estranhamente, a Jeloma parecia saber mais disso do que eu e demonstrava, com as suas ações, não ter grandes preocupações com a minha essência superficial.

— Não estou pronta. — Ela me encarou. — Não posso namorar, não nesse momento. Seria enganar você, porque dentro de mim o medo comanda e, mesmo adorando a sua companhia, acho que a minha capacidade para uma relação vai ao limite de uma amizade. – Aquela declaração me pegou de surpresa. Tão inesperada como as minhas mais recentes mudanças e descobertas.

– Por quê? – Foi tudo que consegui dizer.

– Porque tenho problemas com o meu corpo. Porque o meu sequestro me colocou dentro de uma bolha e ainda não sei como sair dela. Você foi a pessoa de quem mais me aproximei, mas não posso garantir que consiga ter um relacionamento normal com encontros, toques, beijos e sexo. – Seus olhos estavam emocionados. Ela não chorou, mas dentro dela eu podia ver lágrimas caindo. Fiquei sem saber o que dizer.

Eu não queria ter pressa, a vida toda tinha sido acelerado. Com o cuidado de quem não sabe muito sobre o novo caminho, queria pedir a ela uma chance, mesmo que isso significasse encontros sem grandes intimidades. Mas ouvir que a Jeloma não queria nada além de amizade, quando eu desejava beijá-la, foi um balde de água gelada.

– Desculpe se a ofendi de alguma maneira, Jeloma.

– Não sei também como será com a minha irmã. – Ela desconversou.

– A Jalma realmente deve querer proteger você, afinal não sou um exemplo de bom rapaz.

– Eu não me importo, não mesmo. Penso que pessoas agem de maneiras diferentes com diferentes pessoas. Não sou a Jalma. E ela não vai me contar nenhuma novidade, eu já escutei falar de você antes. – Engoli em seco ao ouvir aquela última frase.

E se a Jalma tivesse razão e eu não fosse mesmo, como dizem por aí, "flor que se cheire"? Se, no fim das contas, eu voltasse para a minha vidinha esquematizada na falta de compromisso, pouco ligando para o sentimento alheio? Não seria a amizade o melhor para nós?

– Você só quer a minha amizade? Tudo bem. Vamos ver até onde poderemos ir. Não quero insistir, mesmo tendo vontade. Ainda me sinto confuso comigo mesmo. Conte comigo e seja sincera. Prefiro a verdade. Sempre – disse de supetão.

– Não vamos fazer tratos, mas apenas viver. – Jeloma encerrou o assunto melhor do que eu e nos levantamos para provar outras sopas.

Algumas horas depois, deixei a minha amiga na porta do seu prédio, querendo que ela ainda estivesse comigo. Entrei em casa com uma sensação boa de simplicidade, tentando não ficar pensando muito além do que havia acontecido e pulando a parte da seriedade da conversa. Só queria relembrar as risadas e as histórias engraçadas daquela noite.

Kira e o Felipe estavam na sala, olhando uma revista e dando risada com as observações do meu cunhado sobre moda. O que, no mínimo, deixava a cena bizarra, já que ele nada entendia de roupas, vestidos, e a sua única especialidade representava namorar a dona da loja de moda mais badalada do Recreio dos Bandeirantes.

— Cafa, e aí?

— E aí o quê, Kira? — disse, imaginando o que a minha irmã queria saber.

— Como foi com a Jeloma?

— Como soube que eu estava com ela? — O que eu contaria? Não seria muito fácil explicar a dificuldade da nossa história recém-começada.

— Só de olhar para você. Ah, para de esconder o jogo...

— Foi bem legal, bem mesmo.

— Hum... está vendo, Felipe, acho que o destino da Jeloma é ser definitivamente sua cunhada.

— Será que ela vai curar o famoso Cafa? Essa menina precisará ser estudada pelas mais famosas universidades. Jeloma palestrará em Harvard.

— Não estou fazendo planos, apenas vivendo. E vocês dois parem de pegar no meu pé.

— Agora querem saber o pior? — disse Felipe, com a certeza de surpreender. — A Jalma me ligou.

— Mentira, Felipe? — Kira se afastou e virou rápido, encarando o namorado.

— Gostaria de ter inventado, amor, mas a doida me telefonou.

— Para? — Eu já sabia a resposta. Reclamar que eu estava saindo com a Jeloma.

— Questionar e cobrar o interesse do Cafa na irmã dela.

— Essa mulher é maluca. Parece que foi casada comigo. Depois dessa, vou para o meu quarto.

Os dois ainda tentaram pedir que eu não me preocupasse, mas se as coisas não estavam fáceis com a Jeloma, a presença da Jalma só atrapalharia. Deitei na minha cama com a imagem daquela noite na minha frente. Eu estava encantado com a Jeloma, com as suas atitudes, palavras, comportamento e visão de mundo. Um universo pareceu invadir o meu cotidiano. Ela falou sobre assuntos que eu jamais havia pensado. Desejava viver situações que eu nunca imaginara. Não seria fácil ser amigo quando, pela primeira vez, eu me sentia um garoto com um coração batendo forte dentro do peito.

ONZE

Vilania

Dizem que os iguais se unem. É a lei da atração.
Pessoas com energia boa aproximam pessoas com energia de paz.
Quando pensamos o bem, momentos maravilhosos chegam para nós.
Mas quando pensamos equívocos...

O beijo não aconteceu. Adoraria dizer que sim, mas não ocorreu. Posso garantir que é algo trágico para um homem desejar muito uma mulher e não ter retribuição dos seus desejos. O que me consolava era saber que não seria apenas um beijo que definiria a nossa história.

— Sua mão é linda — disse ela, enquanto conversávamos no meu carro, no estacionamento de visitantes do condomínio dela. Eu tinha adorado a sua iniciativa de me ligar.

— Nunca ninguém me fez esse elogio.

— Eu já tinha reparado quando vi você mexendo no celular. Poucas pessoas têm a mão linda — disse, e sorriu.

Fiz uma cara meio estranha com a maneira como ela me analisou. Pensei na possibilidade de ser uma espécie de consolo, mas ela acabou me convencendo da beleza das minhas mãos, e quem riu fui eu.

Começou a tocar "Açúcar", do Renato Vianna: "Chuva ou sol, eu vou te proteger/ Como se você fosse de açúcar, como se eu fosse você." Proteger significava muito entre nós, ou pelo menos *eu* tinha uma sensação de mantê-la distante do perigo, qualquer que fosse. Eu fora testemunha de um grande sofrimento ocorrido havia um ano, quando encontráramos a Jeloma privada de liberdade por muitos dias, depois de viver a experiência de um sequestro.

De repente, senti a presença de alguém em pé ao lado do carro, na minha janela. Ao me virar, via a Jalma.

Abri o vidro com a segurança de não estar fazendo nada de errado.

— Ai, não. – Jeloma lamentou a presença da irmã.

— Você é bem cara de pau, hein, Cafa!?

— Jalma, você está entendendo tudo errado. Acha que estou conhecendo a sua irmã para me vingar de você? Desculpa, mas o que aconteceu entre a gente foi insignificante. Por acaso a Jeloma é sua irmã. E eu não me lembro disso quando estou com ela.

— Ah, claro. Vou acreditar nesse seu discurso patético.

— Deveria, não assinei um documento prometendo nada. Eu e a Jeloma criamos um laço que não envolve o que aconteceu entre nós. – Não sabia se ela estava entendendo o recado. Eu estava sendo franco, mas a Jalma e as suas reações, apesar do nosso envolvimento do passado, ainda significavam um mistério para mim. Minha cabeça estava acelerada, refletindo sobre as diversas possibilidades que surgiam na nossa frente e mudavam o nosso destino, quando a Jalma pareceu concluir o que falei e rebateu com um certo atraso:

— Tenho pena da minha irmã se estiver ficando com você. O pouco tempo que passei do seu lado foi só decepção.

— Ficou comigo para fazer ciúme no Felipe. Acha que virei amigo da sua irmã para fazer ciúme em você?

— Eu sabia que a sua irmã não combina com ele. A Kira é bem estranha para o Felipe. Ele é o herdeiro da maior loja de pets do Rio de Janeiro. Nada errado com a sua irmã, mas ele precisa de um mulherão, uma garota marcante, alguém para poder apresentar sem sentir vergonha.

— Como você? – perguntei, entendendo que a guria se autoelogiava com facilidade.

— A Jeloma é uma garota do bem, vive a própria vida, é ingênua, cheia de sentimentos bons. E só isso já acho um grande mérito para ela não merecer se envolver com um canalha como você, Cafa.

— Ué, elogiando a irmã? – perguntei, irônico.

— Jalma, por favor – Jeloma pediu de dentro do carro.

— Não se mete, Jeloma.

— A sua irmã é bem doida – continuei, de saco cheio da situação e quase fechando a janela.

— Sou apenas sincera, não fico fazendo tipinho, detesto. Não agrado todo mundo porque sou verdadeira, Cafa – decretou.

— Está falando justo comigo sobre fazer tipo? Eu sou julgado por ser eu mesmo o tempo todo. Você precisa se tratar, Jalma! Rainha da superficialidade! Felipe não te aguentou. Deveria tentar refletir sobre as pessoas que fogem e não te querem. Você tem maldade no olhar, ninguém consegue fazer longos mergulhos do seu lado – desabafei.

— Aff, até parece que sou esse monstro. – Minha declaração a pegou de surpresa e as palavras foram ditas de maneira receosa.

— Jalma, pode ir – Jeloma pediu.

— É inacreditável como as pessoas dobram você, Jeloma! Acredita em qualquer um. Está gostando desse cara? – Jalma colocou o rosto na janela e encarou a irmã. – Ele me ofende e você acha bonito?

— O qualquer um sou eu? – perguntei o inegável.

Jalma não respondeu e foi embora dominando o salto alto como poucas. Jeloma e eu, a princípio, ficamos calados, nos olhando emocionados, e depois começamos a gargalhar de maneira nada tímida. Não foi a coisa mais bonita a fazer, mas não conseguimos conter o riso.

— Jeloma, desculpa, mas a sua irmã é muito chata, uma personagem.

— Ai, não me fale. Ela parece não aceitar bem quando perde uma situação. Desconfia de tudo, acredita em tramas, olha o mundo de uma maneira muito rude e não aceita ser deixada de lado. Eu estar com alguém que esteve com ela deve ser o fim. Mesmo sendo apenas amizade. – Ela pareceu dizer essa última frase para delimitar o nosso encontro.

— Esse último ano não deve ter sido fácil para ela... – imaginei.

— E eu ganhei tanto. A vida, a paz, a compreensão das pessoas, carinho. Tenho muita pena da minha irmã.

— Você entendeu que ela não nos quer juntos?

— Ela nada fará. Ou fará e não vai dar em nada, porque não darei atenção. Conheço as suas fórmulas para desconstruir. Ela não me atinge.

— Que bom. Estou gostando bastante de conversar com você.

— No meio daquela tragédia toda, ela me disse que preferia a minha morte à do Felipe.

— Como você soube que ela falou isso para a Kira?

— Ela falou isso para a Kira?

— Sim, ela disse isso para a minha irmã… — Fiquei meio sem jeito. Errei em falar, mas estava dito.

— Não se preocupe. Minha irmã disse isso diretamente para mim quando as feridas do meu corpo, tanto as físicas como as emocionais, ainda estavam cicatrizando. Ela fez questão de me avisar da minha insignificância, afirmando não dar a mínima se eu ficaria bem e o quanto fora absurdo o Felipe correr riscos para salvar a minha vida!

— Só quem viveu aquele episódio entende. Sua irmã é louca.

— Eu a perdoo. Graças a ela conheci o Felipe, ele conheceu a Kira, que salvou a minha vida. E ainda tem você… Eu sou muito grata… — Riu de uma maneira linda, jogando o corpo no banco do carro e fechando os olhos.

— É uma boa maneira de correlacionar as coisas.

Puxei a Jeloma para mim. Senti o seu corpo bem próximo ao meu, como se assim fosse para ser. Um alívio me dominou, eu sentia as certezas ao redor de nós, e a intervenção da Jalma não nos atingiu, como se um furacão passasse e tudo continuasse no lugar. Ela se decepcionaria se soubesse. Fiquei me perguntando que sentimento existe dentro dos insatisfeitos com eles mesmos, precisando atingir os outros.

— Desculpa — disse pelo excesso de proximidade, mas adorando aquele instante.

— Tudo bem. Seu abraço é bom. Amigos se abraçam.

Jeloma e eu nos despedimos com outro abraço e combinamos de nos encontrarmos novamente em breve. Eu ainda tateava nessas novas questões de estar seguidamente com a mesma pessoa. Eu não estava acostumado a encontrar alguém mais do que três vezes e esperava não decepcionar a minha mais nova amiga.

Saí meio desnorteado do prédio. Muitas emoções para um só encontro, com participação especial de uma vilã. Antes de partir, vi a Jeloma parada na porta do edifício, me mandando um beijo, acenando, e acelerei, querendo ficar.

No caminho para casa, com a cabeça cheia de questionamentos, decidi parar para tomar alguma coisa. Muito perto do meu apartamento, uma lojinha de alimentação saudável possuía um açaí adorado. Parar ali fora uma desculpa. Me sentia no meio de uma competição, repleto de compromissos desafiantes, horários a cumprir, ações a serem superadas, quando, no fundo, tudo se resumia a estar me envolvendo pela primeira vez na vida.

Escolhi uma mesa encostada no muro baixo com plantas, precisava ficar um pouco sozinho. Distraído, olhando a parede de quadros que formavam uma paisagem, fui sentindo o meu corpo acalmar. A iluminação direcionada para os quadros tornava o local aconchegante.

O açaí chegou e segui os minutos acompanhando o ir e vir das pessoas na rua. Um casal veio caminhando na calçada, e foi como se as suas imagens se multiplicassem mil vezes no cristalino dos olhos. Fiquei congelado, com a colher na mão, a boca entreaberta e o choque do desconhecido: a Jalma e o Tavinho vinham andando, amigos íntimos, foférrimos, como diria a Lelê, um ao lado do outro? Como assim? Aquela garota não estava há meia hora no prédio dela? E por que estava agora com aquele mau-caráter?

Não sabia se continuava quieto ou se levantava e gritava "vocês se merecem", mas o choque com o mistério daquela amizade me fez paralisar. Por que aqueles dois seguiam juntos com tanta intimidade? O que tinham em comum? Desde quando? Jeloma sabia disso? Ela seria amiga do covarde também?

Os dois passaram direto pela porta do restaurante, viraram a calçada, escolhendo o lado direito, e, com a ajuda do muro de alumínio vazado, pude acompanhá-los por mais alguns instantes. Como agir quando uma verdade absurda te encara e mostra como a realidade dos segredos pode ser podre?

Peguei o telefone e pensei em ligar para o Cadu, mas precisava falar com o meu irmão ao vivo. Precisava chegar logo em casa e tentar entender o que eu tinha visto. A conta do açaí chegou rápido e fui pagando em pé. Perdi completamente o interesse em permanecer naquele lugar. O garçom notou a minha urgência e colaborou no atendimento final.

Abri a porta de casa, chamando pelo Cadu, que estava no quarto. Meu irmão entendeu logo a urgência no meu tom de voz.

— Qual foi? Viu um fantasma?

— Dois. Amiguinhos, dando risadas e cheios de intimidade.

— Quem?

— Não entendi nada. Sabe quando uma peça não encaixa na outra e são as duas últimas do quebra-cabeça? O jogo veio com defeito.

— Aconteceu alguma coisa com a Jeloma?

— Com a Jalma.

— De novo essa garota, mas você não tinha tomado horror da guria? Vai me dizer que está pegando as duas? Aí, eu afirmo: "Você não tem cura."

— Acha que enlouqueci? Jamais faria isso.

— Então, o que tem a Jalma?

— Depois de estar com a Jeloma, deixei a gata em casa, estava com a cabeça agitada, parei no Buona para tomar um açaí, sentei numa daquelas mesas da varanda, e quem vejo?

— Jalma.

— Isso.

— E...?

— Acompanhada do Tavinho. — Ao escutar isso, o Cadu fez uma expressão de horror e dúvida. Entendia o meu susto.

— O que aqueles dois estavam fazendo juntos? Que estranho.

— Vale contar também... Uma meia hora antes, a Jalma em pessoa surgiu na janela do meu carro, fez um miniescândalo, enquanto eu e a Jeloma conversávamos. Aliás, ainda não contei sobre o que está realmente acontecendo entre nós dois...

Um parêntese: minha mãe dizia que, quando começamos a falar, eu e o meu irmão criamos uma verdadeira linguagem só nossa. Ninguém entendia, mas interagíamos por horas, respondíamos com códigos indecifráveis, quase assustadores, que somente aos poucos foram se transformando no conhecido português. Durante os nossos primeiros anos, tivemos o nosso mundo próprio, e isso passou a refletir em toda a nossa vida.

— E a Jeloma? – Meu irmão estava meio zonzo, não sabia bem o que perguntar.

Kira surgiu sorridente, interrompendo a nossa conversa e me convidando para sair com ela, o Felipe, o Cadu e a Lelê.

— Vocês combinam as minhas saídas e eu nunca sei. – O namorado da Lelê ficava sabendo tudo por último e fingia se irritar com isso. Ao contrário, o Cadu adorava rir de si mesmo e dava corda.

Os quatro saíam, e só algumas vezes me chamavam. Meu estilo de vida não andava no mesmo passo, e todo mundo entendia. Agora parecia uma exceção ao acordo, já que eu surgia aparentemente acompanhado. O que para os meus familiares assemelhava-se a confirmarmos vida em outros planetas, com ETs simpáticos dialogando e jantando nos nossos lares. Eu podia escutar as vozes secretas dos ETs: "Cafa encontrou a mesma garota novamente, eles se encontraram mais de uma vez..." E, apesar de uma vontade de mudar a minha vida, estar com a Jeloma, o que me agradava além dos interesses em dar alguma satisfação para as pessoas, isso nunca foi problema para mim.

— E então, vai sair com a gente? – Até o Cadu queria saber sobre a possibilidade de um milagre.

— Vou ligar para a Jeloma. Se ela topar... – Meus irmãos se olharam, levantando as sobrancelhas e dando um meio sorrisinho irritante. – Ah, sai pra lá vocês dois.

— Hum... jurei que não falaria "quem diria" quando isso acontecesse. – Kira saiu rindo, sem me deixar responder à piadinha. Na verdade, fiquei mesmo sem ter o que dizer.

— Depois dessa, não precisa me contar nada. Já entendi tudo – disse o meu irmão, batendo palmas.

Fui para o meu quarto e liguei para a Jeloma. Eu me sentei no tapete para me sentir mais confortável e relaxado. Ela atendeu imediatamente com uma voz que parecia sorridente.

— Oi, Cafa!

— Tudo bem?

— Sim, sim. — Ela pareceu rir.

— Então... — Dei uma respirada. — Meus irmãos vão sair mais tarde e a Kira te convidou. Quer ir com a gente?

— Que horas?

— Te pego às nove, o que acha?

— Tudo bem. Vou me arrumar. Quando estiver chegando, me liga, eu desço e te espero na portaria. E, bem... prometo que a Jalma não vai aparecer!

— Sou vacinado contra a sua irmã.

Desligamos o telefone e a animação tomou conta de mim. Meus pais tinham chegado e a família estava reunida na sala. Seu Marcondez comentou sobre a quantidade de leitura que esperava por ele. Ser juiz reservava uma verdadeira maratona de pesquisa. E, em alguns momentos, toda aquela leitura exaustiva soava para mim que o meu pai estava deixando de viver para ler. Ele me corrigia, declarando: "Pelo contrário, filho, estou ganhando muita vida lendo."

Minha mãe estava encostada na porta da cozinha, quando a peguei no colo, dando um beijo forte na bochecha dela. Assim que conseguiu colocar os pés no chão, ela me empurrou gargalhando.

Kira, estática, me olhava como quem estava voltando ao passado. Fez uma expressão indecifrável e pediu que eu fosse com ela até o seu quarto. Entramos, ela fechou a porta e disse:

— Eu sonhei com você e a Jeloma. Acabei de lembrar... — Bem, se qualquer irmã falasse isso, não seria nada de mais, mas no caso da minha, senti um arrepio. Um ano antes, ela havia sonhado com o Felipe e acabara descobrindo que o cara dos seus sonhos existia na vida real. Depois sonhou com a Jeloma, e acabamos nos envolvendo em uma verdadeira aventura. Os sonhos foram interrompidos, e agora ela estava ali, chocada com a própria lembrança. Um frio percorreu o meu corpo. Eu e a Jeloma tínhamos visitado um sonho da minha irmã.

— Foi ontem?

— Sim, mas acabei de lembrar. Faz um ano que não recordo os meus sonhos. Depois de toda aquela confusão... mas agora, quando você levantou a mamãe para o alto, a cena veio na minha cabeça.

— E como foi o sonho?

— Vocês estavam correndo perigo.

— A última vez que você disse isso, nós entramos no maior problema das nossas vidas.

— Então, Cafa, agora que a gente sabe, você precisa ficar atento. – Não parecia fácil para a Kira falar do seu sonho, quando tanto já havia ocorrido no passado.

— Ah, irmã, estou começando uma história com a Jeloma, aí você manda que sonhou com a gente correndo perigo? Dá até um desânimo.

— A Jeloma é uma garota especial, e talvez, depois de alguma dificuldade, você possa viver uma história de verdade. Quem sabe o perigo não seja a Jalma?

— Acho que nunca tive muita paz até aqui.

— Hora de mudar a sua vida, meu irmão. Se for isso realmente que você quer.

— Só não quero mais ter a sensação de fazer tudo errado e incomodar as pessoas.

— Você não incomoda, mas, se ajuda dizer, estou há um ano com o Felipe, e o meu amor por ele é tão grande que todos os dias olho e me surpreendo, parece que estamos nos encontrando como nos primeiros dias. O amor é algo tão especial, Cafa. Eu gosto de olhar o rosto do Felipe, suas mãos – ao ouvir isso, lembrei da Jeloma elogiando a minha –, seu sorriso... Eu desejo isso para você.

— Essa vida aí eu nem conheço bem.

Minha irmã me abraçou, fez um carinho na minha cabeça e senti uma energia me envolvendo. Beijei a sua testa, falei que a amava e tornamos a nos abraçar. Kira me orgulhava pelo seu amadurecimento e postura.

— Vai se arrumar, quero o meu irmão como um príncipe hoje.

— Ah, isso eu já sou! Aonde vamos?

— Felipe escolheu um lugar bacana para o grupinho de casais.

Eu e a Kira nos abraçamos novamente. Sabíamos que aquele momento se mostrava bem diferente de tudo até ali. Eu me sentia como um pássaro, mas daqueles que estão fazendo seu voo mais importante, cortando o céu para fugir do severo inverno. Eu parecia estar voltando para o ninho, buscando me reencontrar até dentro da minha família. Ainda meio sem jeito, voando e caindo, mas com muita vontade de ganhar o novo mundo.

DOZE

No caminho, tinha um idiota

Sabe quando alguém escolhe te odiar? Eu me pergunto como pessoas conseguem perder tempo com quem não gostam. Quando não vou com a cara de alguém, essa pessoa deixa de existir para mim, sai do meu universo. Eu tenho outras ações mais importantes para fazer do que perder tempo com alguém que não me faz bem. Estou sempre muito comprometido em conquistar a minha própria galáxia.

Eu já estava quase pronto quando o meu celular tocou. Karen me pediu para descer, queria falar comigo com urgência. Desde que a Olga nos flagrara beijando-nos naquela festa, eu não falara mais com nenhuma das duas. O carro estava parado na calçada, abri a porta e me sentei no banco do carona. A moça se virou na minha direção, com os cabelos milimetricamente arrumados, vestido roxo e um batom da mesma cor, me deu um beijo no rosto e senti um algo mais, mas guardei para mim. Apesar da sedução da Karen ser em alto grau, eu estava bem controlado e não fui envolvido pela teia do momento.

— Tudo bem? – perguntei, parecendo ter perdido o jeito.

— Até que enfim estou te vendo – disse ela.

— Verdade. Desde aquela festa maluca não nos encontramos mais – concordei.

— Depois parei para pensar e acho que a Olga fez um escândalo desnecessário. – *Será?*, pensei. A garota me pegou beijando a Karen quando eu a estava beijando também. Olga tinha razão.

— Hum… nem tanto. Acho que não fui legal com vocês duas – discordei.

— Tudo bem. Vim aqui dizer que te perdoei. Eu soube do que aconteceu, queria saber como está. Nunca fui com a cara do Tavinho. – Parecia que só eu não o conhecia.

— Essa história já foi. Estou bem melhor – concluí.

— E o idiota? Vai ser preso? – Karen perguntou.

— Acho difícil. Ele não me matou. Deve pagar cesta básica e poderá em breve socar a cara de outro. Vamos ver…

— Eu estava com saudades desse seu jeito.

— Ando na correria. – Desconversei.

— Posso te sequestrar agora? – Karen chegou perto de mim de maneira repentina, e a minha defesa foi colocar os braços na frente do peito, com medo de aquele batom me incriminar.

— Hoje não posso – respondi, e ela ficou com o rosto colado ao meu, esfregando aquele perfume maravilhoso no meu nariz.

— Ah, para com isso, Cafa. Qual é? Dizendo não para mim?

Eu e a Karen tivemos química, tudo aconteceu fácil e parecia não fazer sentido negar. Sair sem cobranças, acordar junto no dia seguinte, deixá-la em casa e não ter obrigação de ligar depois… Boa gente, uma amiga com benefícios, como cantaria Alanis Morissette, mas para mim não dava mais. Não sabia como dizer isso, mas precisava.

— Karen, você é uma mulher maravilhosa, fico parado na sua, mas no momento não estou podendo e acho injusto com você.

— Não está podendo? – Ela continuou a passar seu rosto na minha face.

— Você é uma deusa, não faz isso, eu adoraria, mas, por favor, não me beije. – A boca tão próxima da minha pedia para eu desistir do novo Cafa, mas permaneci firme.

— Qual foi? Não estou te reconhecendo.

— Não vai dar. Mesmo.

— Não faz assim, Cafa. — E continuou a se jogar em mim, passando a mão na minha perna. Me perguntei se eu precisava mesmo negar. Uma garota daquelas me pedindo beijo e eu ali desconfortável? Mas aí o rosto da Jeloma surgiu na minha frente e a sua voz dizendo que estava me esperando ficou mais forte. Eu poderia ficar com a Karen, ainda não devia satisfações para Jeloma, mas não queria fazer aquilo, não queria começar uma história daquele jeito. E não querer é mais forte do que não dever. Ficar com alguém se tornara um hábito comum, mas percebi que não seguir com a Karen falava sobre as minhas novas escolhas. Não podia falhar comigo e decidi que não a beijaria. Não seria não. Não mesmo.

— Não posso.

— Não pode? Que Cafa é esse? Você nunca diz não.

— Agora eu estou dizendo, Karen. Você é uma gata, não precisa de mim para nada. Eu estou no meio de uma confusão. — Não era esse o termo certo, mas essa foi a melhor palavra para caber naquela conversa.

— É a Olga?

— Não, eu nunca mais encontrei a Olga. Ela deve me odiar. Por favor, não me odeie.

— Você está muito estranho, Carlos Rafael.

— Desculpa. Não posso demorar, tenho um compromisso com a minha família.

— E quando a gente vai poder se ver?

— Eu te ligo, pode ser? — Eu não queria que ela me ligasse, por isso prometi a ligação.

— E se você não ligar? — Ela entendeu, pelo desânimo demonstrado, que não receberia um telefonema meu.

— Entende um pouco o meu lado. Eu estou tentando ser franco. Já errei feio com você uma vez.

— Depois dessa cortada, meu amor-próprio se recusa a te procurar.

— Desculpa mesmo. Como falei...

— Você é uma gata — completou ela. — Mas é óbvio que não estou na sua lista. Amadurecer é perceber, já diria a minha avó.

— Eu preciso mesmo ir. — O ar do carro começou a me sufocar, e eu já não tinha mais tempo para prosseguir com aquele encontro fora de hora. Não queria ser ingrato, mas não podia dar esperanças.

— Tudo bem. Sorte dessa garota. — Foi tudo o que disse.

Karen entendeu que eu estava terminando o que nem tínhamos começado por causa de alguém. Dei um beijo no seu rosto e bati a porta do carro, olhando o relógio. Não tinha muito tempo. Subi no elevador, ansioso, e dei de cara com os meus irmãos na sala me esperando e perguntando onde eu estava. Depois eu explicaria. Cadu riu, porque já sabia que algum rolo me fizera atrasar.

— Vou só pegar a minha carteira. Vamos em dois carros? — perguntei, desejando que o perfume da Karen não estivesse em mim.

— Eu e a Lelê vamos com o Cafa. — Escutei o meu irmão falando, enquanto corria no quarto.

— Tudo bem. Eu e o Felipe vamos seguindo vocês até a casa da Jeloma.

Eu estava ansioso, nada acostumado com aquela vida de sair assim de casalzinho. Já tinha levado algumas garotas para me acompanhar e, apesar de elas acharem que aquele encontro significava algo, dentro de mim já me despedia. Com a Jeloma, não sabia bem como seria, mas já desejava ligar para ela no dia seguinte.

Cadu foi dirigindo o carro, com a Lelê no banco da frente. Os dois não paravam de falar, o que me deixou ainda mais tenso.

— Deixa eu contar algo para vocês — disse, determinado, e querendo que eles interrompessem o papo animado. — A Jeloma e eu não ficamos até agora.

— Não? Nem um beijinho? Logo você? — Lelê mandou sem cerimônia.

— Ela disse que só quer amizade.

— Ah, para — disse Cadu.

— Posso dar a minha opinião?

— Claro, Lelê. Vou gostar de saber a interpretação de uma garota.

— Amizade nada. Está com medo, vai passar. Pode ser esse seu histórico, Cafa. Você não passa muita confiança.

— Ah, cunhada, obrigado por me fazer sentir bem. Mesmo assim, ela pareceu bem certa disso.

— Deixa o tempo passar. Talvez seja bom para você. É a primeira garota que não chega fácil — disse Cadu, e eu me lembrei do encontro com a Karen minutos antes.

— As outras querem logo grudar nessa sua boca. — Minha cunhada e a sua maneira fofa de ser.

Jeloma entrou no carro com uma admirável leveza. Me segurei para não elogiá-la e deixá-la sem jeito. Ficamos os quatro em silêncio e eu ri por dentro com o clima.

— Lelê, Cadu, vocês já conhecem a Jeloma, não preciso apresentar.

— Menino, claro que eu lembro. Como você está, Jeloma? — Lelê parecia meio atrapalhada.

— Estou ótima, obrigada. Eu sei que você estava lá quando me salvaram.

— Ah, sim, faríamos tudo de novo. Os meninos vão concordar comigo. E é bom saber que fizemos isso por uma garota tão legal. — Concordei com a Lelê em pensamento. Aquele momento de medo, dor e caminhada no desconhecido nos fortaleceu. Amadurecemos muito com aquela experiência.

Jeloma comentou da alegria de reencontrar o nosso grupo em um momento melhor. Todos seriam discretos naquela noite quanto a comentários sobre o sequestro, tínhamos, inclusive, combinado. Sabíamos como deveria ser difícil viver algo tão terrível que devora seu direito de ir e vir e depois ficarem falando disso como se o assunto fosse um papo trivial. Ninguém queria voltar àquele dia tão ruim.

Chegamos, e o clima leve do lugar nos contagiou. Uma iluminação baixa, com enormes velas, e uma decoração em madeira, flores e paredes em tom de terra.

Kira e Felipe estavam mais animados do que todos. Minha irmã adorava quando saíamos juntos.

— Sua família é maravilhosa — disse Jeloma e me deu a mão. Sorrimos, nos olhamos fundo, e me dei conta de novas sensações invadindo o meu pensamento. Alguém estava mexendo comigo, mas eu ainda não tinha o diagnóstico seguro do acontecimento.

Sentamo-nos ao redor de uma enorme mesa baixa com um vaso repleto de flores coloridas no centro. A música ao longe tranquilizava e ninguém precisou ficar berrando para falar e ser ouvido.

— Gostei daqui — comentei, esperando que a Jeloma estivesse se sentindo bem.

— As companhias também são ótimas — disse ela.

— A vida é engraçada. — Eu tinha provas do que estava dizendo.

— Com certeza. — Ela deu uma piscadinha. — Não imaginei que reencontraria você, por exemplo.

— Acredita que, uns dias antes de te encontrar, pensei em você? Isso é sério. Fiquei imaginando por onde andava...

— E aí me viu naquele barzinho?

— Exatamente. E depois você surgiu no restaurante da minha mãe. Por isso devemos ter muito cuidado com os nossos pensamentos.

— Fernando Pessoa dizia que o ser humano é um cadáver adiado. – Me surpreendi com a frase dita por ela. – Eu me senti morta no meu sequestro, um cadáver vivo, adiando o dia de partir, mas agora me sinto viva. Desde que passei o que chamo de "dias do néctar do horror", resolvi viver apenas o hoje. No começo, foi confuso. Cresci rodeada de expectativas com o amanhã, e o agora vinha carregado de medo, tristeza e dor... mas passou. Desejo muito viver e ter a minha morte adiada por muito tempo.

— A vida se renova – falei, demonstrando o meu apoio.

— Eu ainda tenho medo do medo, mas isso vai diminuindo dia a dia. – Falou de maneira tão leve que admirei. – Me diz algo que você desejou a vida toda.

— Hum. – Fiquei pensando, a vida correndo na minha frente de maneira acelerada. – Ah, acho que ser médico é algo muito sonhado.

— O que vou dizer não é coitadismo, mas imagine alguém arrancando esse seu sonho, junto com tudo que você queria e até a sua própria existência sendo ameaçada? – Ela estava me explicando os dias de cativeiro, imaginei.

— Foi isso que sentiu? – perguntei.

— Mais do que sentir. Essa foi a minha realidade por longos dias. Apesar de tudo que passei, acredita que teve gente dizendo que fui culpada pelo meu sequestro? Como podem ter pensado isso? Em alguns momentos no cativeiro, parecia que eu estava sendo personagem de um clipe da Melanie Martinez. Daí você imagina como foi viver toda aquela dor.

— E como conseguiu sair emocionalmente daquele lugar? – Eu não tinha ideia de quem era a Melanie Martinez, mas depois, vendo os seus vídeos cheios de um teatro do absurdo, entendi um pouco sobre o que me pareceu o sentimento de medo, vivido todos os dias pela Jeloma.

— Alguns dias ainda estou lá. – Ficou parada me observando, mas o pensamento parecia ter voado. – Enquanto eu estava presa, fazia planos para me manter viva. Insistentemente tinha ideias mirabolantes para o futuro,

Acordei apaixonado por você

mas, depois que vocês me salvaram, deixei de viver o amanhã. Isso é fundamental para aqueles que sofrem ameaças. Se estou bem agora, se me sinto feliz nesse instante, isso é o que importa. E aí, aos poucos, as peças do quebra-cabeça vão se encaixando.

— E tudo ficará ainda melhor. — Dessa vez, fui eu que entrelacei os meus dedos na mão da Jeloma.

— Queremos contar uma novidade. — Felipe e a Kira sorriam, intensos.

— Tomamos uma decisão. — Kira olhou para o Felipe, pedindo que continuasse a frase dela.

— Bem, faz um ano que escapei da morte, sou tão grato por estar bem e ter a Kira ao meu lado. Decidimos fazer uma comemoração pela vida. Pensamos em fazer isso depois da obra do Enxurrada Delícia. Seria muito bom comemorar a sua vida também, Jeloma. — Depois dessa fala, as pessoas das outras mesas pararam para observar a nossa reação festiva. Felipe e a Kira ficaram emocionados com a nossa exaltação positiva.

— Eu preciso comemorar que o amor da minha vida não foi embora e ficou ao meu lado – disse Kira com os olhos marejados.

— Quero agradecer por ter encontrado essa garota. – Kira escutou as palavras do namorado e piscou o olho rapidamente, fazendo charme, com as mãos unidas, levantando os ombros como se fosse uma boneca. Aplaudimos. — E que o nosso amor contagie as pessoas.

Um beijo levemente demorado e mais aplausos. Risadas e falas animadas com todos desejando os melhores acontecimentos para os dois.

Depois da comemoração daquela felicidade tão descarada, cada casal ficou conversando e a Jeloma avisou que iria ao banheiro.

— Vou também. – Nos levantamos e vi um luminoso indicando o caminho. Seguimos de mãos dadas, determinados a estarmos juntos, mesmo sendo como ela queria, amigos muito próximos até segunda ordem. Jeloma entrou no banheiro feminino e eu segui no corredor. Quando estava a uns três passos de entrar no banheiro masculino, senti algo me puxar e me jogar na parede. Antes que pudesse me virar, fui jogado em um depósito, localizado logo ao lado do corredor. O lugar estava escuro, caí em cima de um saco que amorteceu a pancada. Eu não estava em muitas condições de me machucar.

— Qual é, está maluco? – perguntei, sem saber a quem.

— Maluco é você! Idiota. Não olha por onde anda? — Aquela voz não estava ali por acaso. Tavinho.

— Ah, Tavinho, qual é a sua, meu irmão? Resolveu me escolher como rival?

— O problema diz respeito a você cruzar o meu caminho sem a minha autorização. Pelo que entendi, não bastou eu te bater uma vez, a porrada foi pouca. O bebezão foi chorar no ombro do papaizinho juiz? — Ao dizer isso, tentou me segurar novamente.

Como é que um cara desses anda nas ruas livremente? Da outra vez, ele foi de uma covardia enorme, se juntando com dois comparsas. Ali estávamos só nós dois, e ele não me bateria. Primeiro o empurrei na parede, colocando o meu antebraço no pescoço dele. Tavinho, com a voz embargada, graças à pressão do meu braço, começou a vomitar os seus pensamentos.

— Você se acha, Carlos Rafael, mas é um fraco. Alguém precisa colocar um freio nesse seu jeito arrogante.

— O que eu te fiz, seu infeliz? Está me seguindo?

— Te encontrei aqui por acaso, otário. Pegou a minha mulher e agora a Jeloma. — *Jeloma? O que a Jeloma tinha a ver com isso?* — Sempre no meu caminho. E ainda quer que eu fique calado?

— Eu não te conheço, cara. Você apareceu na minha vida e virou um fantasma. O que a Jeloma tem a ver com isso?

— Por isso te chamam de Cafa. Cafajeste, pegador de mulher alheia! — Depois de dizer isso, ele me empurrou novamente no saco jogado no chão e movimentou as mãos com os dedos fechados. — Vou acabar com você. E ainda foi se defender com a justiça. Quem nesse país vai preso, cara? Ainda mais com dinheiro. Minha família tem muito. Eu vou pagar e me livrar de qualquer acusação.

— Você é o próprio problema. Sua família deve ter vergonha do filho imbecil. — Consegui me levantar e ficamos um de frente para o outro. — Naquele dia, fui covardemente atacado, mas agora você não consegue me segurar, moleque.

— Minha missão é cortar o mal pela raiz. Quantas garotas você já pegou e fez pouco caso?

— Isso não te interessa. Nunca enganei mulher nenhuma. Fui sempre muito franco com o que penso. Nunca prometi para garota nenhuma voltar no dia seguinte. E eu não te devo satisfação. Ou está querendo aprender a ser gente comigo?

— Eu fico gastando os meus neurônios para compreender como ela conseguiu ficar com você. A gente ainda tinha um relacionamento. E agora a Jeloma…

— O que você tem com a Jeloma? Eu nunca soube que vocês dois tinham algo. Está dando porrada em mim para se sentir vitorioso? – Quando terminei de falar, ele veio com um soco certeiro na minha boca, e dessa vez devolvi com vontade, conseguindo vê-lo na pouca luz que entrava pela porta. – Você não tem ética!

— Quem aqui está falando de ética, otário? Eu estou lá ligando para o que a sociedade espera de mim? Eu não sigo regras, eu crio as regras! Socar a sua cara é uma delas.

— Otávio! – Ele estava mirando outro soco em mim, quando a voz da Jeloma invadiu a pequena sala.

— Não se mete, Jeloma.

— Me meto, sim. Você fica perdendo a cabeça, metendo os pés pelas mãos e se tornando cada dia mais idiota. – Ao escutar isso, o Otávio se segurou por um instante.

— Minha história com esse cara é antiga.

— Isso é verdade. Esse aí resolveu me odiar – falei para a Jeloma, enquanto aguardava qualquer movimentação violenta.

— Está se fazendo de coitadinho? Vai chorar no ombro da Jelominha também? – perguntou.

Eu podia perceber o cara babando de ódio.

— Otávio, deixa de ser ridículo. – Jeloma veio na minha direção e, sem dizer nada, me beijou. No meio da briga, estávamos ali nos beijando. Um silêncio seguiu na sala, e eu sabia que isso só aumentaria a fúria daquele cara, mas não tinha como não valorizar aquele beijo. Senti o meu coração acelerar, me trazendo sensações deliciosas, junto com a certeza de saber que tinha alguém esperando para quebrar a minha cara.

Quantas vezes na vida você está ali vivendo uma cena, mais parecendo um filme em plena vida real? Quando o beijo acabou, eu e ela ficamos praticamente congelados, literalmente estarrecidos com tanto desejo e respirando juntos, com os rostos grudados. Ela segurou a minha mão com força e, sem medo de errar, vivi naquele dia o melhor beijo da minha vida.

— Jeloma — Tavinho disse alto. — Inacreditável.

Eu não conseguia dizer nada. Fiquei com os braços meio abertos, sem saber o que fazer.

— Otávio, eu não te devo explicações — gritou Jeloma.

— Mas tinha que escolher um cara que não vale uma moeda antiga, um filhinho de papai do Recreio dos Bandeirantes, um babacão pegador?

— Pelo menos, não sou chamado no diminutivo, Tavinho — respondi. — Firmei um compromisso com a minha vida, não fiquei me garantindo na minha família, fui pensar em ser alguém. Ao contrário de você, que quer ser qualquer um para viver às custas da sua família e seguir vitorioso nessa capa de vagabundo.

— Falou o médico da clínica de esquina…

— Parem vocês dois! — Jeloma pareceu perder a calma e saiu.

— É bom mesmo ela sair. — Agradeceu o meu rival, que jamais fora verdadeiramente um concorrente. — Eu quero quebrar a sua cara em paz.

— Não seja por isso, eu me defendo e retribuo. Vamos lá. Pode vir, fortão!

Ficamos andando pela sala, e Tavinho tentou, sem conseguir, acertar um soco no meu rosto. Fui com toda a força para cima dele. De repente, eu não sabia onde começava o meu corpo e terminava o dele, quando a porta abriu com toda a força e vi o Cadu e o Felipe entrando na sala. Os dois seguraram o Tavinho e eu mandei:

— Ao contrário de você, que covardemente me pegou acompanhado de dois amigos, agora, acompanhado do meu irmão e do meu cunhado, não vou formar quadrilha. Se manda daqui, zé-ninguém.

Tavinho saiu porta afora, quase caindo no corredor. Jeloma entrou me abraçando e perguntando se estava tudo bem.

— Estou ótimo — respondi, ofegante. — Vamos voltar para a mesa. Aliás, antes preciso ir ao banheiro. — Saí sem dizer muito, precisava me recompor.

— Não vamos estragar a nossa noite. — Felipe tentou amenizar a situação.

Kira e a Lelê estavam na porta com semblantes assustados, e imediatamente as tranquilizei, pensando se aquele cara me deixaria em paz.

Fiquei sozinho por alguns instantes, até que o Cadu e o Felipe entraram no banheiro para me acalmar.

— Podem ficar tranquilos, eu estou ótimo. Acabei de beijar a Jeloma.

— Como assim, acabou de beijar a Jeloma? — Cadu riu, surpreso, entendendo o meu ar de felicidade visto através do espelho.

— Sabe que comigo nada acontece na ordem esperada. Acredite, ela me beijou no meio da briga.

— Alguém já desejou escrever um livro da sua vida? — perguntou Felipe, realmente interessado.

— Cara, que beijo. Não sou de ficar assim, mas, olha, valeu.

— E o Tavinho? — Meu irmão estava tentando ligar os pontos.

— Ele ficou assistindo à cena. Esse cara não me abala, é um mané. Fiquei até com pena dele. Veio para me bater e acabou sendo testemunha de algo que eu estava querendo muito.

Fiquei me olhando no espelho com um semblante feliz, apesar de a boca estar machucada. Se eu tivesse escrito uma cena da minha vida, jamais imaginaria ser beijado depois de um soco. Meus batimentos cardíacos me avisavam do quanto eu estava vivo. Aquela garota mexia comigo de uma maneira inexplicável. Eu queria voltar àquele beijo. Jeloma não era mais só minha amiga.

TREZE

A melhor garota

Ela mexe comigo, está estampado no meu olhar. Por mais que eu tente esconder. Eu não quero que os meus sentimentos fiquem tão claros. Tenho medo de assustá-la, mas não sou bom com joguinhos. Será a verdade e de verdade.

Voltei para a mesa, as garotas estavam meio tensas, mas não fiquei abalado. Eu só conseguia pensar no beijo. Não sabia o que dizer para a Jeloma e se o melhor seria fingir nada ter acontecido.

— Naquele dia, elogiei a sua mão, agora quero elogiar o seu beijo. — Não acreditei quando ela disse isso de maneira tão direta.

— Ah, estou curioso para saber os detalhes. — Será que tinha sido na mesma intensidade do que fora para mim?

— Desculpa ter ido pra cima de você.

— Ah, desculpa não aceita. Eu adorei você me protegendo com um beijo. Melhor que o Tavinho me batendo. Pode vir quando você quiser. — Jeloma ficou vermelha e me beijou novamente. Quando paramos de nos beijar, reparei na Lelê e no Cadu olhando, sem conseguir esconder a surpresa. Minha cunhada deu uma piscadela, querendo me dizer: "Não falei que ela estava com medo?"

Segurei a mão da Jeloma. Ainda não sabia o que ela e o Tavinho tinham vivido, mas a história dos dois não me interessava. O machismo não fazia parte dos meus pensamentos. Minha vida pregressa não me dava direito a condenar o que as pessoas tinham feito com as suas vidas antes de me conhecerem. Então não tinha muita importância, exceto pelo detalhe de ele demonstrar ciúmes, como se ela fosse a segunda namorada dele que eu pegava. Ela não o desejava, estava a fim de mim, e isso bastava. Sem o famoso mi-mi-mi, a minha conexão precisava ser com o beijo da Jeloma e não com a presença daquele cara.

Kira demonstrou preocupação, falou que precisávamos avisar o meu pai sobre o Tavinho ter me perseguido. Eu não teria como esconder isso e imaginei o ocorrido piorando a situação do criminoso com a justiça.

— Esse cara não me abala, não mexe comigo, ele é um coitado. Veio aqui, disse que me encontrou por acaso, tentou mandar o seu recadinho, mas não me preocupo.

— Diferentemente de você, eu estou apreensiva. Ele decidiu te escolher como inimigo.

— Tudo bem, eu o enfrento, é um idiota medroso, Kira.

— Eu tive um pequeno, mas pequeno mesmo, relacionamento com ele — disse Jeloma, e silenciamos na mesa para ouvi-la. — Foi antes do meu sequestro. Quando eu estava no cárcere, ele não ligou, saiu com outras garotas e achava que eu não merecia preocupação. Jalma imaginou uma fuga minha de casa, e ele levou isso como verdade. Sinal de que nada sabia de mim. Eu jamais fugiria e maltrataria emocionalmente os meus pais. Aí, depois da minha recuperação, Tavinho voltou como se nada tivesse acontecido. Tínhamos saído algumas poucas vezes, sim, mas ao mesmo tempo ele não teve consideração com o meu momento, se divertiu na minha ausência e qualquer possibilidade de sentimento morreu. E até hoje, um ano depois, ele tem essas crises ridículas de ciúmes. Eu sinto pena da Flavia, porque nem em pensamento ele é fiel. Desculpa por essa situação, Cafa.

— Tudo bem. Ele agora parece ter motivos para me odiar.

— Na verdade, eu queria te contar algo… — disse Jeloma, bem próxima do meu ouvido.

— Não foi culpa sua. Nós já tínhamos problemas. Foi ele que me bateu da outra vez... — expliquei, tentando acalmar os pensamentos dela. Me lembrei imediatamente da Jalma e do Tavinho caminhando juntos e compreendi que, óbvio, ela havia contado para ele sobre o meu começo de relacionamento com a Jeloma. A velha máxima de "a verdade sempre vem", usada pela minha mãe, estava ali comprovada.

— Mas tem algo que você não sabe... — insistiu Jeloma.

— Não importa, mais nada importa, estamos aqui e é isso que vale — concluí.

— Nossa, Jeloma, sinto muito você ter sofrido algo com um cara tão desprezível. Ele não tem noção de respeito ao ser humano — disse Kira, com o seu tão presente senso de justiça, herdado do nosso pai.

— Ele já não gostava do Cafa, aí soube que vocês estavam se conhecendo e apareceu para tirar satisfação — disse Felipe, com voz tranquilizadora.

Jeloma parecia tremendamente incomodada, como se precisasse ficar sozinha comigo, mas nós simplesmente não conseguimos.

— É um idiota mesmo. O cara querendo tirar satisfação de questões que não lhe dizem respeito — comentou Cadu.

— Talvez esse seja o problema. As situações não o incluem, mas estão passando perto dele. Fiquei com a namorada dele, sem saber que os dois tinham algo. E agora estou aqui com a Jeloma... — eu estava meio sem jeito para falar isso — que é a ex-namorada dele. — *E quase minha namorada*, pensei. — O cara deve estar enfurecido.

— Não cheguei a ser namorada. — Ela fez questão de frisar.

— Nossa, que confusão. — Lelê parecia pensativa com as coincidências. — Não acreditei quando vi esse cara aqui, mas, engraçado, Cafa, você pareceu ótimo depois da briga. E o que você ia falar, Jeloma?

— Deixa pra lá. Acho que já tivemos emoções suficientes. — Foi tudo que conseguiu dizer.

O papo tentou voltar animado, mas eu e a minha acompanhante abaixamos a cabeça meio sem graça. Nós dois sabíamos como aquele beijo havia mexido com a gente. Tavinho ficara do tamanho merecido da sua insignificância. A noite tinha sido especial, e toda a confusão acabou sendo ofuscada pelo meu primeiro beijo na Jeloma.

O papo ficou mais leve com a Lelê comentando como seria maravilhoso se nós seis viajássemos para a Bahia.

— Ah, gente, quando tiver um feriadão, poderemos ir. Uma amiga se hospedou no bairro do Rio Vermelho. De lá, a gente pode sair para conhecer tantos locais lindos. Vi fotos da praia do Forte, quero conhecer o Projeto Tamar, amo tartarugas, almoçar no Pelourinho, andar no elevador Lacerda! Sorria, você está na Bahia! — comemorou Lelê.

— Bem, eu e o Cafa já estivemos na Bahia! — disse Cadu, parecendo se lembrar de como aprontamos.

— Não quero nem saber o que vocês fizeram lá — disse Lelê, empurrando o meu irmão. — Eu ainda não tinha nada com você, mas lembro quando vocês foram e voltaram bronzeados e rindo sem parar.

— Ué, você não acabou de dizer "Sorria, você está na Bahia"? Foi isso que fizemos. — Cadu adorava perturbar a namorada.

— Não me conte — pediu, rindo.

— Você falou como se eu tivesse me perdido na Bahia, mas fui para cuidar do Cafa. Vocês sabem como ele precisa de alguém para tomar conta...

— Cara, como você fala assim na frente da Jeloma? — retruquei.

— Jeloma, desculpa, o meu irmão agora está curado, eu diria.

— Melhor não tentar corrigir — disse Jeloma, entrando na brincadeira.

— E aí, quando vamos para a Bahia? A gente vai nas milhas, se hospeda naquele hotel bom, bonito, barato e aproveita quatro dias. Vamos na sexta e voltamos na segunda à noite, aproveitando um feriadão. — Lelê já definira tudo. Caímos na gargalhada.

Depois de encerrar a noite com uma conversa ótima, fui deixar a Jeloma em casa. Precisávamos conversar sem ninguém por perto. Estacionei na conhecida vaga de visitantes, enquanto tocava "Treat you better"*, de Shawn Mendes: "I know I can treat you better/ Than he can/ And any girl like you deserves a gentleman."

Desliguei o carro e fui direto.

— Que noite! Quero me desculpar de alguma forma — falei, sentindo muito pela cena ridícula da minha briga com o Tavinho.

— Imagina, desculpa por ter beijado você.

---

* Em tradução literal: "Tratar você melhor", de Shawn Mendes – "Porque eu sei que posso te tratar melhor/ Do que ele/ E qualquer garota como você merece um cavalheiro".

— É sério que está pedindo desculpas por ter me beijado? Por favor, faça isso mais vezes, muitas vezes. Seu beijo cura qualquer soco.

— Ah, para. – Ela riu envergonhada.

— Quero replay. Por favor!

— Agora?

— Claro. – Eu a olhei do jeito que eu sabia; não era muito fácil de encarar.

Ela me beijou, e foi como sair voando mais uma vez.

— Não me olhe assim – disse ela quando a encarei.

— Minha mãe diz que é o olhar do convencimento. Quando eu e o meu irmão encaramos assim, nunca recebemos um não como resposta.

— Coitada da sua mãe, deve ser difícil ter filhos gêmeos.

— Ela adora. Não sabia que seriam dois, e foi surpreendente quando, na reta final da gravidez, o médico disse: "tem mais um". Imagina a cena?

— Nossa! Sério? Como não descobriram nos exames anteriores que eram dois?

— Ah, o meu pai estava estudando nessa época e os dois foram morar no interior para ele ter paz e se preparar para o concurso público, por isso ela fez um pré-natal básico. Minha mãe ficou fazendo cursos de culinária, e assim, durante a gravidez, nasceu a chefe de cozinha que existia dentro dela. Depois, eles voltaram a morar no Recreio dos Bandeirantes, que nessa época também lembrava o interior, com pouquíssimas casas e apartamentos.

— Acho que quero tentar explicar por que tive algo com o Tavinho – interrompeu ela. – E preciso falar algo que fiz…

— Eu até agora não sei a razão de chamar esse cara de Tavinho, nesse diminutivo carinhoso.

— Vai ver que é porque ele tem um caráter pequeno.

— Boa.

— Voltando um pouco no tempo, fiquei muito impressionada por ele ter desfilado na frente das minhas amigas com outras garotas, enquanto eu estava desaparecida.

— Quem vai te contar algo sou eu. – Fiquei meio receoso em falar, mas já confiava na Jeloma o suficiente para não esconder nada. Ela assentiu com a cabeça, esperando que eu continuasse. – Eu vi a Jalma e o Tavinho caminhando juntos, quando parei para tomar um açaí.

Jeloma ficou parada, pensativa, e mordeu levemente a boca.

– Eu não sei bem como lidar com esse tipo de informação. A minha irmã não é uma pessoa confiável. É tão triste e estranho dizer isso. Não tenho ideia de como ela ainda se relaciona com ele, mesmo depois de tudo que aconteceu, da maneira como ele desprezou a minha vida. Porque você não sabe tudo…

– Sou muito amigo dos meus irmãos, a gente é muito ligado, uma família unida, mas nem todo mundo tem isso. Algumas famílias possuem rupturas enormes, perdem laços, e o que a gente precisa fazer é ter a mente em paz, com a certeza das nossas atitudes… E, Jeloma, eu tive um quase relacionamento com a sua irmã, assim como você com esse Otávio, então não posso te julgar. Precisou de um ano para eu encontrar a irmã certa.

– Várias vezes tentei ser a melhor irmã do mundo, ajudar a Jalma, mesmo na infância, mas ela atropelou tudo, meteu os pés pelas mãos até nas situações mais simples. E ela piorou tanto ao longo dos anos… Difícil entender a amizade com o Otávio. Ele foi um monstro comigo.

– Felipe me contou que, na época do namoro com a Jalma, ela se mostrava tranquila e só foi mudar ao entrar para a faculdade.

– Virou outra pessoa, passou a valorizar as futilidades, e quanto mais bonita fisicamente ficava, mais confusa emocionalmente se tornava. Passou a infernizar a minha vida, me diminuir, me agredir verbalmente, passei a ter um soldado de violência psicológica especialmente para mim. E por isso ela inventou que fugi… Ela sabia que tinha culpa. Mas procurei ser forte e aguentei. Depois do sequestro, com a mente lotada de novas reflexões, parei de aceitar qualquer ataque. Cheguei a dizer que iria à delegacia denunciá-la. E, diante da nova Jeloma, ela passou a cometer seus crimes emocionais fora de casa.

– Nossa, sua irmã tem problemas. – Eu estava boquiaberto.

– Já disse para ela que tomar conta da vida alheia não é a melhor escolha. Vai sobrar tempo para assistir à felicidade dos outros e faltar para a própria existência, dificultando encontrar um caminho, achar soluções para realizar planos e chegar àqueles lugares julgados impossíveis, mas desejados. Não devemos perder tempo sendo plateia na vida, precisamos protagonizar os nossos dias. – Jeloma respirou fundo. – Porque ela finge que a própria vida é a mais importante do mundo, mas no fundo respira o ar da vida dos outros.

— E ela andando com o Otávio só piora. Os dois farão mal um ao outro.

— Não quero que eles atrapalhem a gente… Eu preciso…

— Não vão, Jeloma, de jeito nenhum. Olha, não sou um cara que podemos chamar de exemplar, já vacilei muitas vezes, fiquei com mais garotas do que teria coragem de contar e não quero prometer nada além de ser um cara honesto. Nunca fui de sair muitas vezes com a mesma pessoa. E a Fabi, uma garota que tentei namorar, me odeia.

— Então essa aqui será a nossa antepenúltima saída ou a última? – perguntou Jeloma dando risada.

— Não, nem pense nisso. Eu quero te encontrar de novo, não estou enjoado de você, não estou pensando em outras porque a sua companhia é muito agradável. De um jeito leve, doce, mesmo com os momentos tensos que vivemos.

— Acho que somos predestinados a viver cenas de ação.

— Nem brincando fale isso… – Eu estava cansado só de pensar em mais alguma briga marcada pelo destino.

De repente, qualquer assunto se tornou bobagem diante da vontade que estávamos sentindo de ficarmos próximos. Eu queria beijar mais aquela garota, sentir o seu perfume, a sua voz…

Calamos. Queria, estranhamente, acelerar o tempo, na mesma vontade de colocar em câmera lenta os momentos com a Jeloma. Desejava permanecer ali e, ao mesmo tempo, buscava um olhar no futuro para confirmar aquela felicidade multiplicada em novos momentos. Aquela noite acabou depois de um beijo maravilhoso, em que a respiração continuou intensa e nós dois, congelados, seguramos um o braço do outro.

— Eu não quero ir embora – declarei ainda ofegante. Ela permaneceu calada. – Interessado. Eu estou interessado em você. – Diminuí o ritmo da minha fala. – O que fará amanhã?

— Não sei – respondeu ela, parecendo insegura.

— Posso te ligar? – perguntei, sem a menor ideia do que poderíamos fazer.

— Pode sim. Gostei da nossa noite, mesmo com a participação intrusa do Otávio. E, sobre ele, pode ficar tranquilo, não tive nada especial com ele e não terei agora. Tenho mais para te contar, mas não estou preparada. Só me desculpa desde já, e, quando eu falar, você entenderá.

— Ah, o Otávio e você juntos não passa pela minha cabeça. Eu realmente não estou nem aí para ele. Perdedor mais uma vez.

— Quando eu estava me recuperando, ele reapareceu e percebi a cara de pau do cidadão. Ele me disse: "Mas eu não sabia que você estava naquela situação. Eu só conseguia imaginar você em Miami, no sol, curtindo."

— Esse cara não existe.

— Você sabe o que ele faz da vida? – perguntou Jeloma de maneira debochada, entortando a boca. – Então, ele não trabalha, nem estuda... nada faz.

— Me falaram sobre isso. Um cara jovem como ele, sem fazer nada na vida? Bem estranho – comentei, pensando na minha correria pessoal, em tudo que eu vivia estudando, na loucura quando dei plantão em emergência para aprender.

— Nada – repetiu Jeloma, com voz de desânimo. – Eu tenho muita pena da família. Às vezes, a gente passa uma fase ruim, fica sem saber qual decisão tomar, mas não foi o caso. Desde cedo, ele deixou claro para a família que a profissão de herdeiro lhe bastava. E os pais sofrem por receber notícias dos absurdos cometidos em noitadas.

— Nenhuma família merece ver um filho sem objetivo, perdido, e ainda por cima se achando o máximo.

— O pai tem muita grana, e o Otávio decidiu levar a vida na academia, na praia, no shopping, e, vez por outra, faz algo para o pai rico, chamando isso de trabalho. Uma vida vazia. Isso também me desanimou a ficar com ele. Eu quero alguém do meu lado com objetivos. Outro dia, eu e a minha psiquiatra falamos sobre ter vários planos na nossa vida. Que não podemos ter apenas um foco. Não podemos viver só para um amor ou só para o trabalho, a gente precisa diversificar, porque assim a vida faz mais sentido e as decepções são menores. Se a gente perde um trabalho, a gente tem os laços da família. Se perdemos um amor, temos a força do nosso trabalho nos impulsionando. Ele não liga para família, trabalho, ele só tem a porcaria daquela vida superficial.

Fiquei surpreso com toda a fala da Jeloma. Apesar da juventude, demonstrava um amadurecimento e determinação para ser alguém melhor. Sabia o que queria. E eu queria aquela garota para mim.

Quando acordei, o meu encontro na noite anterior ainda estava fresco na cabeça e o perfume da Jeloma parecia dançar ao meu redor. Na sala de casa, a nossa cachorrinha Angel estava eufórica, correndo de um lado para o outro, pegando vários pequenos grãos de ração, levando para longe e comendo aos poucos. Eu andava com aquele espírito animado da Angel.

— Seu irmão ainda não saiu da cama? — Minha mãe estava sozinha, tomando café. Meu pai já saíra para o trabalho e eu adorava quando tinha esses momentos com a dona Claudia.

— Cadu disse que vai mais tarde para o restaurante.

— E você?

— Darei um pulo na clínica e depois devo sair.

— Olha, cuidado por aí, estamos vivendo uma época de situações graves da maldade humana, da falta de caridade e do ódio gratuito.

— Eu sei. Pode deixar que preciso mesmo me cuidar, já tenho o meu inimigo pessoal.

— Como assim? — Minha mãe não gostou da conversa.

— Ah, esqueceu o tal Otávio?

— O rapaz que te bateu... — Uma melancolia dominou a matriarca.

— Rapaz não, né, mãe? Aquele verme me bateu acompanhado de mais dois. Ontem ele apareceu de novo.

— Seu pai está sabendo disso?

— Depois falo com ele... covarde, invejoso, mas ele será punido. É a lei da vida, receber a reação das próprias ações.

Kira chegou na sala, demonstrando muito sono. Estava arrumada para ir para a Canto da Casa, mas não conseguia esconder os olhos cansados.

— Ai, se pudesse dormir mais.

— Estamos vendo... — Minha mãe colocou suco de laranja no copo da minha irmã.

— Por que precisamos acordar cedo? Por que precisamos trabalhar? — Ficou rindo sozinha.

— Nem queira saber como é a vida de um faz nada — comentei, me lembrando da ameba do Otávio.

— Sono, cansaço, mas hoje tenho tanta coisa para organizar na loja.

— Quem mandou ser gente grande? — indagou minha mãe.

— Nada disso. Quem mandou não ser "superquase" — mandei rindo.

— Superquase? — Minha irmã tinha se esquecido da minha teoria das superquase.

— Superquase! A turma superquase que sempre responde: supertopo, supervou, superquero, as superquase.

Minha mãe se levantou para ir à cozinha e ficou lá tempo suficiente para o seguinte diálogo:

— Sonhei com a Jeloma. — Kira estava um misto de incredulidade com receio. Sonhar para ela não tinha mais o caráter do lúdico. Mesmo sem muita certeza, recebia os sonhos como mensagens de algum lugar.

— E aí? — perguntei, curioso, e pensando se falaria para a Jeloma.

— Nós estávamos voando. Todos nós. Eu, você, o Felipe, a Jeloma, a Lelê e o Cadu.

— O sexteto!

— Isso. Até que a Jalma se aproximou e tentou afundar a irmã no ar. — Depois de tudo que a Jeloma contara, não me surpreendia aquela informação. — E aí aparecia o Tavinho e segurava você com raiva. Vivíamos literalmente uma confusão no ar, um segurando o outro, até que uma chuva começou a cair. De repente, a Jalma e o Tavinho não estavam mais, e bilhetinhos começavam a cair vindos do céu. Você segurou um deles, eu perguntei o que dizia e você disse: "Das coisas mais importantes, tomar conta de si mesmo e não correr risco é uma delas. Guardar a si mesmo não basta, você precisa cuidar de outras pessoas para que se salvem." Foi mais ou menos isso...

— Nossa, que doido. O que isso quer dizer?

— Não sei, Cafa, mas eu até anotei para não te passar recado errado.

— E de onde chegam esses recados, Kira?

— Não tenho a menor ideia. Adoraria saber. Acho que não gosto de sonhar, apesar de ter conhecido o Felipe assim.

Ficamos nos olhando, e eu não sabia o que fazer com aquela declaração da minha irmã sobre o sonho. Minha mãe voltou para a sala e a Kira perguntou o que ela tinha colocado na crepioca.

– Nada de mais: peito de peru bem desfiadinho, ricota e um temperinho verde que criei para o restaurante.

– O nada de mais da mamãe é sempre o máximo! – elogiei.

Seria apenas mais um sonho, pelo menos assim eu desejava. Algo dentro de mim mandava eu me preparar. A vida seguiria tranquila, mas não por muito tempo. Eu só esperava continuar tendo a Jeloma do meu lado, mesmo que enfrentássemos um furacão.

CATORZE

Ajudando outra Jeloma

Entregue o seu coração a quem interessar. Para aquela pessoa que mereça seus mais sinceros sentimentos. Não cometa o erro de se apaixonar por um covarde, machista e criminoso. Não entregue a sua essência para aquele que te levar pela pior estrada da sua vida. Voltar é difícil demais. Não aceite conhecer lugares sombrios, o caminho de volta nunca é fácil e você quase terá que se encontrar sozinha.

Eu tinha chegado da academia, tomado banho e estava deitado na cama. No dia anterior, tinha encontrado a Jeloma e caminhamos depois de um sorvete. Ainda tateava ao estar com ela. Parecia que algo a incomodava, mas não conseguia entender bem o que estava acontecendo. Só conseguia pensar no seu desejo de ser apenas minha amiga, mesmo a atração entre nós se mostrando cada dia mais intensa. Eu me perguntava se seria reflexo de tudo vivido antes. Minha intuição dizia que sim e que eu tivesse paciência, para que a nossa história fosse acontecendo no tempo certo, em um ritmo ao qual eu não estava tão acostumado, mas que valia a pena.

Meu telefone tocou tão cedo, que não acreditei quando vi o nome da Jeloma na chamada. Eu estava me arrumando para ir para a clínica. Jeloma perguntou, sem muita introdução, se eu poderia ajudá-la naquele momento.

— Onde você está?

— Na porta do seu prédio.

— Tudo bem, vou descer. — Eu não tinha ideia do que estava acontecendo, mas aquela voz exigia emergência. Cadu estava dormindo, e achei melhor não acordá-lo. Passei pela sala e ninguém da minha família tinha acordado ainda.

Na porta do prédio, a Jeloma estava dentro do carro com a luz acesa e as mãos no volante, dando indícios da sua pressa. Assim que entrei no veículo, ela acelerou e foi me explicando que uma menina do seu grupo de ajuda tinha mandado uma mensagem urgente avisando de um ataque sofrido e pedindo ajuda. Tinha sido abandonada na estrada a caminho da Prainha. Nós morávamos bem perto dali e, claro, não fraquejei em apoiar no resgate. Eu tinha uma garota guerreira e determinada ao meu lado. Não questionei nada e fui.

— A menina disse que me esperaria depois da subida da ladeira, escondida logo após a entrada para a praia do Secreto. Estou com a localização dela no celular.

— Eu sei onde é. — Se a garota estava ali sozinha, com certeza havia sido tomada pelo medo. Também pensei por um instante se aquilo não seria uma armação do Tavinho, mas decidi não cogitar. O melhor seria ir até lá e, caso houvesse alguma desconfiança, não pararíamos no local.

— Cafa, desculpa. — Será que a Jeloma estava prevendo algum perigo?

— Ficará tudo bem — falei, tentando aplacar a tensão. Imaginei que para ela as lembranças do seu sequestro e dos dias em um cativeiro chegassem em momentos como aquele.

Depois de longos minutos no carro, reconheci o local.

— Vai, sobe devagar com o carro até ali. Sua amiga deve estar naquela direção. Jeloma. Qualquer coisa suspeita, você acha que consegue sair fora?

— Claro, mas é ela que está ali. Conseguiu ligar porque o celular estava escondido na própria meia.

Confesso que engoli em seco ao ouvir isso.

– Ali, olha, tem algo ali. – Um tempo de silêncio nos envolveu. Jeloma acendeu a luz do carro, colocou a cabeça para fora do veículo e gritou: – Vanessa, estou aqui! – Percebi que a motorista estava pronta para arrancar, caso alguém surgisse e não fosse a tal Vanessa. Pelo menos, eu queria acreditar nisso.

De repente, antes mesmo que pudéssemos pensar em desistir, saiu do meio do mato uma garota seminua, com roupas rasgadas e sangrando pelos braços e rosto. Meu Deus, onde a gente estava? Que situação bizarra. A vítima caminhava em estado de calamidade física. Desci do carro e fui na sua direção. Naquele momento, esqueci a possibilidade de ter outra pessoa para me atacar. Ela deu alguns passos e me abraçou, como se me conhecesse de uma vida toda. Segurei-a para que continuasse de pé e fomos andando para o carro. Me senti retornando ao passado com a imagem da Jeloma fragilizada e desamparada pairando na minha mente. Minha companheira de resgate, antes vítima de um cativeiro, estava ali, forte, falando com a voz firme para que fôssemos embora. O alívio de salvar uma vida tomou conta de mim.

– Obrigada. – Foi tudo que a Vanessa disse.

Fui no banco da frente, mas virando para o banco de trás, tentando avaliar o estado da amiga da Jeloma. Ela falava pouco, sua cabeça sangrava, tinha um corte no braço precisando de pontos, os membros inferiores pareciam menos afetados, até que ela passou a mão na coxa como se algo a incomodasse na perna direita.

– Olha, segue pela orla. Vamos para a clínica que trabalhei. Vou poder cuidar da sua amiga lá – pedi.

– Tudo bem – Jeloma respondeu, aliviada. Ficou claro que tê-la encontrado viva tinha sido uma grande sorte.

A moça se deitou no banco do carro e apagou. Eu e a Jeloma seguimos em silêncio. Ainda estávamos acelerados com a aventura de buscar uma garota e encontrá-la tão machucada.

– Ela estava na casa do namorado – explicou –, e esse cara surtou. Ficou presa nos últimos dias, sem poder sair do apartamento.

– Você está brincando? – É óbvio, eu sabia de violências, mas, quando esse tipo de absurdo está ao seu lado, bem próximo, você se questiona que tipo de cara é esse, capaz de deixar uma garota naquele estado.

— Infelizmente, essa é a verdade. Quando ele dormia, ela falava comigo por mensagem, mas eu ainda não sabia a gravidade da situação. Depois escondia o celular. Acredite, mesmo sofrendo, achou que o cara se arrependeria. Nessa noite, ela escutou o cara dizendo que bateria nela até cansar e depois a abandonaria naquela praia. Ele dormiu algumas horas e ela teve tempo de me avisar. Depois ele acordou, bateu nela e a abandonou no local combinado. Um louco, doente.

Possivelmente a garota imaginou que não se salvaria. Tinha sofrido na mão de um psicopata, estava exausta e finalmente apagara ao encontrar um refúgio. Seu rosto descansava como quem se acostumara com o fundo do poço, mas finalmente estava livre dele. Eu só conseguia me perguntar: *quantas histórias trágicas como essa acontecem, enquanto estamos placidamente dormindo nos nossos lares?*

— Ela precisa dar parte desse cara na delegacia.

— Vanessa não fará isso, já me disse. Precisamos cuidar dela, mas tenho certeza de que, por vergonha, medo e amor, vai esconder isso até da família. Ela disse para a mãe que tinha ido para a casa de praia de uma amiga, enquanto estava presa em cárcere privado. Acredite, garotas fazem isso.

— De onde você a conhece?

— Do grupo que falei. Não somos amigas, mas nos tornamos porque acabo me aproximando de cada uma com suas histórias terríveis e absurdas. Eu teria avisado a polícia, mas só hoje ela me contou tudo.

Chegamos à porta da clínica e eu estava zonzo com a situação. Não podíamos entrar pela porta principal. Alguma cliente poderia vê-la, e Vanessa estava assustadoramente machucada. Estacionamos, e combinei com a Jeloma de pegar a paciente numa porta lateral.

Entrei na clínica, falei com as recepcionistas, perguntei se o consultório 2 estava livre e avisei que aguardava uma pessoa. Como às vezes eu ficava estudando em alguma sala, ninguém imaginou nada. Abri a porta lateral e a Jeloma trouxe a amiga, um pouco mais acordada do que antes e caminhando com dificuldade. Fui rápido e segurei a moça, levando-a para dentro da sala e colocando-a na maca. Jeloma havia preparado uma sacola de roupas para Vanessa vestir.

A paciente ficou silenciosa e agradecida. Parecia entregue e cansada de lutar. Comecei avaliando e limpando os machucados. O corte no braço era o mais fundo e exigia sutura urgente. Jeloma me ajudou como a melhor enfermeira que eu poderia ter.

Eu sabia que não estava fazendo algo muito legal. Não sei se o meu diretor, chefe da clínica, gostaria que eu levasse para lá uma garota vítima de violência, sem avisá-lo. Mas eu não poderia deixar de ajudar. Jeloma me observou atendendo sua amiga, e parecia que estava me vendo de verdade pela primeira vez. E eu descobria que ser médico ia além dos motivos que tinham me levado a escolher a profissão.

— Ele não me matou por pouco. — A voz da vítima nos fez voltar para o mais importante. — Mas vou ficar bem.

— Claro que vai — confirmei.

— Precisei mergulhar fundo para descobrir o monstro ao meu lado. Agora acabou — concluiu, demonstrando determinação.

— Eu vou cuidar de você, mas você precisa ir à delegacia.

— Eu irei — disse ela, surpreendendo a Jeloma, já que anteriormente se negara a dar parte do namorado, talvez pensando que o relacionamento tivesse solução. Mas agora, muito machucada no corpo e na alma, tinha certeza da necessidade de um adeus.

— Eu sou homem e não entendo uma atitude dessas, mas só posso dizer que você não merece. Coloque isso na cabeça. — Como homem, confesso, gostaria de ter mais argumentos para consolar uma vítima de violência, mas eu só podia lamentar a monstruosidade tão exposta ali e fazer o possível para recuperar o corpo dela.

— Existem homens e moleques — garantiu Vanessa.

Assim que terminei a sutura, algo muito forte me tocou, e me perguntei, com medo da resposta, se eu seria como aquele cara, um algoz, um homem sem escrúpulos, trazendo danos emocionais para as garotas, já que nunca assumia meus relacionamentos com nenhuma delas e as tratava de maneira tão superficial. A culpa me corroeu e respirei fundo, tentando pensar no tamanho da minha autoria na dor alheia.

Terminamos aquele momento, certamente bem marcante para os três, deixei as duas amigas no consultório para que a Vanessa vestisse as roupas trazidas pela Jeloma. Enquanto isso, contei o que estava acontecendo para a Wanderléa, que me abraçou emocionada e me deu total apoio, dizendo que eu receberia algo muito especial em troca da minha atitude.

Jeloma tinha limpado o rosto da amiga, dado um jeito no seu cabelo, e as novas roupas fizeram uma diferença enorme. Enquanto perguntava se podia entrar, a Wanderléa se aproximou com uma bandeja com café da manhã. Eu me sentia aliviado de ter contado a ocorrência para ela. Fiquei receoso caso fosse descoberto e interpretado de maneira errada pelas pessoas da clínica.

— Estamos prontas — disse Jeloma, como se também tivesse levado pontos. Aquela dor tão conhecida ainda permanecia nela. O sofrimento de uma violência jamais vai embora, concluí. Pode diminuir, ficar esquecido em alguns momentos, mas quem sofreu a força da maldade nunca será a mesma pessoa. Poderá ser pior ou melhor, mas nunca mais a mesma pessoa. Jeloma fazia uso do seu passado para beneficiar outras mulheres, o que me deixava muito orgulhoso de tê-la ao meu lado.

— Vamos, vou deixar vocês em casa — falei assim que a Vanessa terminou o café e abraçou a Wanderléa.

Seguimos pelo corredor e, quando cheguei à sala de espera da clínica, a recepcionista, atarantada com o entra e sai das pessoas ali, para meu alívio, havia saído. A outra que cuidava da autorização de exames e também tinha a responsabilidade de ligar para pacientes, conferia de cabeça baixa, algo anotado em um papel e mal se deu conta que estávamos passando.

— Você pode nos deixar na minha casa? — indagou Jeloma.

— Eu vou à delegacia agora. — Vanessa não queria mais adiar sua denúncia.

— Vou com vocês, só preciso avisar que precisei sair. — Liguei do meu celular para a secretária que estava ausente na recepção e expliquei um problema grave e a necessidade de me ausentar. Naquele dia, eu acompanharia um atendimento de um dos dermatologistas principais da clínica, que gostava muito de mim, mas entenderia a minha ausência quando eu explicasse os motivos.

Seguimos para a Delegacia de Atendimento à Mulher. O atendimento não demorou muito e fomos levados rapidamente para conversarmos com uma investigadora.

Vanessa sentou-se na cadeira principal, a Jeloma ao lado dela, e uma moça trouxe uma terceira cadeira para mim. Passamos primeiro por uma atendente, depois encontramos um escrivão, até que chegamos à mesa de uma delegada. A policial perguntou o que poderia fazer por nós, a vítima respirou fundo e iniciou uma história cabeluda e assustadora, digna do Investigação Discovery. Contou que alguns dias atrás fora convidada a assistir a um filme, vira nesse convite uma chance de acalmar o relacionamento e demonstrar seus sentimentos pelo criminoso. E que durante a sessão de cinema fora atacada e violentada. O que não havia a menor necessidade, já que os dois mantinham uma relação íntima. Pareceu que era para ele agradável vê-la incomodada, chorando e sofrendo.

— Quando eu quis ir embora, ele não deixou. Falou que eu só sairia quando a gente fizesse as pazes. A partir daquele momento, passou a me bater, me arrastar pela casa segurando os meus cabelos e me agredir várias vezes ao dia. Pensei em pular do apartamento, mas como estávamos no décimo andar tive medo. Foi covardia não ter me jogado — lamentou.

A investigadora ouvia atentamente o que a Vanessa contava e batia a caneta em um bloco de notas, interessada em não perder os detalhes.

— Mundo real. — Foi tudo o que disse.

— Com o passar dos dias, percebi que precisava de ajuda e passei a me comunicar com a Jeloma assim que ele dormia.

— E por que você não avisou à polícia, Jeloma? — A policial se voltou para a minha melhor amiga.

— Porque eu não mencionei a gravidade da situação — explicou Vanessa. — Disse apenas que estava brigando com o meu namorado. Achei que, se alguém fosse lá, ele poderia me matar.

— Continue. — A delegada queria saber como ela se salvara.

— Quando ele cochilou, peguei o celular, que escondi o tempo todo, e avisei a Jeloma. Acordado, bebeu muito e avisou que eu morreria naquela noite e deveria pedir perdão pelos meus pecados. Ele me jogou no porta-malas do carro. Chegando ao local, me empurrou de um pequeno barranco. Eu rolei e fingi ter apagado. Ele estava bêbado, deve ter imaginado que eu tinha morrido. Jeloma e o Carlos Rafael conseguiram me resgatar com a localização que mandei.

— Eu trabalho em uma clínica, e a levei até lá para fazer a sutura no braço e na cabeça — expliquei.

— Carlos Rafael, você é filho do juiz?

— Sou sim. — Na Barra, Recreio e Jacarepaguá muita gente conhecia o meu pai.

— Você passou um problema também, não foi?

— Sim. Mas não foi nem a metade do que a Vanessa passou.

— É, a covardia está demais. Os crimes com violência física, acompanhados de estupro, cárcere e até violência psicológica contra a mulher, aumentaram muito de dez anos para cá. E os números de mulheres atacadas por conhecidos, namorados e maridos são alarmantes! A gente trabalha com violência todos os dias, mas não se acostuma. É uma inimiga diária. Seja corajosa, garota, e siga com isso.

Vanessa tinha encontrado uma delegada humana e interessada em ajudar. O nome e dados do criminoso foram passados, e a determinação da amiga da Jeloma servia de exemplo para as mulheres que sentem medo de denunciar. Vanessa estava claramente exercitando o seu amor-próprio, entendendo que tinha ido além do limite por alguém sem nenhum merecimento.

Saímos da delegacia, e a vítima daquele triste episódio pediu que a deixássemos em casa. Comentou, irônica, que sua a mãe não teria notado a sua ausência. Ela entraria no quarto, seguiria com a vida e quem sabe depois avisaria.

— Mãe, sofri violência física e psicológica do meu ex-namorado, me passa o sal, denunciei o meu agressor. E a minha mãe vai me passar o sal — disse Vanessa, sem se lamentar, apenas fazendo uma constatação.

Fiquei chocado com o comentário. Tudo tão diferente na minha casa. Quando fui atacado pelo Otávio e seus parceiros de crime, a minha mãe quase desmaiou, o meu pai logo agiu da maneira que melhor sabia, acionando a justiça, e os meus irmãos não desgrudaram de mim. Foram dias de dor, mas de muito carinho das pessoas que amo. Mesmo sem apoio, a Vanessa se levantaria porque tinha entendido o poder da sua denúncia e a necessidade de não desistir de si mesma. *Ainda bem que essa garota não se jogou do décimo andar*, pensei, enquanto ela se despedia, descia do carro, caminhava com a tranquilidade de quem acabara de comprar pão e ia fazer um café.

Eu e a Jeloma ficamos no carro, olhando para frente, calados, impactados com aquela manhã tensa e triste.

— Estou com vergonha de ser homem — desabafei.

— Por favor, não fala isso. Você é um cara bacana. Vi nos seus olhos como estava incomodado com a situação da Vanessa. A escritora Tati Bernardi tem uma frase que diz: "Quando eu penso que já conheci todos os babacas e canalhas do mundo, percebo que a espécie é infinita." Espero um dia me livrar de encontrar caras assim e ajudar garotas a fugirem desse tipo de gente.

— Existem coisas que você não sabe – falei. Ela me olhou preocupada, imaginando o que eu estava querendo dizer. – Calma, eu nunca bati em mulher, não sou covarde, nunca faria mal assim a uma garota, mas às vezes a gente age friamente, achando que estava apenas tocando a nossa vida, vivenciando os nossos próprios desejos. Eu posso ter pensado pouco em outras pessoas e ter sido egoísta ao extremo.

— Estamos em constantes mudanças, Cafa. Precisamos ser alguém melhor a cada dia. A Jeloma de antes não servia mais – disse, como quem estende a mão e oferece ajuda.

— Parece que estou me redescobrindo – desabafei.

— De repente, você não quer mais ajudar só a si mesmo... – completou ela.

— Por isso fez esse grupo para ajudar garotas vítimas da violência? – perguntei.

— Eu sentia que precisava ser outra pessoa e fazer algo por quem necessitava de ajuda. Também estou mais conectada com os meus amigos e com a minha família. Aprendendo a evoluir, procurando me relacionar melhor com a minha irmã, mesmo sendo tão difícil.

— Posso te fazer um convite?

— Claro.

— Você gostaria de ir à minha casa? Pode ficar tranquila que lá tem uma multidão de pessoas. Meu pai, minha mãe, meus irmãos, enfim, imagino que não estaremos sozinhos, porque a qualquer hora tem sempre alguém. E, claro, a Angel, nossa cachorrinha.

— Vamos. – Ela falou com um sorriso singelo, parecendo feliz. Seguimos, tentando mudar o tema do dia para algo melhor. Ela comentou o quanto adorava desenhar, ressaltou como pensava em escrever ultimamente e assumiu gostar de cantar escondida.

Chegamos em casa e simplesmente não havia ninguém. Minha declaração de casa cheia parecia ter sido um blefe.

— Juro, caso raro — argumentei.

— Tudo bem, está tudo ótimo, confio em você. Só preciso de um copo d'água.

— Você acha que vou te convidar para vir à minha casa e só te dar água? Para começar, o que acha de um suco ou uma água de coco?

— Adoro tudo! – disse ela, dando sua primeira gargalhada. Parecia menos travada.

Corri até a cozinha e peguei copos de vidro no armário. Minha mãe mantinha um enorme estoque de água de coco na geladeira. Enchi dois copos e os levei na bandeja preferida da dona Claudia, tentando não fazer feio.

Jeloma estava na varanda adjacente à sala, admirando a vista da nossa janela. Não tínhamos muitos prédios próximos, o que nos dava uma certa sensação de amplitude. Entreguei o copo, e a Jeloma parecia distante.

— No que está pensando?

— Nada — desconversou.

— Pode falar.

— Sério, nada – disse, me dando certeza de que existia algo a ser dito.

— Pode confiar em mim – insisti.

— Sua cachorrinha passou correndo aqui e me deixou pensando: quando um cachorro abana o rabinho, eu o cumprimento de volta ou é falta de educação não responder? – Ela veio com essa, mas eu sabia que tinha pensado em outra coisa.

— Não seja por isso! Angel! – Chamei a nossa mascote de volta. Um minuto e tínhamos a presença da cachorrinha mais simpática do Recreio dos Bandeirantes, com o seu rabinho abanando e esperando ansiosa o cumprimento da Jeloma.

— Olá, mocinha. Que fofura!

— Diga oi, Angel. Ela é meio tímida, mas já, já vai virar sua amiga. Oi, Angel!

Dito isso, a minha cachorra começou a latir, feliz. Ela descobriu que "oi" significava algo muito bom. Bastava falar "oi" para a pequena correr pela sala, parar como estátua, voltar a correr e congelar, esperando novas brincadeiras. Em alguns dias, estava tão feliz, que uivava para demonstrar, e todos riam com ela.

— Como é animada!

— Nós a encontramos amarrada no campo em que jogamos futebol. Virou a garotinha da casa, uma alegria nas nossas vidas. Adora comer bobagens, como algodão, cotonete, mas é muito amorosa e grudada no meu pai.

— Que bacana.

— Você não quer comer?

— Algodão? Não, obrigada! – respondeu e me empurrou. Abracei-a e ficamos rindo.

— A gente não almoçou. Não sei se lembra, eu tenho 1,82 metro para alimentar, Jeloma.

— Como esquecer? – disse ela, olhando-me com olhar de desejo. Estávamos avançando. Senti vontade de abraçá-la e beijá-la, mas não queria estragar o pouco que já tínhamos. – Você sabe cozinhar, Carlos Rafael?

— Nada, *nadica*.

— Então, não vai dar, desconheço os assuntos de panela.

— Ah, mas temos a minha mãe. Ela não está aqui, mas deixa delícias na geladeira. Vamos atacar?

— Vou adorar. Sou fã do restaurante dela.

Seguimos para a cozinha, com a Angel nos acompanhando. Abri a geladeira, e lá estava a prova de que a minha mãe não nos abandonava jamais. Tínhamos arroz colorido, filé de salmão ao molho de maracujá e salada verde. Jeloma adorou o cardápio.

Eu entendia um pouco de fazer uma mesa bonita, já havia ajudado muito a minha mãe no restaurante, na época das vacas magras, como dizem, e fui colocando a mesa, enquanto a Jeloma observava a minha rapidez.

Quando terminei a colocação de pratos, copos, talheres, ela sorriu e me elogiou, dizendo que estava impressionada com a minha habilidade e capricho. Voltei à cozinha para pegar a comida, me desculpando por esquentar no micro-ondas, quando ela segurou o meu braço e me fez voltar na sua direção.

— Obrigada por tudo que você fez hoje. Eu me fiz de forte, mas, se você não estivesse comigo, não sei se teria conseguido.

— Você foi uma guerreira, me deixou orgulhoso.

— Obrigada. – Ela agradeceu e impulsionou o tronco na minha direção. Relaxei o corpo para sentir a sua presença perto de mim. Estava mexido demais com a situação, desejando-a de uma maneira forte e misteriosa. Ela chegou bem perto, colocou a cabeça no meu peito e depois no meu pescoço. Não resisti, abaixei a cabeça e nos beijamos com uma vontade deliciosa. Fiquei maluco ali, me sentindo puxado por uma energia muito forte, demonstrando o quanto me sentia desarmado e nas mãos daquela garota.

Não sei quanto tempo durou aquele afeto, mas acho que nunca tinha beijado uma garota com o pensamento tão conectado com o corpo. Tudo meu costumava ser muito físico, desejo carnal, mas ali o encontro falava de algo mais, eu sentia os meus neurônios naquele beijo, a minha pele arrepiando no máximo da sua potência. Ficaria ali naquele abraço até que ela desistisse de mim. E, quando a olhei, estava atônita, parada, com a boca molhada, ofegante e apertando o meu braço.

— Não faz isso comigo — pedi, quase avisando que, se continuasse daquele jeito, eu não poderia me responsabilizar.

— Eu me sinto muito bem com você — disse ela.

— E eu me sinto extasiado ao seu lado — falei, com a certeza de ser o meu primeiro envolvimento verdadeiro, quando os sentimentos falam mais e tudo fica envolto em um encantamento único. Eu tinha vivido muitos encontros, estado com várias garotas, visto várias mulheres nuas, loucas por mim, falando o meu nome nos momentos mais íntimos. Só agora tudo parecia real. Em alguns momentos, o desejo imenso como um vulcão em erupção parecia um lago seco no dia seguinte. Com a Jeloma, o encontro fluía e fascinava. Quanto mais eu estava com ela, mais desejava estar.

E quando a puxei para mais um beijo, sentindo o meu coração acelerar, a minha língua tocando a sua boca, a minha mãe abriu a porta da sala, deu aquela conhecida tosse de quem entra em uma cena proibida, e ficamos ali flagrados, mas felizes. Com vontade de continuar em outro lugar. Jeloma tinha me conquistado.

QUINZE

Te entrego poesias

Como duas pessoas podem ser tão diferentes? Como podem ainda por cima ser irmãs? Não foram criadas pelos mesmos pais? Não tiveram as mesmas oportunidades? Por que os pensamentos não são semelhantes? O que uma tem dentro de si a outra mal sabe o que significa. Os sentimentos tristes não contaminaram a melhor delas... Ainda bem.

Com o flagra do beijo, só restou a mim e a Jeloma ficar rindo de vergonha e nervoso. Poderia ter sido mais constrangedor. Poderíamos estar pelados. Apenas um beijo. Um beijo marcante flagrado pela minha mãe, que demonstrou animação, me deixando na dúvida se estava assim por reencontrar a Jeloma ou me ver bem acompanhado. Imaginei a segunda opção.

Apesar das várias garotas, dos papos constantes por telefone, das minhas saídas, das histórias pela metade, minha mãe não me via acompanhado. Nunca levei ninguém em casa. Eu mesmo, se me visse antes ali com uma garota dentro de casa, me surpreenderia. Uma notável mudança dentro para um cara que gosta muito de mulher, mas nunca quis nada sério com nenhuma delas.

Depois da tosse, a minha mãe se comportou como o esperado. Viu que estávamos ocupados, tentando preparar um almoço, e foi direto para a cozinha nos ajudar. Foi falando para a Jeloma como adorava a culinária e da sua paixão por inventar pratos. O flagra do beijo não foi citado sequer em uma piada sem graça. Para meu alívio.

— Cozinha é a minha terapia. Eu não saberia viver sem os meus pratos, sem o silêncio enquanto decoro da maneira mais linda uma comida.

— Eu falei para o seu filho que sou fã do Enxurrada Delícia.

— Fico muito feliz. Espero que goste da comidinha de hoje.

Acho que ganhei muitos pontos graças à chegada ilustre da minha mãe naquele momento. A mesa ficou ainda mais arrumada e a comida foi servida com cara de saída do fogão. Dons impressionantes para aqueles que amam a arte de comer bem.

Assim que colocou a sua pitada especial na refeição, a minha mãe decidiu tomar banho. Eu e a Jeloma ficamos sem pressa, com uma conversa leve e risadas intercaladas com novas descobertas. Estranhamente, ninguém da minha casa, além da minha mãe, apareceu, e tivemos muito tempo para conversar. Ela me contou um pouco os seus planos, a sua maneira inspiradora de ver a vida, as suas ideias de como colocar uma mochila nas costas, conhecer o mundo, e o seu desejo de mergulhar em locais de água cristalina.

— Existe um lugar... se chama Ginnie Springs. Fica na Flórida. Coloca esse nome na internet e olha as fotos. Eu mergulhei lá em uma viagem para os Estados Unidos com os meus pais. Preciso voltar lá. Quando estava no cativeiro, lembrar do meu mergulho em Ginnie Springs me acalmava. Meu corpo doía, mas, quando eu mentalizava estar lá de novo, tudo parecia calmo novamente.

— Quero ir lá com você. — Fiquei curioso com o que ela disse, e depois, vendo as fotos, percebi que a Jeloma não tinha exagerado.

— Vamos? Desculpa a minha empolgação. É que se eu pudesse, se eu tivesse a chance, divulgava para muitas pessoas aquele paraíso. É uma água transparente, com uma areia branca e grutas inacreditáveis – disse ela, animada, e eu percebi como ainda existia muito dela que eu não conhecia.

— Eu amo a natureza. – Foi tudo que consegui dizer, embriagado por aquela presença.

— Adoro recortar imagens de paisagens deslumbrantes e colar em um caderno como plano de viagem. Tenho fotos de El Nido nas Filipinas, Ilhas Marietas no México e Phuket na Tailândia. Pode me colocar sentada em qualquer lugar de vista deslumbrante. Não quero fazer mais nada. A chance de poder olhar o mar, uma montanha, é algo indescritível.

— Você é uma vista deslumbrante. – Tive coragem de dizer, e a Jeloma corou.

Nos lembramos do beijo interrompido pela minha mãe e rimos. Coloquei a mão no seu queixo, senti a minha boca entreaberta, o nosso desejo voltando com mais intensidade ainda.

— É bom estar aqui com você – disse ela, não querendo esconder os seus sentimentos e finalmente esquecendo um pouco a história de "amiga e amigo".

Um som começou a vir do quarto da minha mãe. Eu não consegui decifrar. Em alguns dias, a minha mãe chegava do restaurante e tomava banho ouvindo algum dos seus cantores prediletos. Dessa vez, o surpreendente foi a música chegar devagar e a Jeloma cantar, conhecendo bem a letra:

— Quiero decirte que te amo/ quiero decirte que eres mío/ que no te cambio por ninguno*... – Jeloma cantarolou com voz doce e afinada.

— O que você está cantando é o que a minha mãe está ouvindo? – Me senti um peixe fora d'água.

— "Quiero Decirte que te Amo", da Laura Pausini. Uma cantora italiana, mas que também canta em espanhol e até em português. Sua mãe tem muito bom gosto.

— Canta de novo!?

Ela cantou e eu fiquei ali meio bobo, admirando a maneira de a Jeloma pronunciar aquelas palavras doces em um espanhol perfeito.

— Que vergonha! – disse ela, colocando as mãos no rosto e rindo de si mesma.

---

* Em tradução literal: "Quero dizer que te amo/ Quero dizer que és meu/ Que não te troco por ninguém…"

— Quero poder te conhecer mais e em contrapartida me apresentar. Não sou um bom moço. Acho que nunca fui. Muitos defeitos me rondam. Estar com você, pode ter certeza, é me reencontrar um pouco mais.

— Você não precisa contar nada. Sei da sua fama. O povo não distribui dinheiro, mas sabe espalhar bem uma fofoca. — Ela foi direta e deu uma piscadinha.

— Então posso ficar tranquilo. Sempre falam tão mal da gente quando não estamos perto. Nossos defeitos ficam enormes ditos pelas línguas ferinas. Devem ter aumentado tanto as minhas ocorrências que, quando você souber que recentemente fiquei com duas moças na mesma festa, vai me achar um santo.

— Está vendo? Fiquei sabendo que eram três. — Ela brincou, mas depois ficou séria. — Não estou procurando um cara certo, Cafa. Estou buscando o cara certo.

— O artigo faz toda a diferença — comentei.

— Você pode ter os seus defeitos. Também tenho os meus.

— Mas e o que você disse sobre sermos amigos?

— Não sei explicar. Eu realmente não quero namorar, porque acho que sofrer, neste momento, ainda não é algo que eu saiba resolver dentro de mim. Sabe quando você tem certeza de que, se cair em mais um buraco, vai demorar a achar a mola do fundo do poço?

— E você poderia me dar uma chance? — perguntei, e ficamos nos olhando.

Laura Pausini cantava ao longe e a minha mãe podia ser ouvida como segunda voz. Jeloma sorriu. Fechou os olhos e puxei-a para perto de mim. Queria beijá-la. Precisava mostrar como estava me sentindo bem ali. E enquanto as nossas bocas se tocavam, ela passou a mão no meu peito e senti as nossas intenções no mesmo ritmo. Eu estava apaixonado.

Depois do beijo, meio tímidos, recolhemos os pratos, copos e demos um jeito na cozinha. Não queríamos que o dia acabasse e cogitamos a ideia de assistir a qualquer coisa na TV.

Jeloma entrou no meu quarto como quem coloca os pés em um mundo secreto. O local bem masculino tinha sido decorado nas cores azul-escuro e cinza. Duas camas de solteiro, um guarda-roupa que eu dividia com o Cadu, uma bancada com alguns livros de medicina e administração, e uma poltrona

Acordei apaixonado por você

com um tecido que misturava as cores escolhidas para a decoração. Na parede, umas fotos minhas e do Cadu. Uma delas, em uma praia de Búzios, um fingindo derrubar o outro no chão com sorrisos intensos, chamou a atenção da Jeloma.

— Que foto linda! – comentou, passando a mão no quadro. – Vocês são muito amigos?

— Muito. Às vezes, penso ser um pouco a continuação do meu irmão. Como se a minha mão terminasse e continuasse através dos dedos dele. Acredite, já cheguei a sentir como se fôssemos a mesma pessoa, com a chance de viver duas vidas.

— Deve ser demais ser gêmeo. Acho uma enorme pena eu ter problemas com a minha irmã. Preciso tanto de uma amiga. Tenho pessoas maravilhosas por perto, mas eu adoraria que a Jalma fosse minha maior confidente.

— Quem sabe um dia ela muda?

— Algumas vezes, penso que ela se diverte com as pequenas tristezas alheias. Existe uma negatividade na minha irmã capaz de comemorar os problemas da vida do outro. Infelizmente, eu me lembro de situações em criança, em que ela agia de forma tão egoísta. Foi assim a vida toda. Quando namorou o Felipe, parecia ter mudado, mas depois voltou pior. Enquanto eu luto todos os dias para virar as costas para os meus problemas e os trato como algo do cotidiano, ao qual não devo dar atenção, vejo a Jalma fazendo escândalos intermináveis, chamando atenção dos meus pais, apenas para preocupar a família por nada, sem motivos verdadeiros.

Jalma não me interessava, mas qualquer coisa dita pela Jeloma me dizia respeito. Sua voz doce me embalava. Eu entendia a sua linguagem, parecia hipnotizado pela maneira como gesticulava e pelos seus olhos brilhantes, seu encantamento pela vida e todo aquele sorriso que parecia pular o horizonte e ir além, para um lugar que eu ainda não conhecia.

— Você é maravilhosa.

— Eu posso garantir que isso nem sempre acontece comigo – falou, meio tímida.

— Isso o quê? – Não podia prever o que escutaria.

— Sentir isso – disse ela, e dei um beijo rápido na sua boca. – Essa semana, descobri que uma conhecida ficou com você. Ela tentou te namorar, mas o senhor não quis. Ela sofreu, viu? Mas não devo muito a essa moça.

Quando fui sequestrada, ela entrava nos papos dos nossos amigos na internet, as pessoas divulgando informações, compartilhando as minhas fotos, e mandava mensagens dizendo ter certeza de eu ter enlouquecido, garantindo que fugira para algum lugar por conta própria.

— Oi? Legal essa sua conhecida. Já acho que fiz bem em não ter sido um cara bom para ela.

— Quando vejo uma garota dizendo que eu estava inventando um sequestro, enquanto fiquei tantos dias presa, penso que algumas pessoas são muito azedas. No geral, os outros estão decepcionados com as suas próprias vidas e querem o mesmo para você. Por isso não devemos ouvir quando queremos viver um grande amor. Palavras pessimistas muitas vezes te fazem pisar no freio e desistir de algo que talvez transforme tudo para melhor.

— Eu nunca cogitei viver um grande amor — declarei francamente.

— Eu cogitei. Quando estava presa. Sentia uma pena enorme de morrer sem viver um. — Ficamos em silêncio. — Desculpa. Não queria pesar a nossa conversa. Aliás, estou conversando direto com você sobre isso, mas há meses não tocava no assunto. Fiz uma espécie de acordo silencioso.

— Sempre que quiser, poderemos conversar. Mesmo.

— Que filme vamos assistir? — perguntou, mudando de assunto.

— Você escolhe!

— Ah, eu quero um filme leve.

— Vamos escolher — respondi, ligando a TV e mostrando a lista de opções.

— Coloca na sinopse desse *Como não esquecer essa garota!*

— Gus, Zachary Levi, é um vendedor de joias que adora astronomia. Um dia, ele conhece Molly, Alexis Bledel, uma encantadora garçonete solitária e não muito sortuda. Mas tem algo que atrapalha o relacionamento dos dois: Gus sofreu um aneurisma cerebral e teve perda de memória recente. — Li em voz alta e a Jeloma sorriu.

— Se incomoda de assistir a um filme romântico, Cafa?

— Com certeza não!

O olhar feliz dela me fez sentir um adolescente. Apesar de ter tido tantas garotas, a Jeloma na minha cama, nós dois vestidos, representava uma imagem bem incomum. Normalmente, eu saía de casa para estar com quem quer que fosse. Mantinha a minha vida pessoal distante, para não precisar dar tantas explicações.

— Seu rosto é muito bonito — falei, mesmo a gente estando no escuro.

— Obrigada. Demorei um tempo para realmente gostar de mim.

— Que absurdo!

Ela riu e se calou.

— Tenho medo de sofrer. Não quero pedir certezas, mas a sua fama de bad boy assusta.

— Não quero dar garantias, nem dizer a você algo para ficar. Fique. Vamos viver, seja como for. Só posso prometer que vou ter mais cuidado do que teria e ser franco. Estou muito ligado em você. Só quero te fazer bem.

O filme começou e ficamos de mãos dadas como qualquer casal apaixonado. Tentei prestar atenção na história, mas a presença marcante dela ao meu lado fazia desviar o foco.

— Fofo o filme — disse Jeloma assim que os créditos surgiram na tela. — Doce e bom. Eu vejo o amor assim, mais forte do que a realidade, mais intenso que o próprio destino e capaz de transformar vidas inteiras.

Que garota era aquela? De onde tinha saído? O teto desaparecera e um céu estrelado ficou evidente. Eu não estava no meu normal. Nos últimos tempos, tinha saído com garotas muito bonitas, com seus cabelos tratados, unhas postiças encantadoras, lentes dentais mudando toda a arcada por estética, peles de pêssego, que como bom entendedor de dermatologia sabia não ser barato, e cílios enormes. Mas tudo isso vinha muitas vezes acompanhado de uma futilidade dispensável em conversas de dez falas. Jeloma tinha essa beleza tratada, sem exagero, mas pensava, e aquilo me atraía mais do que tudo.

Beijei a Jeloma e o seu perfume invadiu o meu corpo com uma satisfação enorme que me fez abraçá-la ainda mais forte.

Naquele instante, a luz acendeu. Nós dois abraçados, o meu queixo encostado no seu ombro e aquela voz.

— Carlos Eduardo, eu não acredito nisso. — A voz da minha cunhada Lelê, forte, dramática e ácida, chegou como um furacão na placidez de uma praia paradisíaca.

— Lelê, calma, sou eu, Cafa, está errando de Carlos. Sou o Rafael.

— Cafa!? Cafa, é você? – disse, parecendo sair de um transe e imediatamente mudando o tom de voz com um mea-culpa.

— Eu! Oi, calma. Não é o seu namorado aqui não – expliquei.

— Ai, eu sabia que um dia seria traída pela confusão visual. Não consegui ver outra pessoa além do Cadu. Desculpa. – O tom de voz mudou. – Jeloma, você aqui!? O problema é que o Cafa nunca está com ninguém em casa, aí pirei. Sei lá. Achei que o meu namorado tinha enlouquecido e estava com outra.

— Posso garantir. Esse é o Cafa! – Jeloma falou de maneira leve, compreendendo a Lelê.

— Obrigada, estou aliviada. Eu nem sei o que faria se pegasse o Cadu assim.

— Mas nós estamos vestidos – falei, não aguentando rir da situação.

— Ai, que vergonha, cunhado.

— Melhor avisar o meu irmão que não saia da linha. Cadu te adora, Lelê! Nunca faria isso com você.

— Eu também o adoro – disse, saindo do quarto, envergonhada.

Jeloma levou um susto. Com a entrada da minha cunhada, achou que apanharia.

O celular da Jeloma começou a tocar. Ela se levantou e foi até a bancada onde estava a bolsa. Jalma tinha urgência em falar. Pedi que colocasse no viva-voz, tinha certeza de que falaria de mim. Ela aceitou, como quem não quer esconder nada, e eu ouvi aquela voz falando bobagens previsíveis:

— Jeloma, onde você está? Não posso acreditar que você está com o Cafa? Está? Ou saiu com alguma amiga idiota para ficar tomando cafezinho em livraria?

— Estou.

— Está o quê? Com ele ou com alguma amiguinha? – perguntou.

— O Cafa está aqui do meu lado – Jeloma informou.

— Não fale o meu nome. Não quero que ele saiba que sou eu. Você tem noção de quem é esse cara? Já comeu várias garotas. – Aquele "comeu" foi de doer. Me senti incomodado, mas tentei fazer cara de paisagem. Que fama a minha.

— Inclusive você. – Não acreditei quando Jeloma disse isso. Em segundos, lembrei das poucas noites que passei com a Jalma. Ela adorava andar pelo quarto com seu corpo escultural, linda, de salto alto, me pedindo elogios.

— Olha aqui, garota... — Jalma não conseguiu terminar a frase.

— Você também já deu para meio mundo e eu nunca falei nada. Sabe por quê? A vida é de cada um, somos livres para as nossas escolhas. Quem é você para falar de alguém, Jalma? Mente tanto sobre a própria vida que o mercado literário está perdendo uma boa escritora.

Nem parecia uma conversa entre irmãs, e me senti mal por estar sendo motivo da briga entre as duas.

— Esse sujeito que está ao seu lado me fez sofrer. Isso não importa para você, Jeloma?

Não acreditei ao ouvir aquela declaração. Jalma sofrendo por mim? Nunca tivéramos um relacionamento oficial ou encontros seguidos que formalizassem um término de peso. Mas vamos respeitar os sentimentos alheios. Pode ser que tenha sofrido. Coração do outro ninguém pode prever. Ou dizia isso apenas para mexer com os sentimentos da Jeloma.

— Você já me fez sofrer várias vezes e nem por isso me afastei. Fico aturando as suas atitudes imbecis. Sou obrigada a escutar os julgamentos dos meus cafezinhos em livraria e a sua amizade com aquele idiota do Otávio. Vou desligar. E não me telefona mais.

Jeloma deixou a irmã falando sozinha, o que certamente enfureceu a Jalma, desligou o aparelho e colocou na bolsa.

— Sua irmã é vingativa? Porque, se for, acho que nesse momento ela está pensando em um plano contra nós dois.

DEZESSEIS

Profundamente de mãos dadas

Suas atitudes, as minhas atitudes, os passos que estamos dando em escolhas definitivas mudam destinos. Uma cena sem importância para alguém pode ficar para sempre na memória de outra pessoa. Como agir com as lembranças que queremos e as que amaríamos não ter em nós?

Cada dia ao lado da Jeloma me provava que ficar com uma só garota tinha mais descobertas do que mudar todos os dias de companhia. Certa vez, saí da clínica e nos encontramos para ir ao shopping. Ela precisava trocar um presente de uma tia e me convidou para darmos uma volta e experimentarmos alguma sobremesa.

Depois de poucos minutos de espera, entrou no meu carro com um vestido esvoaçante, os cabelos úmidos, o perfume que ficava em mim quando ela ia embora e sorriu. Apenas sorriu. Parecia um filme começando. Eu, a plateia, pronto para observá-la em câmera lenta e arquivando suas atitudes na memória para depois lembrar e me sentir bem.

— Não sei se você gosta de shopping... — disse enquanto colocava o cinto do carro.

Pensei em dizer que gostaria de qualquer coisa com ela. Por que tantas vezes deixamos de dizer o que queremos para ficarmos calados? E por que me calei? Medo? De perder? De parecer fácil?

— Sim, gosto — disse apenas.

Eu queria ser o mais natural ao lado dela, mas às vezes me sentia meio robótico, tentando coordenar todos os meus pensamentos com ações tranquilas. Ainda bem que a Jeloma não conseguia ler os meus pensamentos.

— Você está pensativo, Cafa.

— Nada. Pensando besteira.

— Conte...

— Ah, nada. – Eu ri e depois decidi falar. – Fiquei pensando se você pudesse ler os meus pensamentos.

— Eu adoraria. – Ela me observou com um olhar novo, meio safado, que até então eu não conhecia, e deu uma gargalhada gostosa. Depois, parecendo arrependida, me empurrou. – Fala, o que pensou!

— Quer mesmo saber? – Eu estava ferrado. Apaixonado e ainda me entregando...

— Claro.

— Pensei que vou adorar ir ao shopping com você e faria qualquer coisa ao seu lado. – Fiquei olhando para frente, demonstrando atenção no trânsito, quando, na verdade, estava envergonhado de falar os meus sentimentos tão bobos. Fui salvo pela voz da Ana Vilela na rádio. Jeloma, que compreendi ser boa de música, ficou cantarolando a letra de "Talvez": "Estive pensando em escrever sobre os motivos/ Pelos quais eu gosto tanto de você/ Talvez seja sua risada exagerada/ Ou esse jeito todo fofo de escrever/ Talvez eu goste de você pelo sorriso/ Que você dá quando atende o celular/ Ou talvez seja pelo jeito que você me irrita/ Falando sobre aquele livro lá...".

Ela veio perto de mim, cheirou o meu pescoço, fingiu me morder e riu de maneira leve. Quase perdi a razão ao volante e dei um grito dentro de mim que prometi não contar. Ainda bem, ela não lia pensamentos. Jeloma tinha uma docilidade combinada com uma ousadia inimaginável. Aquilo me agradava demais. Eu queria beijá-la ali mesmo, mas acelerei e ela se sentou de novo no banco do carro, voltando a cantar.

O Barra Shopping nunca pareceu tão longe do Recreio dos Bandeirantes. Eu queria chegar logo para abraçar aquela garota. Me distraí quando ela

me contou da sua infância, deixando de lado, claro, descrições sobre a presença da irmã.

Quando finalmente chegamos, parei na vaga, ela se virou e eu passei a mão no seu ombro, descendo pelo braço.

— Você é linda! — Ao ouvir isso, ela mordeu a boca e eu fiquei maluco. — Não faz isso.

— Sinto o mesmo por você, Cafa. Você é um gato e eu não aguento esse seu jeito descompromissado. Não faz esforço para ser e tudo combina. Esse seu braço nessa camiseta, desculpa...

— Não, por favor, fale. — Eu queria ouvir. Estar apaixonado tinha mexido um pouco com a minha autoestima. Uma bobagem, eu sei, estava me sentindo muito feliz, mas ao mesmo tempo meio desorientado e frágil.

— Sinto desejo por você — prosseguiu ela. — Mas não é só isso. Eu gosto de ir além, de te olhar, sua voz me acorda... a maneira como a gente está se envolvendo, sem pressa e cheia de intensidade...

Não aguentei mais ouvir e a tomei para mim. Nossas bocas se tocaram e senti o seu lábio macio me deixando com energia suficiente para passar horas ali. Nosso beijo combinava da maneira mais especial. Um beijo quente e forte. Ela apertou o meu braço, eu segurei a sua nuca com as mãos e ela interrompeu o beijo para suspirar. Respirei, passando a boca no seu pescoço. E, depois de alguns minutos naquele clima, colocamos o pé no freio. Não podíamos continuar. Estávamos no meio de um estacionamento e precisávamos manter a sanidade.

— Vamos? — Não me pergunte como eu consegui parar o que estávamos fazendo.

— Sim — respondeu, tímida, mas concordando. Rimos da interrupção necessária e ficamos sem graça no mesmo instante, enquanto saíamos do carro.

Fomos dando passos distraídos, o perfume da Jeloma sendo trazido para mim pela brisa suave e eu já arrependido de ter freado o nosso contato no carro. Ela caminhou com seus passos leves e mexendo os dedos com um nervoso exposto. Segurei sua mão com mais intensidade e a fiz parar. Ela me olhou e piscou os olhos de maneira divertida.

— Você é uma garota muito corajosa.

— Por que está dizendo isso? Porque não paro de mexer os dedos?

— Te admiro. Por tudo que passou, estar de pé, determinada e leve.

— Foi uma escolha. Eu ainda sinto as dores, os vazios das minhas vivências, mas eles não mandam mais em mim.

Eu a abracei e ficamos um tempo naquele estacionamento com carros passando ao longe, dançando ao nosso redor. Nos beijamos mais uma vez, e eu só conseguia lembrar da Kira e da Lelê dizendo que um dia eu saberia como seria gostar de beijar a mesma pessoa, que tudo com sentimento possuía mais significado.

— Eu adoro beijar você.

— Sabe, quando nos vimos pela primeira vez... — disse, e me lembrei dela saindo daquele cativeiro, abatida, machucada e triste. — Eu me lembro de quando te olhei. Eu te vi ali cheio de vida, de atitude, me ajudando, e eu não sabia sequer o seu nome. Lembro de você falando para aquele criminoso que me entregaria para a minha família, e tenho a imagem de te ver preocupado comigo. Depois eu soube que você era o namorado da minha irmã.

— Nunca fui namorado da Jalma. Ficamos. — Minha mente também voltou ao passado, enquanto ela falava.

— E eu me desliguei de você, mas volta e meia vinha na minha mente. Quando voltei à sua casa para agradecer a ajuda recebida, ainda estava muito abalada.

— Eu me emocionei muito quando você contou tudo que sofreu. — Lembrei-me desse sentimento de tristeza.

— E enquanto eu falava, vi o seu olhar. Nunca tinha visto um olhar tão marcante... E imaginei que a minha a irmã seria uma burra de perder você.

— Eu já não estava mais com a Jalma. Mas não notei que você me olhou.

— Mas eu sei que te olhei — disse, me encarando fundo e sorrindo, emocionada.

— Eu tive medo de me aproximar de você. As mulheres com quem me envolvia eram aparentemente felizes, fortes, e eu via em você uma fragilidade. Eu tinha muito medo de te ofender, ferir. Por isso não puxei conversa, te achava tão delicada. Senti vontade de ter você como amiga, mas não sabia nem como chegar perto. E aí, você sumiu das nossas vidas.

— E o destino se encarregou de nos aproximar – disse ela.

— É o que chamam de destino. Parece que não podemos fugir dele. O que está marcado para acontecer vai acontecer. Mesmo que você more longe, mesmo que sejam duas pessoas de outros universos, desses pequenos planetas que formamos no planeta Terra, mesmo que elas não tenham amigos em comum na rede social, se for para duas pessoas seguirem juntas, os caminhos lá na frente já estarão desenhados.

— E agora você está dentro do meu mundo, e pode acreditar que, desde que entrou aqui, o meu sistema solar está mais brilhante – disse, me abraçando de maneira delicada.

Caminhamos pelo shopping, conversando muito. Jeloma me surpreendia com a sua vontade de mudar o mundo. Disse que sempre tivera esse ímpeto e, depois do que passara, se tornara impossível não notar a carência humana ao redor. Estava levantando a bandeira da violência contra a mulher e me impressionou com os seus conhecimentos sobre números de mulheres violentadas, agredidas, relatos de acontecimentos específicos e as verdades sobre os ataques psicológicos.

— Nossa, você sabe tanto sobre o assunto...

— Namorados que diminuem suas namoradas. Mulheres que escutam como são incapazes, inúteis e até que estão acima do peso. É inacreditável! Pior, inaceitável! Um homem que diminui uma mulher deveria seguir sozinho, mas ele consegue convencer que mudou. Eu queria fazer muito mais e espero descobrir o caminho certo para fazer chegar essas informações para o maior número de garotas.

— Nunca pensou em criar um blog para falar do assunto?

— Eu estou fazendo uns testes para gravar vídeos. As próprias garotas desconhecem seus poderes, suas chances de uma vida melhor e como se livrar de um homem infeliz.

— Eu imagino que existam mulheres inteligentes, poderosas, que estejam nas mãos de homens assim – refleti.

— Certamente. Porque eles fazem a cabeça dessas mulheres e elas acreditam nas suas inferioridades. – Ela falava determinada. – Eu sou uma formiguinha no meio do mundo, mas se os meus pensamentos pudessem voar por aí, eu ficaria feliz. Se eu tivesse alguma chance de popularizar mais essas informações. Quem sabe...

— Em algum momento, alguém vai escutar você. Eu te ajudo com os vídeos.

— Mesmo? – Ela vibrou como uma garotinha.

Fiz que sim com a cabeça e imaginamos de que maneira poderia ser feito.

— Lembrando que a minha área é a dermatologia, não entendo nada de gravação, edição, iluminação... Mas posso aprender!

— Vai me ajudar muito. – Ela fez carinho na minha mão e eu me senti um importante diretor de TV.

Os dias foram passando, a Jeloma e eu nos vendo diariamente. Saía da clínica, ligava para ela, pedindo para estarmos juntos e a encontrava, ficando dia a dia ainda mais envolvido. Fizemos alguns testes de vídeo e me impressionei com a sua seriedade e determinação para lidar com um tema tão difícil e necessário.

— Oi, Cafa! – Ela entrava no meu carro e eu me sentia imediatamente flutuando. – Você me acha magra demais? – perguntou, um dia, de supetão.

— Não, por que está perguntando isso?

— A Jalma estava dizendo que preciso engordar. – Pensei em perguntar por que ela ainda continuava sendo irmã da Jalma, mas fazer o quê? Aquela era a minha cunhada. Tipo de gente estranha que gosta de diminuir a outra. O que eu respondia? Vontade de detonar a Jalma e seu desejo de ser melhor do que qualquer pessoa. De que adiantava ter um corpo bonito se a mente trabalhava para o pior?

— Olha, eu discordo da sua irmã. Você é linda como é. Não mude nada, seja você. Também queria te lembrar que infelizmente a sua irmã pode estar incomodada com a sua felicidade. Já vi pessoas se afastarem de outras porque não aguentavam a outra vencendo, se realizando. Isso existe! – Ela pareceu pensativa.

— Acho que fiquei assim depois do sequestro. Não quero me vitimizar, mas emagreci demais no cativeiro e não consigo mais engordar.

— Olha, posso te indicar uma endocrinologista ótima lá da clínica. Também podemos comer mais sobremesas. Minha mãe sabe cada receita! Vamos no Enxurrada Delícia sempre que quiser. Mas você está linda desse jeito.

— Vou adorar. — Ela ficou pensativa. Eu não sabia explicar, mas parecia que volta e meia o sequestro sofrido vinha à lembrança. Se pudesse eu apagava aquilo da memória dela e de todos nós. O pouco que vi, quando participei do seu resgate, já fazia sentir um frio na espinha. Quanta dor e vazio na mesma cena.

Ela me beijou, parecendo agradecer a minha atenção com as suas preocupações.

— Não ligue para a Jalma. Sabe, existem pessoas que não pensam muito antes de falar. Sua irmã sofre desse problema.

— Eu gosto de dividir os meus pensamentos com você. Estou longe de ser perfeita. Tenho medo de você não entender algumas atitudes minhas.

— Ah, e eu, Jeloma? Esqueceu a minha legenda de bad boy? Não sou o que se pode chamar de melhor rapaz para se apresentar aos pais.

— Meus pais vão adorar você — disse ela, demonstrando declaradamente seu desejo de me apresentar para as pessoas da sua casa.

Naquele dia, jantamos em um restaurante na Barra da Tijuca com vista para o mar. Eu me surpreendia por estar tão próximo e conectado com uma mesma garota depois de tantos e tantos anos curtindo uma vida tão diferente do meu momento atual.

Uma amiga da minha irmã me viu à mesa com a Jeloma, e seu olhar curioso demonstrou o quanto eu surpreendia com esse novo momento. Da mesma forma que todos sabiam dos meus erros, a notícia de que eu estava namorando corria de maneira acelerada. Nunca fui muito preocupado com comentários, na minha casa sempre existiu o respeito com a individualidade, até porque eu e o Cadu éramos gêmeos e a minha mãe sempre viveu essa preocupação de maneira dobrada. Como agir quando se quer educar dois seres humanos? Roupas iguais? Diferentes? Quanto tempo se dedica para um? E o que se diz quando apenas um errou?

Minha mãe tinha nos criado com o seguinte pensamento: ninguém é obrigado a gostar da gente, e está tudo bem. Porque a vida é assim. Agradar todo mundo? Impossível. Então ame e tenha por perto quem te faz feliz. Se afaste de quem não faz bem. Vá embora sem olhar para confirmar nada. Faça bem a você. Se ocupe com os seus sonhos, e tudo ao seu redor fará sentido.

— Obrigado por estar aceitando sair comigo — agradeci, interrompendo o meu próprio pensamento.

— Ai, nossa, está sendo um grande sacrifício… — comentou, mostrando a língua.

— Eu sei que nem sempre as pessoas me elogiam. Conheço a minha fama.

— Imagina a onda que eu vou tirar com as pessoas. Eu consegui!

— Conseguiu?

— Ué, dobrar o moço. Quantas garotas não gostariam de estar no meu lugar, fazer um cara que não ficava com ninguém parar quieto?

— Eu não deveria te dar essa informação, mas eu realmente parei. Não sei bem o que você fez, mas estou aqui e não quero ir embora. E o melhor, já estou pensando em te ver amanhã.

— Sabe, quando eu — ela freou as palavras — comecei a me recuperar, percebi que tinha muito amor para dar dentro de mim, mas não sabia para quem. Foi uma sensação estranha de não ter um namorado, de não poder dividir os sentimentos intensos de gratidão. O amor me fez continuar, apesar de tantas dores emocionais. Mesmo enquanto estive fora, em Barcelona, as pessoas queriam me ver bem e eu sentia que precisava dar satisfação para muita gente de uma vez só. E o amor me sobrava, saía pelos poros, porque eu estava viva e queria poder dividir tudo isso…

— E você não sentia raiva daquelas pessoas que te sequestraram?

— Eu fiquei muito decepcionada, porque ajudamos bastante aquela família. Meu avô deu tanto a eles, se preocupava… Como me colocaram naquela casa abandonada, sofrendo, passando fome, frio, em pânico! Eu passava as madrugadas sozinha, e era um silêncio aterrador em que eu podia conversar com um mundo profundo e apavorante. Meu ouvido passou a escutar os barulhos dos menores insetos, eu falava muito sozinha, achei que estava vendo fantasmas e me imaginei enlouquecendo. Eles foram muito cruéis, mas, quando tive alta do hospital, tive que seguir…

— Sinto muito perguntar isso…

— Mas depois, sem explicação, eu senti esse amor, esse sentimento enorme, uma gratidão por estar viva. E vi que não tinha para quem oferecer esse meu sentimento.

— Pode entregar para mim que vou adorar… Talvez essa seja a diferença entre os seres humanos. O que se faz com o que se vive. Você poderia se lotar de ódio, mas deixou o amor entrar e te envolver.

Nos beijamos. Tentei tornar a conversa mais leve, mas a Jeloma estava falando algo muito sério. Eu sabia como tudo deveria ter um peso maior, e as fragilidades, que passavam de maneira superficial por mim, tinham nela um efeito dobrado. E para me fazer pensar ainda mais, ela disse:

– Tudo que fazemos ao outro pode definir a história de alguém. Às vezes, uma palavra ou uma declaração nunca mais sairão do pensamento dessa pessoa. O que fizeram para mim, o que eu fui obrigada a viver, me modificou, mas espero que você conheça uma Jeloma melhor do que um dia fui. Dias marcantes me mostraram o quanto posso usar tudo que tenho para melhorar a vida de outras garotas. Não quero desistir. E o amor é a base principal disso tudo.

Nossas conversas intermináveis me faziam pensar em ser alguém melhor ou pelo menos tentar ser. Cheguei a me beliscar para ter certeza de que aquele momento significava a minha vida real. Os dias tinham sido generosos, mesmo eu não merecendo, me aproximando de uma pessoa muito especial. Nunca aprendi tanto com alguém, além dos meus familiares, como com aquela garota.

Aquilo representava o romantismo? Era isso que os casais apaixonados diziam, faziam e sentiam? Eu estava aprendendo tanto sobre estar com alguém que não sabia explicar que tipo de relação eu havia tido antes com as diversas garotas que conhecera ao acaso. Eu só sabia que agora não queria sair do tempo presente.

DEZESSETE

Caminho de volta

Encontrei o meu futuro? Era ali que eu precisava chegar para depois seguir? Será que encontramos um final feliz mesmo quando não é o desfecho? Vivemos dias em que as peças parecem encaixadas e nada desejamos mudar porque, finalmente, chegamos a algum lugar novo, desconhecido e bastante confortável. Eu queria gritar para o mundo como estar ao lado dela me parecia perfeito.

Os encontros com a Jeloma me faziam muito bem e, claro, chegou um momento em que a minha família se surpreendeu com a mesma garota me fazendo companhia constante. Ninguém falava declaradamente, mas a surpresa surgia estampada nos olhares, nos sorrisos e na maneira carinhosa como a tratavam. Eu não me importava, entendia com naturalidade a situação. Em algum momento, todos se acostumariam, inclusive eu.

— Essa menina tem poder — Lelê disse essa frase solta quando estávamos na sala, e todos gargalharam, acho que de nervoso, mas concordando com a avaliação em voz alta da minha cunhada.

— Ela é poderosa, sim — concordei.

Jeloma estava linda naquele dia, com um vestido florido em tom de azul, cabelos soltos e grandes brincos coloridos. Kira a elogiava frequentemente, então imagino que eu não errara em me impressionar com a maneira simples, mas especial da sua maneira de se vestir.

— Lelê, você é demais! Obrigada, mas não sei se tenho todo esse poder. — Bastava a minha cunhada abrir a boca e a Jeloma já estava rindo.

— Aliás, quando é que vocês vão fazer sociedade? — perguntei, pensando na criação de corset.

— Ih, você está por fora. A Jeloma já foi na Canto da Casa, levou os corsets e encomendamos vários.

— Como assim? Vocês não me contaram.

— Era surpresa. Queríamos contar depois do primeiro milhão — disse Jeloma, irônica.

— Gosto de gente otimista — ressaltou Lelê. — Você é das minhas!

— Eu apresentei a Jeloma ao grupo de costureiras que conheço e ela poderá ter novas parceiras de trabalho. — Kira estava empolgada.

— Orgulhoso de vocês duas. — Tinha sorte de estar próximo de garotas tão fortes, tão especiais e ainda por cima se dando bem no mercado de trabalho.

— E eu? — Minha cunhada não gostou de ficar de fora. — Acho que você não me considera muito, Carlos Rafael.

— Para com isso, Lelê! — rebati, rindo. — Muito orgulho das três!

— Desculpa, costumo ser carente.

— Não seja. — Joguei uma almofada na Lelê e o meu irmão a abraçou, fingindo protegê-la de mim. O clima entre nós tinha um ar leve e eu percebia pelo sorriso dos meus pais como estavam felizes.

— Vamos assistir a um filme? — Kira se animou. Cinéfila assumida! Como amava ler, adorava os livros que viravam filmes. Felipe também curtia esse universo de séries, filmes, livros, e os dois se entendiam na hora de escolher uma história.

— Todos deveriam assistir a *Eu Sei o que Vocês Fizeram no Verão Passado* — sugeriu seu Marcondez.

— Tem crime no meio? — perguntou Lelê, já prevendo. Meu pai adorava filme que envolvia crimes, justiça… Juiz até nas horas vagas.

— Tem, Lelê, e foi no verão passado. Na verdade, no verão de 1997. *I Know What You Did Last Summer...* – Meu pai disse o título em inglês com voz de filme de terror.

Todos deram uma gargalhada com o jeito de falar do meu pai.

— Mas não parece óbvio, sogro? Se a pessoa sabe o que eles fizeram no verão passado, então eles fizeram no verão passado, não é?

Caímos na gargalhada novamente e o meu pai desistiu de dar pitaco no filme que seria escolhido.

— Vamos assistir a *O Melhor de Mim*, filme sobre um livro do Nicholas Sparks. – Kira estava empolgada.

— A Kira se empolga com esse escritor. Já leu tudo dele. – Felipe conhecia Sparks de tanto a namorada falar.

Ninguém pensou em discordar da escolha. A trama romântica certamente faria sucesso entre os casais. Até os meus pais se sentaram para o programa pipoca, já que a Kira exaltara a trama.

— O filme deve ser lindo, a história do livro é um amor.

— Foférrima? – perguntou Lelê.

— Leandra, homens não gostam de histórias foférrimas – rebati, já esperando uma resposta atravessada.

— Mas mulheres, sim, e homens acabam assistindo a filmes foférrimos quando estão com as suas namoradas fofas. Então, todos segurem as mãos das namoradas e vamos nós fofamente assistir a esse filme – disse a minha cunhada.

Ao ouvir a palavra namoradas, pensei de repente, enquanto ríamos da cunhada, que até aquele momento eu não pedira a Jeloma em namoro. O que faz alguém decidir por um namoro? Será que ainda estava em vigor aquela história de sermos apenas amigos? Será que já tínhamos um relacionamento concreto, faltando apenas formalizar? Ou eu estava adiando o que quer que fosse com receio de me comprometer ou tomar um enorme não? Sentia tudo diferente e já não me interessava ficar olhando o celular, para verificar mensagens de mulheres ou sair com a minha turma de amigos. Eles estavam chocados, achando o meu comportamento estranho demais.

Assim que acabou o filme, todos estavam calados. Meu pai acendeu a luz, dobrou o lábio inferior de maneira exagerada, arregalou os olhos e fez uma careta. Tinha ficado emocionado.

— Eu acredito no amor — disse Jeloma com o tom de quem conta um segredo.

— O filme não é uma fofura? O livro também — disse Lelê.

— Nós também acreditamos, Jeloma. — Kira apertou forte a mão do Felipe e os dois deram um beijo.

— Você não sonha mais? — Enquanto os meus pais iam até a cozinha, a Jeloma perguntou sobre a minha irmã sonhar com acontecimentos futuros.

— Com o Felipe não, acho que é porque ele está aqui comigo, bem perto. — Kira me olhou e me lembrei de que ela sonhara comigo e com a Jeloma. Contava? Fiquei calado.

— Vocês querem comer alguma coisa? — perguntou a minha mãe, enquanto fazia barulho nas panelas.

— Queremos! — Eu e o Cadu falamos juntos, honrando os nossos estragos na cozinha.

— Você sonha? — Kira perguntou a Jeloma, enquanto os barulhos não demorariam a produzir cheiros maravilhosos.

— Sim, bastante. Essa noite sonhei que estava em uma casa que parecia ser minha, mas não reconheço. Tinha um bicho roedor morando embaixo do piso de madeira. A casa era bem estranha, tinha alguns vizinhos, o local parecia uma pequena vila. Não sei se estou explicando direito — disse Jeloma, demonstrando uma confusão natural dos sonhos.

— Que estranho — comentei.

— Sabe quando o sonho tem um pé no pesadelo? — disse ela, compreendendo as suas próprias fragilidades.

— E você tem pesadelos com o que viveu? — perguntou Lelê na lata, e ficamos ansiosos querendo saber.

— Não que me lembre. Kira, a sua história com o Felipe é apaixonante — disse Jeloma, mudando de assunto.

— Sim, sim, não me pergunte como isso aconteceu. Esse mistério ficará com a gente. Desde que a nossa história se tornou levemente conhecida, muita gente me diz que sonhou com alguém antes de conhecer.

— Sério? — Jeloma demonstrava interesse no assunto.

Cadu colocou uma música, "Love"*, de Lana Del Rey, e o Felipe puxou a Kira para dançar: "Look at you kids, you know you're the coolest/ The world is yours and you can't refuse it/ Seen so much, you could get the blues/ But that don't mean that you should abuse it…". Cadu e a Lelê se abraçaram, e, enquanto a voz da cantora ecoava pela sala, os dois sorriam um para o outro. Eu e a Jeloma estávamos tímidos e caminhamos até a área externa, elogiando a música e apreciando a vista. Ficamos com os braços debruçados no guarda-corpo da varanda, calados, mas foi como se disséssemos muito.

— Uma vez eu li que, para gostar de alguém, precisamos admirar a pessoa. Te admiro muito. Me sinto envergonhado diante da profundidade dos seus pensamentos e do que você quer para o mundo. Sou apenas um cara apaixonado por dermatologia, perdido no Recreio dos Bandeirantes e que cometeu umas burradas pelo meio do caminho — confessei, sentindo o meu passado como o de um Mauricinho, por ter sido conectado com tantas bobagens, rodeado de tanta fartura, paparicado, adorado, e ter feito tão pouco por pessoas necessitadas. Enquanto a moça ao meu lado lutara para permanecer viva e agora se tornava exemplo para mim, com a sua audácia de ajudar garotas e tentar transformar vidas.

— Cafa, conheço várias garotas que adorariam te encontrar… — Ela mudou o tom de voz. — Não no sentido que você está imaginando. Nunca pensou em futuramente criar algum tipo de assistência para ajudar mulheres com marcas de violência pelo corpo?

Quando ela disse isso, me lembrei do Enzo, amigo do Sodon. Festeiro, adorava viajar, aproveitar os luxos da vida confortável, mas seguia sempre envolvido com campanhas sociais.

— Nossa. Honestamente, não passei nem perto de imaginar isso. Quer dizer, quando decidi ser médico, idealizei ajudar focando na parte do rejuvenescimento, mas agora você falando…

— Quem sabe não poderá fazer os dois e ajudar mulheres marcadas com suas fortes cicatrizes pelo corpo? Se as manchas físicas diminuem, as emocionais também melhoram.

---

* Em tradução literal: "Amor", de Lana Del Rey — "Olhem para vocês, crianças, vocês sabem que são os melhores/ O mundo é de vocês, não podem negar/ Já viram tanto, vocês podem até ficar tristes/ Mas isso não quer dizer que vocês devem abusar disso…"

— Onde assino o contrato? — Ela já tinha me convencido.

— Algumas mulheres precisam tanto…

— Imagino. Conte comigo para o que precisar. Espero estar na mesma altura dos seus sonhos.

Jeloma chegou perto de mim, passou a mão no meu rosto e me beijou. Eu sentia a minha respiração acelerando e peguei na sua cintura com vontade. Seus mistérios, o cheiro envolvente, aquele olhar que me aplacava, a fala inteligente… eu tinha a nítida impressão de estar com os braços abertos na sua direção. Eu me sentia tendo encontrado um grande diamante lapidado, perdido na mata. Eu queria saber ainda mais sobre ela, escutá-la, ficar ali aprendendo sobre questões da vida até então distantes de mim.

Quando acabamos de nos beijar, ela colocou a mão no meu peito.

— Eu sinto que estou aí dentro. Pode ser mentira, mas quero acreditar.

Abracei-a com tanta vontade que as certezas vieram. Me aproximei do seu ouvido e tentei falar com as palavras mais sinceras.

— Por favor, acredite em mim. Sei que não sou merecedor de muita expectativa, mas pode ter certeza de que você está aqui dentro do meu peito, latente no meu coração. É brega o que acabei de falar, mas o amor é clichê.

Ela riu com o meu jeito de me declarar.

Quando voltamos para a sala, a mesa estava com várias comidinhas. Como a dona Claudia conseguia fazer aquilo tão rápido? Jeloma provou uma pastinha em uma torrada e fechou os olhos.

— O que tem aqui? — Tinha realmente adorado.

— Abacate, alho, azeite, limão, castanha, um pouquinho de pimenta junto com um tempero inventado e testado algumas vezes até dar certo…

— E adivinha quem fica experimentando até ela achar que está bom para que os seres humanos possam comer no Enxurrada Delícia? — Cadu adorava ser o garoto provador da empresa. — Eu! E quando ela exagera na pimenta?

— Nunca erro na pimenta! — Minha mãe brincou de se ofender.

— Jeloma, minha mãe guarda as receitas no cofre — confidenciei.

— Claro, elas são o meu tesouro. Mas fique tranquila que vou anotar algumas receitas de pastinhas para você, inclusive essa com as medidas certinhas.

Acordei apaixonado por você

— Vou adorar!

Começou a tocar "I Don't Know Anybody Else"*, do Black Box, devidamente colocada pelo meu pai, o que gerou vários elogios e risadas com a música das antigas, mas da melhor qualidade: "I'll tell you what I know so well/ Your love is standing tall and swell/ Why! Come on out and hear him say/ Gonna get you now! Gonna get to you!/ We're livin' by this inspiration..." E ainda teve dança dos meus pais, animados na porta da cozinha. A noite não poderia ter sido mais divertida.

Quando a Jeloma disse que gostaria de ir embora e eu avisei que a levaria em casa, a Kira nos acompanhou até a porta do apartamento.

— Jeloma, não quis falar na frente de todos, mas ando sonhando com você e o Cafa. — O tom de voz da minha irmã não foi dos mais animadores.

— Que tipo de sonho? — Jeloma quis saber.

— Eu não lembro bem, mas são vocês dois passando algum problema. Não me preocuparia, caso os meus sonhos não tivessem ligação com a realidade. Já vivemos isso uma vez.

— Entendo, você tem algum poder. Respeito e acredito.

— Sonhos fazem parte das nossas vidas, mas pode ter certeza de que preferiria não sonhar, mas vem acontecendo e você tinha que saber.

Felipe se aproximou e segurou a mão da minha irmã.

— A Kira estava sem jeito de falar, Jeloma.

— Espero que o problema não seja a minha irmã. Aliás, espero que não tenhamos problemas.

Nos despedimos, lamentando a hora ter passado tão rápido, e prometemos novos encontros para breve. Fui deixar a Jeloma e, assim que parei o carro na área de visitantes do prédio, escutei:

— Obrigada por mais essa noite ótima – disse ela, enquanto passava a mão no meu cabelo.

— Também adorei.

Ficamos alguns minutos como naquela cena de telefone em que um diz ao outro "desliga você". E o outro responde: "Não. Você!" Eu não queria ir

---

* Em tradução literal: "Eu não conheço ninguém", de Black Box – "Vou te dizer o que eu conheço tão bem/ Seu amor é firme e grandioso/ Venha aqui fora e o ouça dizer/ Vá agora! Ficarei com você!/ Estamos vivendo com essa inspiração…".

embora. Ela não queria que eu fosse. Quando saí com o carro, desejava a Jeloma do meu lado.

Acordei cedo no dia seguinte e fui dar uma corrida na praia. Minha cabeça, lotada de bons pensamentos, dizia que eu precisava agradecer o meu momento atual.

Quando voltei, o café estava à mesa e a minha mãe, aproveitando a minha distração enquanto eu me servia de suco de laranja, puxou conversa sobre a Jeloma.

— Que menina doce!

— É sim. – Lembrei do beijo intenso e atrevido da moça na noite anterior, mas esse detalhe a minha mãe não precisava saber.

— Ela me parece bastante interessada em você. Não a faça sofrer, por favor. – Meu passado me condenava até diante de quem me colocara no mundo.

— Estou muito feliz. Pode deixar que não decepcionarei você, nem ela, nem ninguém.

— Quem me mandou ter filhos lindos? Outro dia, uma amiga viu vocês saindo do Enxurrada e comentou que vocês dois parecem atores de novela.

— Sua amiga é doida! – Ri.

— E falou: dois modelos, esses cabelos jogados, os sorrisos…

— Quantos anos tem a sua amiga, mãe?

— Ah, uns setenta anos. – Gargalhamos. – Ué, não esqueça o que eu digo. As pessoas continuam jovens por dentro, a velhice é apenas física. Ou assim deve ser.

— Você continua uma garota, dona Claudia!

— Ah, meu filho, com certeza. A garota que eu sou está bem viva. Vejo vocês e penso que não imaginei amar alguém mais do que o seu pai. Aí vieram vocês três… quanta gratidão pela chance de ser mãe e ter a nossa casa cheia de amor. Nossa família me fortalece.

Beijei o rosto da minha mãe, agradecendo aqueles sentimentos serem tão declarados. Eu ousava dizer estar diante da melhor fase da minha vida.

Horas depois, saí da clínica e o celular tocou. Eu enviara mensagens para a Jeloma com carinhas divertidas. Uma delas, um *smile* de um olho só com a língua para fora, e ela respondeu com um telefonema.

— Você quer ir comigo em um lugar?

— Fim do mundo com você? Estou topando.

— Depois explico. – E desligou, parecendo ocupada.

Alguns minutos depois, telefonou de novo com a voz animada. Eu estava quase na esquina de casa e entrei em um posto de gasolina, aproveitando para abastecer.

— Oi, minha linda. O que você manda? – disse, enquanto avisava o frentista quanto colocar de gasolina.

— Então, vamos sair daqui a pouco?

— Claro. Preciso só passar em casa para tomar um banho.

— Está ótimo, estou na rua resolvendo umas coisas. Vou para casa para me arrumar. – Ela tinha uma voz misteriosa e aquilo me deixou louco.

Uma hora e meia depois nos encontramos. Ela entrou no meu carro com toda aquela luz e, mesmo sem ter ideia de para onde estávamos indo, uma empolgação me envolveu.

— Qual o destino? – perguntei, imaginando que a resposta não viria fácil.

— Segue por aquela rua. – Foi tudo que disse.

Me deixei ser levado. Parecia que finalmente eu havia encontrado o caminho de volta.

DEZOITO

Finalmente

O que eu vivia antes podia ser bom, mas não o bastante. Somente as experiências e o amadurecimento nos fazem ter a compreensão do todo e o entendimento de que os sentimentos podem ser ainda maiores e mais especiais do que os dias que descrevia como maravilhosos.
Talvez até maravilhosos, mas não o grau máximo do maravilhoso.
Agora sim... o êxtase.

— Eu não estou aguentando de curiosidade – falei, entusiasmado.

— Nada de mais. Vou te levar a um lugar secreto. Meu. – Um minuto de silêncio. – No meu trabalho – disse ela.

— No seu trabalho?

— Tenho um lugar onde montei um espaço para realizar as minhas ideias, queria te mostrar – completou ela.

— Que bacana. Lógico, vou adorar.

Chegamos. Fui o caminho todo sem a menor ideia de como seria esse espaço que a Jeloma tinha como um canto secreto de trabalho. Um prédio no Recreio, terceiro andar, estávamos de mãos dadas e eu me sentindo levado ao paraíso. Minha acompanhante abriu a porta e ficou encostada nela, sugerindo que eu passasse.

— Aqui é o espaço onde faço os corsets. Eles são confeccionados por mulheres que estavam desempregadas, e, breve, com ajuda da sua irmã que me apresentou no grupo de costureiras, vou dobrar a produção. Além disso, temos um estudo sobre empoderamento feminino e questões relacionadas à violência contra a mulher. Um dia, esse lugar será uma casa grande para atender todas as demandas. Mas, por enquanto, estamos nesse apartamentinho.

— Quantos anos você tem? – perguntei, irônico.

Jeloma sorriu em resposta.

Meu olhar girou ao redor do local todo arrumado, com uma cozinha americana, uma sala com sofá em L na cor cinza, poltronas coloridas e uma mesa com cadeiras, documentos, canetas e um computador.

— Não é tão grande – explicou. – Tem dois quartos e uma sala. Aqui também acontece o atendimento a possíveis clientes de lojas e produção de peças.

— Estou impressionado. Como vocês garotas estão empreendedoras. Quando a minha irmã abriu a Canto da Casa, confesso, não fui contra, mas tive as minhas dúvidas. E agora vejo você também com esse lado empresária. Muito orgulho de vocês três. Preciso falar três porque a Lelê me bate, se eu não lembrar dela.

— A Lelê é demais, quanta energia! – Jeloma deu alguns passos pela sala, passou a mão pela parede, tamborilando os dedos, e me olhou. – Esse apê é da minha família. Eu pedi ao meu pai para tentar começar algo por aqui, já que estava fechado. As instalações não são as melhores, mas vamos avançar.

Todo o local tinha uma decoração harmoniosa, cada peça parecendo ter o seu motivo de estar ali. A cozinha possuía uma máquina de café e as xícaras tinham carinhas divertidas. Me lembrei das mensagens que trocávamos com figuras animadas depois das frases.

O primeiro quarto tinha uma mesa de reunião com um balcão próximo à janela. O segundo, prateleiras repletas de tecidos e material de trabalho, com um sofá-cama na parede contrária e um tapete grande no centro, com várias almofadas coloridas.

— Quanto bom gosto. – Quando passei de novo o olhar no quarto com sofá-cama, percebi uma mesinha lateral que a Jeloma tinha preparado para nós dois.

Ela perguntou se eu queria brindar e pegou duas taças, servindo vinho e dizendo:

— Um brinde à vida, a maior preciosidade de todas!

— Um brinde a nós dois, que tivemos a chance de nos reencontrarmos. – Demos um beijo, e senti a excitação agindo dentro de mim. Quase incontrolável. Uma vontade de abraçá-la e não soltar mais. Um desejo de tocar aquela boca, apertar sua cintura... *Calma, Cafa!* Jeloma já dera alguns passos na minha direção, me levando até aquele apartamento, eu não poderia estragar tudo.

Nesses momentos, um homem precisa distrair o pensamento. Olhei para a mesinha com pequenas porções de castanhas, azeitonas, torradas, pastinhas e frutas. Não queria que ela percebesse como eu estava repleto de pensamentos proibidos e, depois de tanto tempo dando o ritmo dos encontros, queria saber como seria com a minha acompanhante levando os acontecimentos conforme a vontade dela.

— As pastinhas são de uma chefe de cozinha que você conhece bem. Ela me deu as receitas por mensagem.

— Pequenos detalhes fazem toda a diferença. Você e a minha mãe juntas? Estou ferrado.

— Ela me deu várias dicas de como lidar com o filho dela.

— De maneira gastronômica? – perguntei.

— Também – confirmou, gargalhando.

Depois de alguns longos minutos bebendo, conversando e comendo as delícias preparadas, a Jeloma colocou o dedo indicador na boca, mordeu levemente a unha e disse:

— Você deve ter me achado muito ousada em te trazer aqui.

— Não, imagina. – Me senti um garoto falando daquele jeito. – Para mim, mulheres e homens possuem direitos iguais. Não tem isso de pode para ele e não pode para ela. Você quis me trazer aqui, trouxe e eu adorei.

— O problema do mundo é o preconceito. Aí, se uma garota fica com mais de um cara, coitada. Quando, na verdade, o seu caráter é que precisa valer. Muitas mulheres sofreram para libertar outras com essa ideia do sexo feminino como propriedade. – Ela falou como quem conhecia o assunto.

— E até hoje existem aqueles que se acham no direito de dizer o que as suas namoradas devem vestir, querendo controlar, é patético. Só um homem inseguro pensa em doutrinar uma mulher – expliquei.

— Se um cara diz que se mete com a sua roupa porque é à moda antiga, se ele diz que você tem sorte de tê-lo encontrado e que outro melhor você não vai encontrar, se ele grita dizendo que você o faz perder a cabeça, se verifica as ligações no seu celular, se depois de uma discussão fica bonzinho, se não te permite ter amigos e diz que o ciúme é amor, é hora de repensar o relacionamento. – Jeloma parecia falar de algum momento da sua vida.

— Um cara bacana vai adorar que você preserve os seus amigos, use as roupas de que gosta, e não as que ele prefere, vai ter orgulho de você, e não levanta a voz como se fosse um pai, ou investiga a sua vida como um policial que namora uma criminosa. Ter coragem para terminar um namoro que não é saudável é a maior prova de amor-próprio que você pode dar. Melhor seguir sozinha, se amando muito – completei o pensamento da Jeloma. – A propósito, você está linda com esse vestido. Quando veio na minha direção, eu me perdi…

Ela ficou calada, me observando, enquanto passava a mão carinhosamente no meu rosto. Pegou uma uva e colocou na minha boca. Passei a mão no seu cabelo levemente dourado e fiquei fazendo carinho na sua nuca. Eu gostava dos seus detalhes mais discretos, como um pequeno sinal no pescoço. Jeloma mexeu no som, comentou o quanto adorava trabalhar com música e colocou "Yours"*, de Ella Henderson: "… Cause I, I feel like I'm ready for love/ And I wanna be your everything and more/ And I know every day you say it/ But I just want you to be sure/ That I'm yours…"

— Será que não vai sentir falta da vida que tinha? Ultimamente temos nos encontrado tanto – perguntou ela.

— Antes de você chegar, eu já pensava na minha nova vida que ainda não conhecia. Honestamente, depois daquela briga com o Otávio…

---

* Em tradução literal: "Sua", de Ella Henderson – "… Porque eu, eu sinto que estou pronta para o amor/ E eu quero ser seu tudo e mais/ E eu sei que todos os dias você diz/ Mas eu só quero que você não se esqueça/ De que eu sou sua…"

— Sobre o Otávio... — Ela falou como quem vai desabafar um parágrafo enorme.

— Espera, me deixa falar. — Eu não sabia o que ela falaria sobre aquele cara, mas não queria ouvir. — Algo mudou em mim desde aquele dia. Eu acordei no dia seguinte da briga não achando mais graça nas minhas escolhas. Acordei apaixonado por novos dias. Acordei apaixonado por quem não conhecia. Foi um processo. Não que eu seja grato a ele pelos socos. — Jeloma abaixou o olhar, completamente sentida. — Mas nem tudo que é ruim nos destrói. Eu me reinventei quando descobri que as coisas não iam bem, mas agora está tudo melhor. — Puxei a Jeloma para mim e nos beijamos longamente. Existia algo além de um simples desejo, um frescor que me dava a sensação de levitar.

— Cafa... — A voz dela me inebriava.

— Gosto muito do seu beijo, Jeloma.

— Não é o meu beijo, mas sim porque combinamos. — Ela falou com energia na voz e um desejo declarado. Esqueceu o que diria ou entendeu não ser mais importante. Nos beijamos seguidamente. Eu não podia mais negar o quanto a Jeloma me surpreendera com aquele encontro. Segurei o seu cabelo, fazendo um rabo de cavalo preso pelas minhas mãos. Observei melhor o seu rosto, os traços combinando e aquele olhar marcante, capaz de me derrubar. Beijei a sua nuca, ela apertou a minha coxa com a mão e senti a temperatura aumentar.

— Eu quero você — declarei, e a senti me puxando para ainda mais perto. Beijei o seu rosto novamente e tive certeza de não poder mais comandar as minhas ações, sendo totalmente guiado pelos sentimentos. Eu estava morrendo e nascendo com ela. Minha boca procurava seus lábios com avidez. Deitamos no tapete, e a minha cabeça começou a processar informações nada comportadas. Eu estava pulando no mar, para as águas daquela garota. Estávamos em câmera lenta, mas acelerados de paixão. Eu podia nos ver grudados, entrelaçados, e me sentia voando de mãos dadas com ela. — Isso não vai dar certo — completei, tentando avisar do meu descontrole.

— Tudo bem... Quer parar? — perguntou ela.

— De jeito nenhum — respondi, dando mais um beijo de tirar o fôlego. Sem autorização, tirei a camisa e escutei o seu suspiro. Começou a tocar:

"Seu Beijo", do Raffa Torres, e ri com a coincidência da letra: "Quero seu amor, não quero treta/ Quero Djavan, não micareta/ A sua boca é o meu desejo/ Então cala minha boca com um beijo."

Ela sorriu de volta para mim e eu gostei da ideia de fazê-la sentir aquele desejo.

— Seu corpo é lindo — disse ela, passando a mão no meu peitoral. *Não faça isso, garota.* Confesso, estava ansioso, tenso, e me sentia como um jovem iniciante em encontros. Nada ali era novidade, mas os sintomas, sim. Eu sentia como se soubesse que daquele momento em diante estaria descobrindo as sensações que algumas pessoas próximas descreviam, mas das quais eu tantas vezes duvidara.

Jeloma ficou deitada no tapete, levantei levemente a blusa dela e a beijei na barriga. Voltei para a boca e a beijei longamente. No ponto em que estávamos, não iríamos mais parar. Passei a ter lapsos de pensamentos loucos, que chegaram como novidade. Nunca sentira tanto tesão e vontade ao lado de uma garota.

Ela ficou de costas para mim, demonstrando uma certa vergonha, e tirou definitivamente a blusa, pedindo que não reparasse no seu corpo. Ali, um ponto se interligou e levei um susto. Eu a reconheci. A moça na clínica, com toda a extensão da coluna repleta de cicatrizes. Eu a tinha visto fazendo um tratamento, e não a reconhecera com a touca na cabeça. Um dos corpos mais marcados que eu já vira pertencia à garota por quem eu me apaixonara. Como gostaria de cuidar daquela camada de dor e retirar, junto com os símbolos de um passado terrível, as lembranças do que passara no período de cativeiro.

— Vou cuidar de você — falei, pensando em usar os meus aprendizados para tratá-la. Beijei as suas costas, colocando a mão na sua barriga e a envolvendo, pensando em tê-la ainda mais perto de mim. Ela se virou, sentou-se ainda mais próxima e ficamos nos beijando, abraçados, até que eu não pudesse mais responder por mim. Aquele cheiro, aquele prazer, aquele ir e vir tão intenso e diferente de tudo. Eu queria mais e mais com aquela garota. Ela não era apenas maravilhosa, mas a minha garota.

Quando me dei conta, tínhamos sido um do outro e ela estava nos meus braços, os olhos fechados, uma Bela Adormecida moderna. Eu não queria acordá-la daquele sonho. Jeloma se tornara minha e parecia que, pela primeira vez, eu tinha feito realmente amor com alguém. Meu corpo se sentia frágil, mas completo. Eu tentava não ficar pessimista e acreditar que estava na hora de viver uma felicidade ainda desconhecida, mas que me pertencia. Não deixei o medo me dominar.

Enquanto eu fazia um café, a Jeloma acordou e pareceu lembrar-se de algo sem sentido, porque ficou rindo sozinha.

— Ainda criança, eu acreditava piamente em unicórnios.

— Por que se lembrou disso? – perguntei, tentando entender a conexão.

— Minha mãe nos criou com muitos detalhes lúdicos, mas jamais comentou sobre unicórnios. Não sei de onde tirei isso. Sentia um frio diferente, quando imaginava o dia em que veria um de verdade, no quintal da minha casa. – Ficou um tempo calada. – Acho que voei em um unicórnio hoje. – Rimos com aquela constatação.

— Foi bom? – perguntei.

— Inesquecível.

Foi impossível não imaginar que a mesma mulher que tinha criado a Jeloma colocara a Jalma no mundo. Como haviam se tornado tão diferentes? Em que momento dera tudo errado para uma e tudo equivocado para a outra? Abracei-a e fiquei sentindo o seu cheiro. Ainda bem, estava com a garota certa.

— Jeloma, eu não posso deixar de dizer que quero cuidar das marcas que você tem no corpo. – Ela me olhou com olhos emocionados.

— Eu estive na clínica em que você trabalha, mas não tive coragem de te contar quando fui lá com a Vanessa.

— Tudo bem. Eu vi você em uma das salas, de costas, mas só percebi ser você hoje.

— Sério? Que vergonha!

— Está tudo bem. Confie em mim, ficará tudo melhor depois.

— Eu acredito.

Aquela semana seria muito corrida porque eu iniciaria um curso de dermatologia com um especialista e ficaria na correria junto com a faculdade e a clínica. Sabia que, em algum momento, tudo valeria a pena. Jeloma me deu a maior força e disse que nos veríamos menos naquela semana, mas não seria problema.

Minha correria me fez dormir menos, mas a saúde e a juventude ajuda-vam. Fui da faculdade para a clínica, da clínica para o curso, da clínica para a faculdade, em horários revirados, trocados, bocejando no meio da tarde, e assim foi... em vista disso... e talvez por esse motivo... Se fosse em outro período, eu me ligaria, mas justo naquela semana...

Em uma das aulas, o professor passou muitas experiências do período em que trabalhara em uma empresa de cosméticos na Europa e nos deu várias referências importantes para o nosso crescimento como dermatolo-gistas. Adorei o encontro e fiz várias perguntas, o que fez com que o pro-fessor começasse a dar a aula olhando na minha direção, sentindo o meu interesse no assunto. Em alguns momentos, eu me desligava das informa-ções e pensava na Jeloma, mas voltava a mim porque prezo o meu trabalho, a minha vontade de crescer e de aprender muito. Depois das influências positivas, eu me imaginava mudando a vida de mulheres, corrigindo as suas imperfeições, ajudando para que perdessem as suas insatisfações físicas e fossem felizes.

No final da aula, o professor, enquanto guardava as suas anotações e os papéis, avisou à turma que a próxima aula seria suspensa por compromissos em São Paulo, mas haveria reposição na semana seguinte. Meu cansaço agra-deceu a pausa necessária. Eu estava exausto.

Cheguei em casa e me joguei na cama, enquanto o Cadu, sentado, escre-via na bancada. O rosto da Jeloma surgiu na minha frente e liguei animado para conversar um pouco. Contei da correria do meu dia e ela também veio com novidades.

— Fui encontrar a sua irmã hoje. Ela escolheu mais corsets para vender na Canto da Casa. Aquela loja é linda.

— É sim, eu admiro tanto a Kira, sinto um orgulho enorme de ver a minha irmã tão bem, feliz e cheia de ideias. E agora vocês duas juntas. Quer dizer, vocês três... — Rimos.

— Ah, é, inclui a minha namorada nessa parada aí ou ela surta. — Cadu fazia contas, mas estava ligado na conversa.

— A loja é maravilhosa, superautêntica, e estava cheia de clientes.

Enquanto falávamos ao telefone, mesmo acabado, já deitado, comentei da saudade e da vontade de vê-la.

— Sei que está tarde, mas a gente mora perto. Você gostaria de comer algo?

— Claro. Uns minutinhos e estarei pronta na portaria. — Ela demonstrava que também estava ansiosa para me ver.

No chuveiro, fiquei pensando no poder da saudade. Você sabe que viu a pessoa recentemente, mas o seu corpo precisa de mais.

Em meia hora, eu estava arrumado, ansioso, aguardando a sua chegada.

— Oi, Cafa, demorei? — Ela entrou no carro, e qualquer pensamento ruim foi embora.

— Dizem que algumas situações você só sabe quando as vive. — Fui enigmático, mas ela entendeu. Nos beijamos com intensidade. — Você é muito especial.

— A saudade é um sentimento dolorido quando estamos longe e doce quando chegamos perto da pessoa — disse ela.

— Estava com saudades de mim, dona do sorriso mais lindo? — perguntei.

— Sim, sim. — Ela ficou sem graça. Em alguns poucos momentos, parecia desconfiada. Eu queria tanto dizer a ela que estivesse ali de verdade, com vontade, e que deixasse para lá qualquer receio. O que as pessoas achariam de nós, por exemplo, não importava. Eu estava completo ao seu lado. Não queria me preocupar em me explicar, dar satisfações, mas compreendia os receios da Jeloma. O meu filme queimado tinha um peso a ser carregado.

— Vamos comer uns petiscos? Tem um barzinho aqui perto maravilhoso — convidei, ligando o carro e demonstrando a minha animação por tê-la comigo.

— Vou adorar. — Ela sorriu. — Hoje fiquei pensando na maneira como nos conhecemos, surpreendente. E um dia vão me perguntar: "onde você conheceu o seu amigo?" — Ela se referiu a mim como amigo e achei engraçado. — E eu vou responder: "eu estava no meu cativeiro, toda machucada, com fome, feia…"

— Você nunca esteve feia — interrompi com convicção.

— "E foi ali, no meio do caos, que o vi pela primeira vez" — completou com olhos que voltavam no tempo.

— Eu sou seu amigo?

— É, acho que sim. Não somos amigos? — Ela pareceu meio tímida por já termos intimidade e ela continuar batendo na mesma tecla de amizade.

— Claro. Disso não abro mão. Vida longa para nós! — falei, entusiasmado.

— Sim, e que muitas boas circunstâncias venham na nossa direção. Essa frase a minha avó dizia.

— Concordo com ela. Suas experiências de vida tornaram você uma garota muito madura e interessante. Com pessoas da minha idade, não costumo ter esse tipo de conversa.

— Ah, isso, não esqueça que é mais velho que eu. — Ela se vangloriou.

Na mesa do restaurante, contei como a minha casa funcionava, o carinho dos meus pais com os filhos, rimos quando contei que, às vezes, na infância, eu perguntava para a minha mãe se o Cadu era eu.

Jeloma passou a mão no meu cabelo, me deixando aliviado ao comentar que sabia nos diferenciar. Eu não gostava de me relacionar com alguém que demonstrava choque e dificuldade de nos identificar.

— Vocês são bem diferentes, eu sinto aqui. — Ela colocou a mão no coração.

— Posso te beijar? — perguntei, mesmo sabendo a resposta. Ela deu um sorriso e fez um sim silencioso, mas incisivo. Quando paramos o beijo, algo me veio à mente. — Sabe, às vezes, tenho a sensação de que precisaremos brigar com o mundo para ficarmos juntos, enfrentarmos olhares, avaliações…

— Por quê? — Ela quis entender. O garçom se aproximou, pedimos as bebidas e uma entrada com uma pastinha de berinjela, alguns queijos, torradas e azeitonas.

— Eu não sou um bom moço. Acho que, em algum momento, vão me cobrar essa conta, vão criticar você por estar comigo.

— Não vou ouvir, pode ter certeza. Já escutei barbaridades ao meu respeito sobre eu ter exagerado o meu sequestro. Você esteve lá, viu… Dizem que inventei, quis aparecer… Falam de todo mundo.

— Eu sei. Eu tenho uma teoria. Mesmo fazendo tudo certo, as pessoas encontram algo errado em você, porque quase sempre algo está errado com elas. Eu tento me relacionar bem com os meus defeitos, sem me acomodar, buscando melhorar sem me punir e tentando não decepcionar aqueles que se preocupam com a minha felicidade.

— Nada devemos para ninguém. E ninguém sabe de nós, somos apenas eu e você. — Ela segurou a minha mão.

— Você é muito charmosa e está linda nesse vestido vermelho — elogiei-a.

— Seja forte enquanto eu estiver fraca. Eu serei forte quando você pensar bobagem. — Agradeci aquelas palavras, querendo passar uma noite inteira com ela. Um beijo com a iniciativa dela. Senti a sua língua nos meus lábios, parecendo me compreender por inteiro. Essa garota sabia fazer as coisas de um jeito inexplicável e sem bula para maiores explicações.

— Eu queria te contar uma coisa… na verdade, preciso… — pedi.

— Claro, fala. — Ela beijou o meu rosto e ficou alguns segundos com a face encostada na minha.

O garçom chegou com o nosso pedido, tão simpático, e nos distraiu, enquanto colocava na mesa os pequenos pratos escolhidos. Brindamos mais uma vez.

— Obrigado por ter aparecido. Acho que a minha vida estava um tédio e eu não tinha a menor ideia disso. Às vezes, me falta coragem de contar algumas coisas para você. — Eu sentia vergonha por algumas situações e orgulho de outras.

— Eu sei — respondeu ela. — Todos temos os nossos mistérios. Não é fácil contar algo. — Ela pareceu pensar longe. — Não esquecerei tudo isso.

— Não fala assim, não estamos terminando, estamos começando… e só no início.

— Eu sei. Já sentiu a sua vida tão boa que a gente fica imaginando algo acontecendo e estragando tudo?

— Se eu te der um beijo, esse receio passa? — perguntou.

— Acho que sim.

Eu estava gostando de inventar desculpas para beijá-la. Ficamos abraçados, apenas sentindo o nosso calor. A gente se conhecia pouco, mas eu queria me mostrar a cada dia, me deixando ser descoberto nas minhas mais sinceras atitudes. Esperava não decepcioná-la. Porque eu tinha certeza de que dela só viriam verdades.

DEZENOVE

A verdade sobre uma mentira

Você já precisou defender a si mesmo? Já enfrentou o dia em que não gostaria de ter encarado uma verdade? Nem sempre o discurso da realidade é o melhor a ser ouvido. E a mentira, em alguns momentos, deixaria tudo mais fácil... eu preferiria que fosse uma invenção.

Acordei como se a Jeloma tivesse passado a noite comigo. Levantei animado e acertando com a mente os afazeres da correria do dia que teria que cumprir, como a faculdade e a clínica. Não haveria curso à noite e, enquanto tomava banho, pensei em convidar a Jeloma para sairmos mais tarde. A água do chuveiro caía no meu corpo e ri sozinho, imaginando os seus pensamentos sobre as nossas constantes saídas. Amigos? Claro, muito amigos...

Saí da faculdade e fui direto para a clínica. Estranhamente, o lugar estava calmo, e fiquei um tempo no consultório estudando. Lembrei-me, enquanto arrumava a minha mochila e guardava o meu material, das cicatrizes no corpo da Jeloma. Faria de tudo para retirar ou amenizar aquelas marcas. Embora não tenha feito muitos comentários, senti o seu incômodo com o próprio corpo.

Ao chegar em casa, a minha mãe e o Sodon conversavam na sala. Antes que eu pudesse falar qualquer coisa ou sugerir bebermos algo na varanda, no fim de tarde, o meu amigo pediu para conversarmos e aí me dei conta do semblante sério. Estranho. O que estaria acontecendo?

— Fala aí, grande Sodon. O que foi?

— Eu é que pergunto, Cafa, qual foi?

— Oi? O que aconteceu?

— Não sabe?

— Não tenho a menor ideia — respondi, pensando se eu teria feito algo, mas nada vinha à memória. — Fala, Sodon!

— Eu quero o meu amigo de volta.

— Oi? — questionei, achando engraçado.

— Não ri, Cafa, o assunto é sério. A gente é amigo e de repente você ficou louco nessa garota e sumiu. E a nossa vida? E as nossas saídas? Será que vale se jogar dessa maneira na direção de uma só pessoa?

— A nossa amizade nunca vai mudar. Eu só estou vivendo um outro momento. Algo bem diferente de tudo. Devo estar mesmo distante, longe, mas a nossa amizade segue firme.

— E eu, como fico? — Chegou a ser engraçado, escutar o meu amigo fazendo aquela cobrança como se fosse uma namorada. Do jeito que ele falava, parecia que eu o estava traindo. Tínhamos uma amizade intensa, estávamos constantemente juntos e, verdade seja dita, nos últimos tempos, eu só pensava na Jeloma. Não sabia como dizer a Sodon o quanto estava feliz. Não tinha ideia de como explicar que não podia mais ser o companheiro fiel de bagunça. Ficar com outras garotas não me preenchia mais.

Sodon pareceu perceber a minha dificuldade de me expressar. Ficou me olhando e depois balançou a cabeça negativamente.

— Pois é. — Foi tudo que consegui dizer. — Foi mal.

— Não estou acreditando, Cafa. Você está apaixonado por essa garota?

— Aconteceu.

— E onde foi parar quem dizia que se apaixonar não tinha nada a ver? "Garota nenhuma vai conseguir mexer comigo!" Cadê esse cara? — Ele imitou uma fala minha do passado. — Eu quero esse cara de volta.

— Pode ter certeza de que estou mais surpreso ainda.

— Inacreditável. Bem, eu, claro, não vou torcer contra. Continuaremos amigos, vou sentir a sua falta e quero que saiba, seja o que for, conte comigo.

— Para com isso, Sodon, você também vai se apaixonar loucamente... Se o pior de todos, eu, fui fisgado...

— Ah, no meu caso, acho bem difícil.

— Lembra? Eu dizia o mesmo. Sou o cara mais fora de relacionamento do planeta, e aqui estou. Nem sei explicar direito como isso aconteceu.

— Eu não deveria ter ido com você naquele dia encontrar aquelas garotas. Você acabou reencontrando a Jeloma.

— Não está feliz por mim?

— Estou, muito, mas triste por mim. Nem todo dia a vida de um cara solteiro é festa. Vou nessa.

Sodon saiu rápido, e não tentei impedi-lo de ir embora. Talvez fosse melhor deixá-lo digerir a novidade de eu estar com uma só garota.

Liguei para a Jeloma, mas ela não atendeu. Pela janela, vi o céu aberto e decidi dar uma caminhada. Antes de voltar para casa, parei para tomar um suco. A turma por ali já me conhecia e o gerente fez sinal me cumprimentando. Sentei-me numa cadeira virada para a TV. Fiquei meio estático, olhando as imagens do telejornal local fazendo a sua abertura com as manchetes do dia; as notícias de violência pareciam tão distantes e ao mesmo tempo tão próximas. Nada, apesar dos escândalos, me surpreendia. Fiquei atento, enquanto o meu olhar seguia longe. Jeloma, como eu a desejava, que loucura! Quantas mudanças uma garota é capaz de fazer em tão pouco tempo na vida de um cara...

— Olá... — Voltei a mim com a Jalma parada na minha frente e eu tendo certeza de não ser imaginação.

— Ah, não. — Foi todo o som que consegui emitir.

— Tudo bem?

— Agora não — respondi, e ela fingiu não ouvir.

— Eu fui atrás de você no seu prédio e o porteiro disse que você tinha ido à praia...

— Eu mato o meu porteiro depois.

— Ah, deixa de show. Duvido que não seja maravilhoso eu estar aqui na sua frente.

— O que você quer, Jalma? — Antes que eu falasse algo, ela puxou a cadeira e se sentou.

— Então… — Sorriu. Com um sorriso desprezível que eu não fazia a menor questão de receber. Jeloma e a Jalma lembravam um pouco uma a outra, mas pareciam opostas. Eu podia jurar que a Jalma tentava fazer o papel de vilãzinha, dessas que a gente encontra fácil em história de comédia romântica, mas que ali, naquele cenário, ficava ridícula. Esqueceram de avisar para a moça que estávamos na vida real.

— Eu não tenho todo o tempo do mundo, Jalma.

— Estou vendo esse seu namoro ficando cada dia mais animado.

— E o que você tem com isso?

— Eu sou a única irmã daquela garota… Isso você não muda. Jalma e a Jeloma são irmãs? Sim, são. Fato. Você sabia que algumas pessoas estão me perguntando o que a minha irmã está fazendo com o cara que namorei?

— Por que acho que isso é mentira? Eu não apareci com você em lugar nenhum, eu e a sua irmã somos duas pessoas bem discretas, logo a chance de as pessoas, no plural, estarem perguntando sobre nós diminui muito. Eu e você saímos algumas vezes e sabemos o que um queria com o outro. O que fizemos foi sexo, divertido, mas só sexo. Gostoso? Gostoso, mas só sexo. Nós jamais namoramos.

— Quer chamar o que a gente teve de "um lance"?

— Eu alguma vez disse para você que queria compromisso? Falei que estava buscando um namoro? Prometi fidelidade? Jalma, não tive sentimento algum por você.

— E teve pela minha irmã?

— Tive não, tenho pela Jeloma, no presente.

— E isso terá futuro? Vamos ser francos, Cafa. Se eu não presto, você é da mesma laia que eu. A gente se conhece pelo olhar.

— Vou repetir a pergunta que eu fiz. O que você tem com isso? Alguma vez eu menti para você, prometi namoro, noivado, casamento, dois filhinhos, um cachorro?

— Vocês não podem ficar juntos. Não só por isso estar me irritando horrores, pela exposição que estou sofrendo. — Juro que, quando ela disse isso, senti pena daquela doida. — Não apenas por eu achar que vai decepcionar a minha irmã, mas porque ela não está sendo franca com você.

— Não está sendo franca comigo? — Repeti sem ter noção do que seria dito. Será que aquela maluca estava falando das marcas pelo corpo que a Jeloma não comentara comigo? Ou seria algo não dito sobre o período de cativeiro?

— Ela mentiu. Ou omitiu. Jeloma costuma fazer isso. Ela tem aquele jeito doce, aquele semblante puro, mas não é sincera. Eu sou transparente, aliás um péssimo defeito... Não quer saber o que é? — Eu não queria dar o braço a torcer e perguntar o que ela estava tentando dizer da pior maneira. Ela falaria, sem que eu me desgastasse insistindo. Pessoas ardilosas agem de acordo com o seu veneno. Nesse caso, a Jalma falaria.

— Não tenho o menor interesse. — Ali eu tive certeza, ela falaria.

— Ela escondeu de você algo que fez.

O que a Jeloma teria feito?

— Foi ela que... — Jalma simulou dificuldade em denunciar a irmã. Parecia sofrer para cuspir a verdade — contou ao Tavinho que você tinha comido a Flavia.

Escutei aquilo e tentei não me incomodar com o "comido a Flavia", que gritou nos meus ouvidos. E me voltei para a informação recebida. Não podia acreditar. É lógico que a Jalma havia surtado. Nem combinava com a Jeloma ser dedo-duro.

— Tá, e daí? — Tentei mostrar o lado desprezível daquela conversa, sem acreditar na denúncia feita pela irmã da Jeloma.

— Acho que você deveria dar atenção ao que estou falando. A Jeloma sabia com quem a Flavia tinha ficado e fez questão de contar ao Tavinho. Não só falou como o incentivou a te dar aquelas porradas. E te aviso, não confie na Jeloma. Minha irmã tem um plano para tudo isso. Não me pergunte os motivos, não tenho a menor ideia. Talvez o meu lugar. Sou isso que você está vendo. Mas ela escondeu de você a maior verdade de todas. Eu não queria contar, pensei demais, mas essa foi a única maneira que encontrei de parar de passar vergonha com o meu ex pegando a minha irmã. Estou indo.

Jalma não quis saber se eu realmente acreditara na história. Jogou o balde de veneno e eu quase pude sentir o líquido escorrendo pelo meu corpo e caindo pelo chão. Me sentia petrificado. Por que a Jeloma teria contado para o tal do Otávio que eu ficara com a Flavia? Seria verdade? Eu estava confuso, decepcionado... finalmente envenenado. Por que não questionei Jalma e o Tavinho caminhando juntos? Jeloma teria dito que eu e a Flavia ficamos juntos, mas a melhor amiga do canalha parecia ser a Jalma. Minha cabeça pesou com tantas reflexões.

Enquanto caminhava para casa, por um segundo tive que focar na direção, para não errar o caminho. Estava desnorteado.

No meu quarto, o celular em cima da cama me fez pensar no que fazer. Ligar para a Jeloma? Questionar a história? O aparelho tocou, a Jeloma na linha. Não atendi, precisava refletir nas palavras da Jalma. Não podia acreditar que a garota com quem eu tinha me envolvido de maneira tão profunda poderia ter agido contra mim. Que motivos teria para isso? Por que não me contara?

Jeloma não poderia ser o que a irmã tentava me fazer acreditar. Decepcionado com a possibilidade de a Jeloma ter armado contra mim sem motivo, eu não sabia se poderia compreender caso fosse verdade, e puxei o ar para respirar fundo. Por que ela faria isso? Como conseguia ficar comigo, sabendo que anteriormente me fizera passar uma situação tão constrangedora? E o que vivêramos até aqui? Teria sido tudo armado? Se o absurdo fosse verdade, a Jeloma seria pior do que a irmã. Algo me dizia que, apesar de todo o deboche e maldade, a Jalma tinha dito a verdade.

Depois de alguns minutos, o telefone chamou mais uma vez e eu não atendi. Precisava pensar em como dizer a ela o que havia acontecido. Deitado na cama, com a visão esquecida no tempo, repetia mentalmente as palavras da Jalma.

Kira entrou no meu quarto umas duas horas depois de eu estar ali refletindo.

— Cafa, cadê o seu telefone?

— Está aqui, por quê?

— A Jeloma me ligou, está preocupada. Ligou para você e não consegue falar. Você não está atendendo as ligações?

— Não deu para atender.

Kira franziu a testa, sem compreender bem a maneira como falei.

— Qual a dificuldade de colocar o celular na orelha? Cafa, não posso acreditar que você vai agir assim com a garota?

— Qual foi? — Cadu entrou no quarto.

— Eu não quero acreditar que o Cafa vai fazer isso... – insistiu a minha irmã.

— Isso o quê? – Cadu tinha pego a conversa pela metade e tentava entender.

— Cafa, ridículo, não sei o que está acontecendo, mas atende a garota. Por favor, não me decepcione dando uma de garotinho, assume o que está sentindo. Não quer mais? Diga isso a ela.

Kira saiu e não me deixou explicar. Eu também não sei se queria falar.

— Nossa... Poucas vezes vi a Kira estressada assim. O que você fez, meu irmão!?

— Você não sabe o que aconteceu...

Cadu se sentou na cama para me escutar.

— Pela sua cara...

— A Jalma me procurou.

— Vocês ficaram e você descobriu que não quer mais a irmã boa?

— Nada disso, deixa de ser maluco – respondi, quase ofendido. – Se você visse a Jalma hoje... Nem sei como fiquei com ela.

— Será que é porque a garota é uma gata, Cafa? A Lelê não pode sonhar que estou falando isso... Acho a Jalma maravilhosa, mas não ficaria por nada. Maluca demais. Continue...

— Pois é... Ela é ótima de corpo, mas e daí? Um desperdício.

— Vamos esquecer o físico da moça, fala o que aconteceu para você não querer atender a Jeloma? Se não ficou com a Jalma...

— A irmã má me procurou e disse que o otário do Otávio me bateu porque a Jeloma contou que fiquei com a Flavia.

— Como assim? A Jeloma contou? – Pelo semblante do Cadu, ele entendia os meus motivos para estar chateado.

— Eu não consigo decifrar o que está acontecendo...

— Talvez porque seja mentira. – Meu irmão não acreditou na Jalma.

— O jeito da Jalma falar comigo, acho que pode ser verdade. Muito segura de si.

— Como você vai acreditar em uma pessoa ardilosa como a sua cunhada?

— Cadu, dessa vez me pareceu que ela guardou essa carta na manga. Aquele cara me esmurrou com uma vontade... Preciso entender o motivo de a Jeloma ter feito isso comigo. Mesmo antes de a gente ter ficado junto, eu ajudei a salvar a vida dela. Não faz sentido.

— Ué, mas então precisa atender o telefonema da guria.

— Não agora — decidi, sem saber como seria dali em diante. Demorei tanto a ter uma conexão com alguém, e agora parecia que os nossos encontros, as conversas, tudo em que custara a apostar não fora nada do que eu imaginara. Eu precisava descobrir os motivos.

— Espera aí, irmão, você pode estar se precipitando…

— Pode ser. Nunca lidei com uma decepção gigante antes.

Naquele dia, dormi depois de o meu cérebro esfumaçar por horas. Não sabia se abraçava o travesseiro ou a decepção e dormi depois de ler uma mensagem da Jeloma dizendo:

Estou preocupada. Aconteceu algo? Me liga quando der.

Eu queria muito dizer a ela o quanto estava magoado, e tinha quase certeza de que a Jalma, na sua estreia com a verdade, falara o que realmente havia acontecido. A pior informação de todas estava agora me fazendo sentir muito estranho. Se fosse verdade, eu não poderia perdoá-la, porque fora a causadora de um dos piores momentos da minha vida. O outro pior dia havia sido salvá-la daquele cativeiro. Por que ela havia feito isso comigo?

O dia seguinte foi de muita correria. Saí da faculdade para a clínica, de lá para o curso e, ao contrário das aulas anteriores, segui as horas completamente desorientado e não consegui ficar atento às palavras do professor. Ele continuou dando aula me olhando porque sabia do meu interesse, mas enquanto eu fingia assistir, fazendo cara de muito interessado, tentava processar o que estava acontecendo com a minha vida pessoal.

Depois dei uma parada para jantar no Enxurrada. Minha mãe se sentou ao meu lado, perguntou pela Jeloma, falei do curso, desconversei e tentei me distrair, enquanto comia uma massa fininha feita com molho de tomate, cenoura e carne de soja refogada no azeite e um tempero divino.

Quando entrei em casa, o apartamento estava completamente apagado. Angel fazia festa e latia como se quisesse falar. Fui até o quarto, brincando com a mascote da casa. Ela corria, balançando o rabinho e pedindo colo, mas eu estava louco para tomar um banho e dormir.

Entrei no meu quarto, acendi a luz e quase tive um ataque do coração. Jeloma estava ali no escuro, sentada na cama do meu irmão.

— Ah, não — repeti o que dissera quando encontrei a Jalma.

— Ah, não? Pelo jeito não deveria ter vindo até aqui. – A decepção que estava na minha voz pareceu ter caído como um balde de água fria na Jeloma.

— Acho que não deveria mesmo.

— Cafa, o que aconteceu, cansou de mim?

— Não é isso. Só acho que, nesse momento, não estou legal.

— Ah, claro, é aquele papo de "a culpa não está em você, mas em mim". A verdade, prefiro a verdade. – Ela me encarou com aquele olhar que me dizia tanto. Eu estava com saudades dela, mas não podia deixar os sentimentos me dominarem. Algo de ruim estava naquele relacionamento. Como ela podia ser outra pessoa, se acreditei tanto em nós dois?

— Jeloma. – Eu não sabia nem o que dizer.

— É só falar: Jeloma, valeu, foi bonitinho, mas já era. E vou embora. É porque fui fácil demais? Porque eu te levei ao apartamento? Por que me sentia sua e quis apenas realizar o que os nossos corações pareciam dizer?

— Olha, desculpa, mas você acha que eu só queria dormir com você? Acha que fico dizendo que estou gostando de alguém para levar a garota para a cama? Nunca usei esse artifício para conquistar garota alguma. Acha mesmo que está em posição de me cobrar alguma coisa? Quando mentimos ou estamos errados, qual o nosso direito de cobrar o que quer que seja? Se te interessa saber, não queria apenas te levar para a cama e te abandonar depois. Eu não menti em momento algum para você! Eu não!

— Mentir? Errar? Do que você está falando?

— Talvez seja um problema de família – respondi.

— Oi? – Os olhos da Jeloma se arregalaram.

— Sua família toda é assim? – Eu não conseguia parar de pensar naquele cara me batendo com os dois amigos.

— Assim como, Carlos Rafael? Acho que está sendo injusto comigo, me acusando de algo que você nem sequer me disse do que se trata. Ontem fiquei ligando, você certamente vendo as minhas ligações e não atendendo, sem me dar chance de saber o que está acontecendo. E eu aflita com a situação! Pelo jeito, deveria me preocupar comigo. Já decidiu que sou culpada, sem ao menos me ouvir.

— Você disse ao Tavinho que eu fiquei com a Flavia? – perguntei com a voz pesada porque algo me dizia ser verdade.

Ela ficou aterrorizada com a minha fala e seu nariz ficou vermelho. Uma pedra gigantesca pareceu rolar da montanha. Meu Deus, a mentirosa da Jalma tinha falado a verdade.

— Como você soube? — perguntou ela, com a voz embargada e parecendo ser um alívio eu finalmente saber.

— Adivinha?

— Não sei, Cafa.

— Acorda, Jeloma. Quem me falou foi a sua irmã. A Jalma me procurou e contou o seu segredinho. Por que você não me disse? Por que saiu comigo tantas vezes, sem me contar que apanhei daquele sujeito porque você contou para o idiota que eu tinha pegado a namorada dele, quando, que fique claro, eu nunca soube que ela tinha um namorado? Por quê? Por que você fez isso? Fala alguma coisa, Jeloma. — Ela permaneceu calada, não respondeu. — Você acha certo? Pensa bem, foi legal comigo? Estou vendo na sua cara que mentiu. Não entendo como você fez isso. Foi a primeira garota por quem senti um carinho genuíno. Eu queria você comigo. Porra! Que me...

— Cafa... — Ela não tinha voz para seguir com a frase. Parecia ter ficado rouca com o choque.

— Podem falar o que for de mim, mas eu respeitei as garotas com quem me envolvi e não saí dias e mais dias armando um circo, para depois falar: ah, desculpa, não sou quem você pensa. Por isso, demorei a querer me envolver, explicava não buscar envolvimento e não me entregava. Acho que essa foi a primeira vez que a Jalma falou a verdade na vida. Não foi isso, Jeloma? Não foi? — Minha voz se elevou e senti vontade de socar a parede. — Melhor você ir embora.

— Cafa, me deixa explicar...

— O que não tem explicação? Você falou ou não falou para o otário do Otávio que eu tinha ficado com a Flavia? Você sabia que eu não sabia que ela estava namorando? Aliás, ela confirmou que estavam brigados, terminados. Nunca fui de ficar pegando namorada alheia. Assim como nunca avancei sinal quando a garota bebeu demais.

— Infelizmente falei, mas eu não sabia que...

— Que eu ia apanhar de três sem nem saber de que garota se tratava? Jeloma, esquece esse assunto. Não estou com muita vontade nesse momento de discutir essa decepção com a responsável por isso. Se você quer que eu te desculpe, nem passou pela minha cabeça sentir nada além de um carinho enorme por alguém com quem tive um envolvimento. O resto será um debate sem sentido.

— Teve? – Ela se surpreendeu com a minha fala nos colocando no passado, mas não dava mais para mim. Não tinha como me envolver com a irmã de uma maluca como a Jalma e ainda saber de toda aquela mentira. Eu estava exausto.

— Não posso mais com isso, Jeloma. Talvez o melhor seja voltar para a minha vida de antes, sem grandes palpitações, mas cheia de emoções. – Percebi o quanto a Jeloma estava decepcionada com a minha declaração. Eu também não estava feliz em dizer aquilo, mas em parte queria feri-la para que fosse embora de vez.

Nos olhamos, e senti o meu estômago embrulhado.

— Você está querendo dizer que não podemos mais?

— Acho que seria insistir. Não estou bem com essa situação, estou decepcionado demais. – Enquanto dizia isso, me lembrei de quando ficamos sós, e eu a vi andando pelo quarto, aquele corpo, aquela imagem que me completava de uma forma inexplicável. E agora nada. O fim de algo que não cabia dentro de mim.

— Não acha que podemos tentar? Eu posso explicar… – Pedindo para continuarmos, ela quase me fez jogar tudo para o alto, mas imaginei futuras cenas da Jalma tendo ataques, eu e a Jeloma tentando, e tudo ficando cada vez mais difícil. Fora a dificuldade de entender os motivos da mentira.

— Não sei viver com inverdades. Numa boa, não tenho que entender mais nada. Você apenas confirmou o que o destino parecia me dizer. Faz um favor, vai embora. – Eu estava falando sobre algo além de nós dois, uma nova pessoa que eu tinha me tornado e que a Jeloma, infelizmente, parecia não ter dado o devido valor. Que traição comigo. A minha vontade era de seguir uma nova vida.

— Cafa… – disse, e lágrimas começaram a cair. Ela limpou o rosto, aborrecida.

— Esquece a gente! Melhor você ir embora! – Falei de maneira mais severa. Não daria para ficar vendo a Jeloma chorar. Seu corpo chegou a tremer e me senti culpado. Não parecia querer sair do meu quarto. Que dureza aquela garota com quem eu havia passado tantos momentos especiais parecer não ser bem o que eu imaginara.

— Acho que sou um perigo na vida das pessoas. — Foi tudo que falou. Pegou a bolsa em cima da cama, caminhou vagarosamente, mais uma vez eu pensei em desistir daquele fim, e parou para me olhar.

— Por favor — falei, sem a menor paciência.

Uma grande emoção tomou conta do momento. Eu raramente chorava, mas senti meus olhos umedecerem e, quando vi, também comecei a chorar. Ela deixou suas lágrimas caírem como se competissem para ver qual chegaria mais rápido até o pé. Não é fácil dar adeus quando o sonho está no começo. Estávamos terminando sem a menor vontade de acabar. Onde existia uma Jalma, o melhor seria o fim. Foi tudo que consegui pensar.

Jeloma saiu do meu quarto, eu me sentei na cama do meu irmão, no mesmo local em que ela estava quando cheguei. Aquele amor tinha ido embora e levado o meu mundo junto.

Eu nunca tinha dado adeus na vida de alguém. Tinha partido da vida de garotas sem sequer fincar os pés no chão. Me acostumei com partidas superficiais. E ali, enquanto a Jeloma batia a porta do apartamento, o meu coração bateu pela primeira vez parecendo ritmar do avesso. Doeu. Eu sofria como não pude prever. Entendia agora do que as pessoas falavam quando tocava uma música triste e lembravam dos seus passados de dores, despedidas e tristezas. Não havia mais escudo para a consternação. Estava me sentindo um homem de verdade, da pior maneira, perdendo uma mulher muito importante para mim.

Não sei quanto tempo durou o meu silêncio depois que ela se foi. Meu olhar foi ficando perdido, longe, até as imagens do quarto embaçarem e parecer ter ao meu redor a última nota que o pianista faz ao final de uma música. O fim de tudo.

— E aí, Cafa? Ué, cadê a Jeloma? — Cadu tinha aberto a porta para a minha agora ex quando ela chegara e saído logo em seguida.

— Ela se foi.

— Se foi? Que papo é esse de "se foi"? — Cadu riu, nervoso. Uma mudança no seu semblante percebeu o peso das minhas palavras.

— Terminamos e está complicado. Quer dizer, nem sei se ela se considerava minha namorada. Vivia dizendo ser apenas minha amiga.

— Ela não era sua namorada? Claro que sim. O que aconteceu? — Cadu desmontou o olhar, não sabia o que dizer.

— Lembra da gente criança e a vovó contando a história da moça que ainda não amara? – perguntei.

— Não lembro.

— Ela dizia que a moça não sentira tristeza quando morrera, porque nunca amara.

— Nossa, você se lembra disso? Que triste.

— Eu acho que eu me parecia com essa moça que não tinha amado, mas agora sei como é. Sinto que a vida passou a fazer mais sentido, mas dói perder a pessoa – revelei.

— Então por que a mandou embora? Você, pelo menos, tentou ouvir o lado dela, sobre por que contou ao Tavinho que você ficou com a Flavia? Ou mandou a garota embora intempestivamente?

— Ela confirmou que fez isso. Não conseguiu explicar.

— Ou você não deixou? – Foi tudo que disse.

Eu não sabia como seria ter que reagir nos próximos dias. Acreditava que eu não teria paz ao interromper algo com tanta pressão. Mesmo assim, previa ser esse o melhor caminho. Não dava mais. Eu não queria começar mais nada errado nos meus dias. O melhor seria seguir sozinho, mas com certeza não mais como o Cafa de antes, mesmo tendo dito a Jeloma que voltaria para a antiga vida. Sem notar, Cadu cantarolou "Avião de Papel", da Banda Melim, que aprendera com a namorada, para aumentar a minha depressão: "...Me diz o que fazer com todo esse amor/ Se ele é todo seu e eu não posso te dar/ Me diz qual é a graça de um jardim sem flor/ De um pássaro que não pode voar...".

Fiquei pensando que fizera a Jeloma ir embora, obrigando-a concordar comigo, quando, na verdade, desejava que ela se revoltasse e tivesse capacidade de me convencer do meu desacerto. Adoraria estar errado e preferia ter sido interrompido, mas ela se fora e eu estava sentindo pena de mim mesmo. Um sentimento que chegava para mim pela primeira vez.

VINTE

A maldade de novo

O verbo sentir nunca fizera tanto sentido. Sentir falta. Eu estava rodeado de pensamentos, de repetições dos mesmos acontecimentos, mas me faltava muito. Não existia mais o sentimento intenso de vivenciar a presença dela.

No dia seguinte ao término, acordei com ressaca moral. Era estranho pensar que mal havia começado um namoro e ele já acabara. Ou seria melhor afirmar que eu estava acabado? Tentaria melhorar o meu ânimo, mas compreendia, com um certo atraso, o que significava catar os meus cacos pelo chão. Um vazio tomou conta da minha realidade, me deixando sem saber para onde ir. Tudo porque não tinha apenas acabado, mas desabado. O término não surgia apenas como uma decepção, mas um furacão. Meu pai citava uma frase de Rumi, poeta persa do século XIII: "A ferida é o lugar por onde a luz entra em você", que dizia muito sobre o meu estado naquele momento. Eu sentia as feridas latentes nos meus sentimentos. Só me restava a esperança de ser iluminado em algum momento. Eu realmente me sentia caminhando no escuro.

Decidi que me jogaria na rotina. Sairia do trabalho, intensificaria os treinos na academia, encontraria os amigos, jogaria conversa fora, tomaria açaí, assistiria a um filme em casa e dormiria. Dormiria bastante, assim o pensamento me deixaria livre por mais tempo. Parece que assim faziam aqueles que passavam pelo mesmo que eu.

Só algo parecia ter mudado: a minha enorme vontade de sair de casa para curtir. Bizarro dizer isso, mas alguns amigos inicialmente ficaram animados com o término do relacionamento e se decepcionaram quando souberam do meu desinteresse em beber, ficar com garotas, voltar para casa de manhã e no dia seguinte esquecer quem beijei. Não queria me castigar, insistindo com a minha antiga vida. O que antes me divertia agora não me dizia nada.

No fim da tarde, decidi caminhar pela praia. Cadu estava do meu lado como uma fortaleza. Ele já sofrera antes por causa de mulher e sabia como os dias iniciais de uma separação incomodavam. Eu digeria os acontecimentos e me sentia um calouro na faculdade da vida, disposto a aprender, mesmo sendo na dor.

Sentamo-nos nas cadeiras do quiosque e Cadu pediu uma água de coco a Geraldinho, que logo perguntou pela minha cunhada. Lelê e o seu carisma. Fiquei calado. Não tinha muito a dizer naquele dia e estava triste por mim, vendo pessoas felizes caminhando com tanta leveza, com as suas vidas ótimas, os seus sorrisos largos e os olhares sinceros. Será que eu tinha errado comigo mesmo? Estaria pagando um preço por deixar a Jeloma partir?

— Cara, você precisa levantar esse astral — disse o meu irmão, quando Geraldinho foi pegar o coco.

— Eu estou legal. Quer dizer, vou ficar.

— Ah, claro, com essa cara maravilhosa de luz apagada.

Ri. Na verdade, estava pensativo e nem me dei conta do semblante sério, como um pescador que caiu do barco e se vê sozinho no meio do oceano. Não fazia ideia de como faria para chegar à praia mais próxima.

— Desculpa — falei, enquanto o pensamento tentava imaginar por onde andava a Jeloma.

— Deveria pedir desculpas a si mesmo.

— Por quê?

— Olha, acho que você agiu errado. Por que não quis ouvi-la? Você não deu a ela o direito de se explicar.

— Explicar? A Jalma mente muito, mas, nesse caso, disse a verdade. Estava ali estampado no semblante da Jeloma, e ela mesma confirmou. Mentiu para mim! Como vou compreender que ela contou para aquele otário que peguei a Flavia, sem saber que a garota tinha namorado? Qual a minha culpa?

— Talvez ela tivesse uma explicação.

— Por que não me contou antes? – perguntei, e meu irmão se calou, observando um grupo pedalando na ciclovia.

— Ela parecia gostar de você – disse Cadu sem me encarar, e aquela frase, jogada ao vento, me doeu. Eu honestamente não acreditava mais no sentimento genuíno da irmã da Jalma. Duas problemáticas difíceis de compreender. Uma mentia descaradamente na cara da gente. A outra enganava sem você saber.

Alguns dias se foram e foquei no trabalho. Comecei a entender que somente o correr dos dias me fariam sentir melhor. Isso foi o que disse a mim, para tentar reconhecer a luz no fim do túnel. Segundo a minha mãe, a repetição de um pensamento faz com que faça sentido. "Eu estou ótimo, eu estou ótimo, eu estou ótimo" seria o meu mantra até que me sentisse realmente bem.

Não seria fácil. Eu sabia. Ainda mais com o meu pai sentado na sala, escutando a música "A noite mais linda", do José Augusto: "De repente, você veio tão bonita e chamou minha atenção/ no teu jeito/ teu perfume/ teu sorriso disparou o meu coração/ Eu queria dominar os sentimentos, mas não pude me conter/ As coisas acontecem quando têm que acontecer/ E a mágica do amor nasceu quando eu olhei você…" Pai, pelo amor de Deus, não poderia escolher uma outra letra?

— E ela, nada? – perguntou Cadu, indo direto na ferida, quando entrou no quarto e eu estava olhando o teto com a luz apagada.

— Nada – respondi com tom de voz desanimado. Não deixei a Jeloma se explicar, mas gostaria que ela tivesse me procurado para tentar falar mais uma vez. Vai entender…

— Ela deveria estar esperando que você tomasse uma atitude depois de tanta dureza. Como você sumiu, ela está na dela.

— Foi o melhor para nós. – Tentei ser definitivo, querendo me convencer.

— O melhor? Ah, você está ótimo, se te interessa saber. Olhos abertos na luz apagada? No mínimo, estranho.

— Ué, mas às vezes o bom para a gente demora a ser fácil. Abrir mão, tomar decisões, sair de uma situação, nada disso no começo é simples. Eu não vou mergulhar em um relacionamento maluco para me fazer mal.

— E desde quando você estava num relacionamento maluco? Isso acontecia, sim, mas antes dela, não acha? – perguntou Cadu, direto. – Olhe para você, não tá legal. Seu olhar está opaco, parece um doente perdido sem rumo.

— Poético.

— Pode debochar, mas sabe que estou certo. Vou nessa. Vou ao cinema com a Lelê. Se estivesse com a Jeloma, iria com a gente.

— Engraçadinho. Vou dar uma volta com o Sodon.

— Isso, sai um pouco para distrair essa cabeça perdida e vê se acha alguns neurônios sumidos pelo caminho.

No horário marcado, o cara que mais amava a noite apareceu. Ele não conseguiu negar a alegria com o meu telefonema. Pela primeira vez na nossa amizade, sua animação me irritou e acho que deixei tão claro, que meu amigo baixou a bola e desacelerou. Se a tristeza tinha me contagiado, eu a levaria para passear.

Sodon tinha organizado um encontro com uma galera no Cafuné da Praia, um barzinho novo do Recreio. Ambiente imperdível, segundo ele. No carro, avisou que o local possuía um pequeno palco, uma pista de dança, na qual, e depois de altas horas, a turma se jogava. Meu amigo mexeu no celular, mandando recado para o Ygor e o Pedro, avisando da nossa chegada. Os dois, no local, cogitaram a possibilidade de eu desistir, mas o Sodon avisou que havia me amarrado no banco do carro.

Enquanto estacionava, resolveu falar o que parecia engasgado:

— Desculpa aquele dia.

— Que dia? – perguntei.

— Que cobrei você não estar saindo comigo e o papo sobre amizade.

— Ah, beleza. Deixa isso para lá, eu não estou aqui agora? – Andava meio cansado de tantas DRs emocionais, mesmo que fosse com um amigo.

— Cara, você não está bem. Cadê o Cafa que conheço? – perguntou.

— Estou aqui – respondi, mentindo até para mim.

— Essa garota mexeu mesmo com você. Quem diria? – E ele ainda falou o pior. – Também… irmã de quem é…

— Ela é diferente da Jalma – retruquei, contrariando os meus mais recentes pensamentos.

— Estou vendo. Olha o estado que ela te deixou.

— Não é por ela. É por mim. Estou de volta para a vida que tinha, mas as coisas não estão muito certas na minha cabeça.

— Qual é, Cafa? Está falando como se a gente fosse errado ou criminoso. Somos felizes, curtimos a vida e trabalhamos duro, que mal existe nisso?

— Nenhum, mas não estou mais confortável. — Principalmente no que dizia respeito a sair pegando todas. — Muita coisa aconteceu na minha vida nos últimos dias, eu não queria me sentir assim, enfim... Vamos encontrar os nossos amigos. — Encerrei a conversa e abri a porta do carro.

— Hum... — Foi a resposta do Sodon, parecendo ter escutado grego. Ele amava aquela vida. Só de falar em ter um compromisso com uma mulher, ele desviava o assunto com maestria. Não seria eu a estragar aquela opção de vida. Nem todo cara sai da curtição de noitadas. Alguns envelhecem no mesmo mundo. Agora eu conhecia um outro lado e tinha sido feliz. Isso mudava completamente o panorama.

Entramos no barzinho, o Pedro e o Ygor pularam na frente do nosso carro feito meninos bobos. Sorri, enquanto permanecia sério dentro de mim. O resto da rapaziada já estava lá dentro, segurando a mesa. Sodon começou a gritar bobagens e me senti ainda mais um peixe fora d'água.

O Cafuné da Praia estava cheio, animado, com uma música muito alta fazendo a dor na minha costela avivar. Uma banda cover no palco chamava atenção imediata. Cheguei à mesa com vontade de ir embora, mas precisava me desafiar a ficar melhor. Não podia continuar com a sensação de estar faltando algo dentro de mim.

Começou a tocar "Havana", da Camila Cabello. "Hey/ Havana/ Half of my heart is in Havana/ He took me back to East Atlanta/ Oh, but my heart is in Havana/ There's somethin' 'bout his manners/ Havana, Havana..." Ao som da voz feminina da cantora, percebi um grupo de garotas vindo na nossa direção, uma delas eu conhecia de vista. Sodon tinha o dom de fazer as pessoas se enturmarem e criar uma aura de comemoração até nos dias em que não estávamos celebrando nada.

A garota que eu conhecia do grupo se aproximou.

— Você é irmão do Cadu? Nossa, a cara dele. — Fiquei com vontade de assumir a identidade do meu gêmeo. Ele certamente atraía menos confusão do que eu.

— Sou. – Escolhi pela verdade. A mentira tinha me causado muitos problemas até ali, em todos os sentidos.

— Eu fiquei com o seu irmão uma vez – disse ela, fazendo um olhar que garantia ter sido uma ficada importante. Ela não esquecera. Deveria saber da Lelê, mas educadamente não perguntou por onde ele andava. Eu também preferi não falar. Comentou rapidamente, meio sem graça, como se conheceram em uma festa. Eu acabei lembrando, tinha ido nessa comemoração (como não?) e bebido até não lembrar onde morava. Ainda bem que o meu igual cheio de sanidade me acompanhara. Curiosamente, rememorei que no dia em que o Cadu ficara com ela, na volta para casa, comentara do seu cansaço de ficar com garotas sem valer a pena e não ter um sentimento de verdade. Pouco depois disso, ele e a Lelê, amigos de longa data, se apaixonaram. Eu agora entendia melhor o que meu irmão dissera naquela noite e o processo pelo qual passara.

O papo, pelo menos, seguia agradável e o Sodon erradamente sorriu de maneira sarcástica, achando que o Cafa do passado atacava novamente. Foi nesse instante que flagrei, atrás do Sodon, o que não queria ver: a Jeloma, sentada, conversando com um desconhecido. Ela já devia ter me visto porque o seu olhar se voltou rapidamente para o lado e senti o meu coração doer pela segunda vez. Queria estar naquela mesa com ela. O que eu estava dizendo? Quando ela passou a mão no cabelo, me senti incomodado, lembrando quando fazia isso só para mim.

Sodon reparou na minha cara abobalhada e virou o corpo, dando de cara com a minha ex, acompanhada de outro cara. Balançou a cabeça negativamente, já arrependido da escolha do lugar, e deu um jeito de parar do meu lado, falando no meu ouvido bem direto e cruel.

— E aí, vai ficar sofrendo? Não parece que a moça está muito preocupada com você. Aliás, virou a página bem rápido, hein?

Enquanto eu a olhava, pensava no fim, nosso fim… No término da porcaria de relacionamento que não começamos. Não sei como a conversa com a quase ex do meu irmão terminou. Quando vi, a moça estava de costas e seguia sorridente para falar com uma amiga. Uma conhecida da academia se sentou ao meu lado e fiquei meio sem ação. Parecia ter perdido um pouco o jeito com aquele tipo de situação.

— Fala aí, maravilhoso – mandou ela. – Estão dizendo que você voltou para a pista. Verdade?

A moça comentou de um jeito esquisito, e mantive a postura, sem demonstrar o que estava pensando.

— Eu não sabia nem que tinham comentado a minha saída da pista! Gata, estou de férias. — Ri, e ela ficou me encarando, esperando mais. Pedro, sentado bem próximo de mim, ficou calado, olhando para o chão e com vontade de rir.

— Bem, quando voltar para a ativa, posta no mural da academia. Sou sua fã, Cafa. Só fica sozinho se virar padre, mas celibato não combina com você.

— Valeu! — Agradeci e ela se levantou, passando antes a mão na minha coxa.

Ficamos calados até a moça se afastar. Depois, o Pedro me deu um leve empurrão, comentando:

— Cafa, na boa, ainda bem que não sou esse sucesso. Eu não teria paciência.

— Ah, para com isso, a mulherada também cai em cima de você. Eu acho bom as mulheres terem liberdade de falar, direitos iguais. Só estou mais na minha, querendo dar uma acalmada, uma fase.

— Claro, e a Jeloma? Sumiu?

— Está atrás de você, conversando com outro cara. Pelo jeito, seguiu bem sem mim.

— Sério? — Pedro se virou, viu a minha ex-namorada acompanhada e se surpreendeu. — Ah, deve ser amigo, ela demonstrava paixão por você.

— Paixão por mim? — Fiz essa pergunta e tive que engolir a imagem da Jeloma inabalável, conversando com outro. A noite acabou ali. Peguei um táxi na porta do Cafuné da Praia e fui embora sem falar com o Sodon.

Naquele dia, acordei às cinco da manhã, sem conseguir parar de pensar naquela garota. Tentei dormir, mas fiquei rolando na cama, sem nenhuma autoridade para me fazer voltar ao sono. Jay Vaquer cantava "Alguém em seu lugar" especialmente para mim: "Medo, era medo de errar/ Tarde, muito tarde/ pra consertar.../ Sem você, deixo de ser o que desejo/ eu não sei reconhecer o que não vejo." Eu não conhecia o cantor ao vivo, mas ele só podia ter feito aquela música para mim: "... Sem você, perco meu prumo, rumo, norte/ sim, eu sei, devo contar com a minha sorte..." Algum amigo tinha contado os meus dias para o artista, ou a sensação de cair no buraco e não saber como se levantar fazia parte da vida de quase todo mundo?

Para piorar o quadro, assim que me sentei para o café da manhã, a Kira disse baixinho:

— Sonhei com você e a Jeloma.

— Ah, não fala isso.

— Sonhei.

— Como foi? – perguntei, muito curioso.

— Ela aparecia aqui em casa e vocês dois me diziam que voariam juntos. Eu ficava preocupada, olhava para o céu e lá estavam vocês, mas bem perto de uma nuvem densa e cheia de raios.

— Que doido. Sério? Você é muito louca, irmã. Bem, preciso ir. – Dei uma desculpa, desanimado com o pesadelo da Kira. O primeiro sonho tinha se concretizado, havíamos terminado. Não fazia ideia do que poderia ser uma nuvem densa e cheia de raios. Levantei para não ter que contar que encontrara a Jeloma na noite anterior.

— E o que fará com essa informação?

— Sobre o sonho? – perguntei.

— Isso, Cafa!

— Nada, deixa quieto. Melhor ficar na minha. A Jeloma já deve estar em outra.

— Em outra? – Kira fez uma cara contrariada.

Como procurar a Jeloma depois de vê-la na noite anterior acompanhada? Fui caminhando até o meu quarto, pensativo. Por mais que tentasse, estava sendo bem difícil desacreditar nas palavras, nas sensações e na energia de tudo que vivêramos. Um sentimento de vazio tomou conta de mim.

Estava no quarto quando escutei a voz do Sodon. Surgiu tão cedo na minha casa que suspeitei ter acontecido algo. Precisava falar comigo com urgência, mas sozinho. Fomos para a varanda, e o meu amigo demorou a dizer o motivo da visita inesperada.

— Foi mal ontem ter ido embora. – Pedi desculpas com algumas horas de atraso.

— Tudo bem. Quando vi a Jeloma por lá, tinha certeza de que faria isso.

— Por isso está aqui? – Imaginei outro discurso do Sodon sobre amizade. Eu não saberia explicar o que estava acontecendo comigo.

— É a Jeloma.

— Ah, cara, não, deixa isso pra lá. Esse assunto já rendeu muito.

— Você tem uma péssima mania de não escutar as pessoas. Calado aí e agora vai me ouvir. Com certeza, eu seria o cara que mais gostaria de ter você solteiro e bagunçando. Para mim, você sozinho é muito melhor, mas não posso deixar vocês dois separados porque acha que ela aprontou ou fez algo para te destruir.

— Como assim?

— A Jalma falou a verdade, a Jeloma realmente disse para o Tavinho que você e a Flavia tinham ficado.

— Ué, então está tudo certo. Quer dizer errado, porque ela mentiu.

— Mas você sabe como ela fez isso? Em que circunstâncias? Por quê? Procurou saber? — A seriedade do Sodon me impressionou.

— Não tenho ideia. — Ali comecei a me sentir um idiota. Não quis ouvir a Jeloma, mas o Sodon eu precisava escutar. Não fazia sentido virar as costas como um menino mimado.

— A Jeloma realmente falou, mas as condições em que isso aconteceu mudam qualquer culpa da sua garota. — Meu amigo pareceu se calar para dizer da melhor forma.

— Fala, Sodon!

— Tavinho bateu na Jeloma para ela dizer com quem a Flavia tinha ficado. Não teve uma segunda opção. Depois da agressão, ela disse apenas Carlos, que foi o nome passado pela amiga. Em nenhum momento, a Jeloma falou o seu nome, não sabia sequer que tinha sido o mesmo cara que a ajudara no sequestro.

— Como assim, o Tavinho bateu nela? — O sangue subiu e eu queria encher a cara daquele idiota de porrada.

— Bateu até ouvir o nome do cara com quem a Flavia tinha ficado. A Jeloma e ele tiveram uma história no passado…

— Isso eu sei, ela me falou — respondi, acelerando a conversa.

— Depois do namoro com a Jeloma, a Jalma e o Tavinho se tornaram amigos. Tavinho acabou conhecendo a Flavia na casa das irmãs, e a garota má fez o Tavinho namorar a amiga para ferir a irmã. Entendeu a confusão?

— Que loucura! — Tentei assimilar a trama.

— Quando você ficou com a Flavia, ela comentou com a Jeloma, mas só disse Carlos. A irmã da Jalma não sabia que era você, mas ela não teve saída. O cara é doente.

— Por que não denunciaram esse maluco, como eu fiz?

— A maioria nunca faz denúncia. Duas ficaram com medo desse criminoso e deixaram a história pra lá.

— Como você ficou sabendo disso tudo? Tem certeza de que foi assim?

— A Flavia desabafou com o Ygor e ele me passou a história toda ontem, quando saímos do Cafuné. O próprio Otávio assumiu que deu uns tapas na Jeloma.

— Que idiota! Obrigado por ter me contado. – Abracei o Sodon e ele sorriu.

— Vou perder o meu amigo de saídas, mas voltarei a vê-lo feliz. Esse seu olhar triste não combina com você!

— Não sei se a Jeloma vai me entender. E ainda preciso saber o que farei com o Otávio.

— Vai com calma, o seu pai já está agindo.

— Manterei o silêncio aqui em casa, pelo menos por enquanto, mas não poderei deixar isso barato. O cara bateu na Jeloma. Enlouqueceu! Covarde! Como tem coragem de bater numa garota indefesa, que ainda por cima passou por tudo que sabemos? Inclusive ele também tinha conhecimento do sequestro. Ela não merecia uma outra maldade. E, agora, o que eu faço?

— Acho que precisa procurar a Jeloma e dizer como você é um idiota por não ter dado chance a ela de se explicar. – Escutei, concordando.

— Como esse Tavinho teve coragem de ser tão cafajeste?

Eu precisava procurar a Jeloma o mais rápido possível. Uma determinação invadiu a minha mente, como se eu tirasse um véu do meu pensamento. Minha mente transbordava de informações, meu lugar no mundo voltou a fazer todo o sentido. Eu só não sabia se a Jeloma me perdoaria por eu ter tido uma atitude tão infantil de não ouvi-la. Meu arrependimento doeu mais do que a porrada que tomara do Otávio e dos seus coleguinhas. Eu não tinha me enganado com a Jeloma e senti a órbita do meu mundo retomar o seu giro normal. Nunca fiquei tão feliz por ter sido idiota.

VINTE E UM

Mais um embate

Ela estava na minha mente, nos meus melhores pensamentos, naqueles secretos, nas palavras que falamos um para o outro, refletidas quando ninguém está por perto. Queria poder falar dos meus sonhos, porque ela cabia em todos eles, mas eu não sabia mais como iríamos nos reencontrar no mundo. Eu apenas desejava reparar o meu erro.

Agora eu sabia a verdade, os motivos, o que realmente tinha acontecido, e consegui ter ainda mais raiva do Otávio. As peças finalmente se encaixaram e a vergonha me dominou por não ter escutado a Jeloma e não dar a ela a chance de se explicar. Daquele momento em diante, passei a ser muito mais atento ao que estavam falando nas entrelinhas e não cortei as pessoas quando diziam que precisavam me dizer algo. Voltando no tempo, a Jeloma buscara várias brechas para me falar sobre o comportamento intolerável do Tavinho, mas eu simplesmente metia os pés pelas mãos, mudava de assunto e atrapalhava tudo.

Sodon foi embora e aproveitei que o Cadu estava na sala com a Lelê para telefonar para a Jeloma no quarto. Não sei se ela me atenderia, mas precisava começar a arrumar a confusão ao redor das nossas vidas.

— Cafa?

— Oi, Jeloma.

— Cafa? — repetiu ela para se certificar.

Estávamos visivelmente sem graça, como se tivéssemos perdido o jeito de nos tratarmos.

— Sou eu. Queria te ver. Posso? — Foi tudo que consegui dizer.

— Acho que já conversamos — disse ela com a voz embargada.

— Fui um idiota. Por favor, não faz o mesmo comigo. Quero essa oportunidade, mesmo não merecendo.

Silêncio na linha. Tanto tempo, que cheguei a imaginar que ela havia desligado.

— Acho melhor não — disse pausadamente, com a mágoa grudada em cada palavra.

— Por favor, preciso que me escute, depois, se não me quiser mais, entenderei, mas me deixa te encontrar.

Outro silêncio. Imaginei que fosse ouvir mais um não, mas a voz, ainda carregada de decepção, veio um pouco mais mansa.

— Tudo bem, vou descer e te esperar na portaria do prédio. — Um alívio tomou conta de mim ao ouvir aquilo.

— Em meia hora, estou aí.

Desliguei e corri para o chuveiro. Um pouco do meu ânimo voltara. Eu só queria ter a chance de dizer à Jeloma o quanto havia sentido a sua falta, o quanto a queria, e pedir perdão por não ter lhe dado a chance de falar. Me perguntei como podia ter acreditado na história da Jalma, quando certamente ela sabia que o Otávio havia batido na própria irmã. Conseguia ser amiga daquele crápula sem nenhuma culpa?

Cheguei ao prédio, lá estava a Jeloma parada, em pé, com um semblante sério, mas linda. O cabelo molhado, um vestido estampado e um chinelinho. Foi impossível não reparar no seu olhar de tristeza.

— Desculpa se demorei. — Não sabia bem o que dizer.

— Tudo bem. Tem uma sala de reunião aqui na área de lazer do condomínio, peguei a chave. Lá dentro podemos tomar um café. — A Jeloma de antes ainda estava ali? Ela parecia estar me atendendo em uma empresa. Enquanto acompanhava os seus passos, senti o meu coração acelerar.

— Claro, café está ótimo – concordei finalmente, depois de vários passos.

Entramos no elevador, a porta fechou e nos olhamos. Uma vontade grande de abraçá-la me fez grudar os braços no meu corpo. Não sabia o que dizer. Ela puxou conversa diante do incômodo silêncio.

— Eu te vi ontem naquele bar.

— Eu sei que você me viu – respondi, sem esquecer que aparecera acompanhada.

— Meu primo. – Jeloma pareceu ler o meu pensamento. – Fui ao Cafuné da Praia com o meu primo. Ele quer levar a esposa em uma viagem romântica e pediu a minha ajuda para organizar as cidades que vai visitar. Ele é sócio no Cafuné. Não é apenas a sua família que tem negócios aqui pelo Recreio – disse, quase autoritária.

— Tudo bem. Não pensei nada – menti, lógico.

— Chegamos. – A porta do elevador abriu e saímos andando por um corredor com as luzes acendendo, conforme nossos passos seguiam adiante. Mais à frente, a Jeloma parou, colocou a chave na porta e abriu. Entrou e se sentou num sofá que ficava logo depois de uma enorme mesa com cadeiras. Eu me sentei na poltrona próxima e ficamos congelados por alguns segundos.

— Desculpa. Fui um perfeito idiota. Ponto. Não sei se serve dizer que, em nenhum desses dias, deixei de pensar em você. Seu jeito, voz, risada, corpo, cheiro, tudo vinha na minha mente a cada minuto, me incomodando como um castigo. Fiquei baratinado, nunca vivi nada semelhante – disse, indo direto ao ponto.

— Olha… – ela tentou falar.

— Me deixa continuar, Jeloma. Não consigo entender como acreditei na sua irmã. Se você falou o meu nome para o Otávio, é porque tinha um motivo. Por que não pensei nisso? Eu não consigo acreditar que caí nessa lama. E muito menos que esse cara te bateu. Eu quero arrebentar a cara dele.

— Quem te contou?

— A Flavia comentou com o Ygor, que passou para o Sodon, e ele foi na minha casa hoje de manhã só para me contar.

— Eu não sabia que era você. Se soubesse, em nome de tudo que você fez por mim um dia, eu não teria dito. Ele poderia fazer o que quisesse, mas eu não falaria. Eu não tinha ideia de quem era Carlos.

— Que imbecil. Inacreditável isso tudo! Agora vou ouvir você. Preciso aprender a escutar mais. Não teríamos tido todo esse problema se eu fosse mais atento, ouvisse você quando tentou conversar.

— Ele me prendeu no carro, ficou me dando tapas na cara e só me deixou em paz depois que pegou o primeiro nome. A Flavia só tinha me dito Carlos. Não sei como chegou até você. Não tive saída, me desculpa.

— Eu sou o único Carlos que ela segue na rede social. Verifiquei. Não me peça desculpas, por favor. – Segurei o rosto da Jeloma, que derramou uma lágrima, destruindo de vez o meu coração. – Preciso que você perdoe a minha crueldade em não deixar você falar.

— Eu tentei explicar, mas também não tive coragem. Bastava apenas eu dizer "ele me bateu", mas estava envergonhada e com medo do que você poderia fazer.

Eu a olhei e senti o amor entre nós. Uma intensidade muito maior do que qualquer maldade alheia. Não sabia se ela poderia me perdoar e se gostava de mim da maneira como eu a desejava. Só de estar ali, eu me sentia mais tranquilo.

— Eu não te dei tempo de dizer, Jeloma.

— Eu achei que tive culpa. Poderia não ter dito nada.

— Fui um cara controlador das minhas histórias e vivi situações superficiais, e, para mim, tudo certo. Saía com as garotas, seguia a minha vida e tinha o controle remoto nas mãos. Eu mudava os canais, até que conheci você. Isso me assustou. Não deixar você falar foi a minha maneira infantil de me relacionar com todos esses sentimentos novos.

— Eu entendo você.

— Queria te pedir perdão por ter desconfiado de que você seria capaz de agir contra mim. Ainda mais com aquela gente estranha. Desculpa incluir a sua irmã nisso.

— Você pensou que eu era igual a Jalma…

— Pode ser, eu estava confuso. Você me perdoa?

Ela se aproximou de mim, ficou ajoelhada no chão, entre as minhas pernas.

– Não sei se sou capaz de fazer isso andar, gosto demais de você, mas terá que ter paciência. Voltei atrás alguns ponteiros das horas.

– Eu terei o tempo que precisar. Eu te amo, minha gatinha – disse, enquanto tirava parte do seu cabelo do rosto e beijava sua face, levando os meus lábios lentamente até sua boca. Demos um beijo intenso e profundo, que me fez sentir completo novamente, como diz no trecho da música "Hoje lembrei do teu amor", de Tiago Iorc: "Não há chance de apagar/ Deixa demorar/ Lembrar você é bom demais/ Vivemos tanta coisa, lembra?/ Tanto pra acertar/ O tempo pra curar/ A mágoa que ficou pra trás/ Valeu minha vida inteira…"

– Carlos Rafael… – Ela passou a mão no meu cabelo e foi como se raios de sol ultrapassassem pesadas nuvens e fizessem aquele espetáculo de imagens. Nos beijamos mais uma vez e mais e mais. Até que ficamos abraçados, calados, mais íntimos do que nunca.

Um celular tocou e continuamos a nos beijar. Impossível parar o que estávamos fazendo. O telefone tornou a tocar…

– Atende o seu telefone. – Tentei dizer enquanto as nossas línguas se encontravam.

– Depois – disse ela, respirando no meu ouvido, mas o aparelho parecia não aceitar a recusa e continuou tocando.

Jeloma me olhou, pediu um minuto e ficou de pé, caminhando pela sala. Não acreditava que estávamos nos beijando novamente e admirei a cena como espectador.

– Oi. Tudo bem? Como assim? Não acredito. Ah, não… – Alguém do outro lado da linha estava dando uma notícia ruim. – Olha, fica calma, estou indo para lá. Ficará tudo bem. – Me olhou e assenti com a cabeça. Não sabia o que estava acontecendo, mas ajudaria.

– Acho que não estou bem – disse ela, e eu me levantei, pensando na possibilidade de a Jeloma desmaiar. – A Flavia. Não quero te colocar em nenhuma furada, não posso fazer isso com você de novo.

– O que está acontecendo? – perguntei.

– O Otávio…

– Como assim? O que ele fez com a Flavia?

– Ela está em apuros. O Otávio fez algo, não sei maiores detalhes. – Jeloma carregava tensão a cada palavra.

Como eu sabia que atraía confusão, pensei em não ir, mas como deixar a Jeloma sozinha? Não podia me responsabilizar ao encontrar o namorado da Flavia. Não seria melhor chamar a polícia? Fiquei sem coragem de propor isso para a minha garota.

— Tudo bem, vou com você. Tem certeza de que quer ir até lá? — perguntei, já mandando mensagem para o meu irmão, avisando que estava com a Jeloma e, que, talvez, precisasse da ajuda dele. Daria tudo certo, repeti para mim.

Jeloma subiu no apartamento, trocou de roupa dele, colocou uma camiseta, calça jeans, tênis, e entrou no carro jogando a bolsa no banco traseiro.

— Então. — Jeloma foi direto ao ponto. — Minha amiga está nesse endereço. Otávio bateu nela. Precisamos tirá-la de lá.

— E ele?

— Saiu de casa. Quem está por dentro de tudo é uma outra amiga nossa. O covarde disse que voltaria de noite. Temos tempo.

Por que será que a fala da Jeloma não me convenceu?

— Você sabe o quanto é perigoso o que vamos fazer? Não seria melhor chamar a polícia? — consegui finalmente perguntar.

— Preciso que me leve até lá, depois me viro. E, sim, chamo a polícia. Preciso primeiro saber o estado da Flavia.

— Não é porque estou pedindo para chamar a polícia que sou fraco ou frouxo. Não fala no singular. Estou com você, estamos, no plural. — Me preocupava a nossa precipitação em não pedirmos ajuda, mas resolvi correr o risco.

Seguimos no carro, tentando pensar em como agir e no quanto precisava dar tudo certo na situação completamente fora do cotidiano. A amiga da Jeloma tinha sido levada para um apartamento na Salvador Allende. Não estávamos longe.

— Obrigada por vir — disse Jeloma, olhando pela janela ao longe.

Eu me calei. A gente mal tinha conversado, eu não sabia sequer o que ela estava sentindo depois do nosso reencontro.

— É naquele condomínio. — A voz da Jeloma se misturou com os meus pensamentos.

O céu estava claro, acompanhado de um calor forte, e pude reparar pássaros voando em uma térmica*, assim que fiz o retorno. Tentei me distrair, mas só conseguia prever problemas vindo na nossa direção. Não era pessimismo, mas parecia óbvio.

Chegamos à portaria para visitantes e precisei inventar uma desculpa para o porteiro: minha tia, perdi o celular, documento, urgência, namorada doente... Nem sei direito o que inventei, mas a Jeloma fez cara de "com certeza", e, com a presença de dois carros atrás da gente, o nosso semblante aparentemente inofensivo, o porteiro ligou para o apartamento, chamou, chamou, ninguém atendeu e acabou gesticulando com os braços, me mandando seguir com o carro.

– Acho que ele disse que o interfone está com problemas. – Jeloma traduziu a fala do porteiro e indicou a localização do bloco.

No elevador, ficamos pensando em como entrar para retirar a Flavia do ninho da cobra. As luzes do andar foram acesas e paramos em frente à porta. Nos olhamos. Eu não sabia como abrir uma porta sem chave, mas a Jeloma sorriu.

– O idiota do Otávio esconde a chave ali no extintor. A amiga da Flavia o viu fazendo isso algumas vezes. Para os amigos que querem aparecer e dormir quando o covarde não está. Esse apartamento não é a sua casa oficial. O mimado colocou esse lugar da família como espaço de farra.

Fiquei com pena da moça, imaginando o que poderiam estar fazendo com ela. Tentei não pensar. Se pudesse falar com todas as garotas do mundo, diria para não confiarem em todos os caras do mundo. Imaginei que o pior poderia estar escondido atrás daquela porta.

A chave realmente se encontrava no local indicado e abrimos com os nossos corações quase saindo pela boca.

– Flavia? Flavia? – Minha namorada foi falando e ninguém respondeu. Silêncio total no apartamento. Depois de alguns instantes, escutamos um barulho. Confesso que a situação não descia confortável pela garganta, mas a possibilidade de uma garota estar sofrendo por causa de um namorado monstro falava mais forte dentro de mim. Esquecemos até de chamar a polícia. Lembrei quando eu, o Cadu, a Kira, o Felipe e a Lelê seguimos firmes

---

* Termo usado por praticantes de esportes radicais como voo livre.

para salvar a Jeloma. Mais uma vez, a história do nosso passado surgia na memória. Ver a Jeloma agora forte, lutando pela vida de uma outra garota, me inspirava a permanecer firme.

Seguimos em direção ao barulho vindo de um dos quartos. Flavia estava em cima de uma cama. Machucada, principalmente em um dos olhos, no lado direito da face, a garota parecia paralisada, coberta por um lençol. Imediatamente o meu corpo travou com a imagem aterrorizante. Não consegui esquecer que eu havia ficado com a Flavia e que o Otávio havia me batido por causa dela. Quanta confusão! Não me lembrava muito dos detalhes do dia do nosso encontro, a minha vida pregressa explicaria os meus problemas de memória, entretanto, assim que a vi, senti um carinho como se estivesse encontrando uma amiga. Ela me reconheceu, mas pareceu completamente sem forças para qualquer comentário ou confirmação. Queríamos sair dali o mais rápido possível.

Puxei o lençol, e a coisa estava feia. A garota tinha hematomas pelo corpo todo e, desanimada, demonstrou que mal conseguia ficar sentada na cama. Conseguira, com muita dificuldade, bater a mão na mesinha de cabeceira nos alertando da sua presença. Precisávamos sair dali imediatamente.

Jeloma se abaixou, passou a mão na cabeça da amiga, que virou o rosto com dificuldade.

— Como alguém fez isso com você?

— Tudo dói, amiga, me tira desse lugar.

— Vamos, agora – decidi, determinado a tirar as duas garotas daquela roubada.

— Tudo que vivemos serve para a gente seguir ainda mais forte. Eu sei o que está sentindo, já estive no seu lugar. Confia em mim, como um dia eu confiei no Cafa. – Fiquei pensando no quanto, depois do sequestro, a Jeloma aprendera sobre a vida, sobre a necessidade de fazer pelo outro, e de como se reinventara dentro de uma tragédia da qual saíra viva. Mesmo assim, jamais esqueceria as lembranças dos dias ruins.

— Vamos, Jeloma. Temos um caminho até o carro – pedi, tocando no ombro da minha parceira de salvamento. Ela ficou de pé e se afastou para o lado, para que eu pudesse segurar a Flavia.

E foi ali, quando abaixei o meu corpo com os braços abertos, que escutei aquela voz e nós três nos olhamos.

— Ele voltou, o Otávio está na sala – disse Flavia, com a voz baixa e trêmula. Eu não tinha a menor ideia do que fazer, mas precisava agir urgentemente. – Ali naquele armário, a porta do meio vai dar em um banheiro. Vão!

Encarei Jeloma e a puxei, sentindo seus pés grudados no chão, parecendo reviver o seu próprio sequestro no momento errado. Abri a tal porta com receio de algum ruído, o que poderia denunciar a nossa presença, e sabe-se lá o que viria depois. Não tinha problema enfrentar o Otávio, mas eu precisava pensar, principalmente por estar preocupado com as duas garotas. A porta colaborou com a nossa necessidade, abriu e fechou sem nenhum problema, e entramos no banheiro praticamente vazio, tendo apenas uma escova de dentes, uma pasta e uma toalha pendurada. Andei devagar e levei a Jeloma para o boxe. Beijei a sua testa, pedi silêncio com o dedo indicador, retirei o volume do meu celular, e a Jeloma, que deixara a bolsa no estacionamento, respirou fundo.

Fui para o outro lado e fiquei em pé, pensando em como agir. Tive muita vontade de abrir a porta e espancar aquele cara, cobrindo-o de porrada e pegando-o na covardia como fizera comigo, mas fiquei preocupado com o que poderia acontecer. Jeloma me olhava com os olhos marejados, muito nervosa. Queria defender as duas de qualquer outra possível agressão e salvar a Flavia daquele idiota.

— Qual foi, Flavia? – A voz de Otávio estava muito próxima a mim, provavelmente parado na frente da cama.

— Oi. – Escutei a voz abalada da amiga da Jeloma.

— Que cara é essa? Olha aqui, já te expliquei que estou fazendo isso por nós. – Quando escutei aquele nós, senti nojo. Aquela voz. A mesma que me fazia tremer e lembrar do trágico dia em que eu apanhara. – Tem mulher que só aprende na dor.

Ele completou a frase, e senti um frio percorrer o meu corpo. Minhas costelas deram o alerta e queimaram dentro de mim. Otávio faria algum mal àquela garota.

— Otávio… – A voz desanimada da Flavia pedia piedade.

— Eu não vou repetir o que penso. – Mas repetiu. – Nós dois temos as nossas diferenças, sabemos como precisamos melhorar esse relacionamento e fazer funcionar. Pô, Flavia, eu te perdoei. Você acha que é fácil para mim?

Não, não é fácil. Meus amigos me chamaram de corno desde que você ficou com aquele babaca. Por que faço isso? Porque quero que a porcaria do nosso relacionamento funcione. – O babaca citado precisava agir. Me voltei para a Jeloma, abri as mãos e fiz sinal para que continuasse ali. Eu sairia, ela não. Ficasse ali até que eu a chamasse.

— Otávio… – Flavia repetiu sem ser ouvida.

— Cala a boca! – gritou.

Inacreditável que aquele cara estivesse falando isso para uma garota naquele estado, tão machucada… Concluí que Otávio pegara leve comigo. Só me dera uns socos na barriga, deformara o meu rosto, quebrara os meus dentes e costelas. Se ele fazia aquilo com quem alegava amar, o que faria comigo em uma segunda oportunidade?

Peguei o meu celular, enquanto o maluco refletia em voz alta sobre a vida amorosa, com a namorada sangrando em cima da cama, vi o meu irmão on-line e mandei uma mensagem:

Irmão, urgente!

Fala aí. Por onde anda? Estava aqui pensando em você… De qual ajuda você precisa?

Não tenho muito tempo. Chama a polícia e venha para a Avenida. Vou te mandar a minha localização exata.

Como é?

Estou no apartamento do Otávio. Décimo andar. 1005!

Tavinho???

De fofinho ele não tem nada. Vem logo.

Meu irmão mandou umas imagens do bonequinho chocado, pegou a minha localização e ficou off-line.

De repente, escutei um barulho, entendi que o Otávio estava sacodindo a Flavia pelos braços. Para piorar, reclamava da última vez em que ficaram juntos de verdade, da saudade de tocar o corpo da garota. O maluco queria fazer amor com uma mulher espancada? Eu teria que interromper aquela loucura.

Vi pela brecha mínima da porta que o cara tinha deitado na cama ao lado da moça e estava fazendo carinho no seu rosto. Doentio. Eu estava tentando ganhar tempo, mas não aceitaria que ele fizesse nada contra a Flavia.

— Não quero — disse ela, tentando impedir o que quer que fosse.

— Por favor, não vai ficar choramingando depois. Eu não gosto de ver você se lamentando. Fora que é nojento eu fazer tudo para o seu bem e você entrar nessa. A culpa é sua por essa situação.

— Otávio, por favor... Agora não. — Flavia já estava chorando.

— Sem "por favor". Já escutei muito "por favor" esses dias. Estou com saudades, e acabou. Que saco esse mi-mi-mi!

— Você é asqueroso — falei de impulso, abrindo a porta com vontade e ficando em pé, observador de uma cena impossível de deixar seguir adiante. Tinha chegado a hora de devolver com vontade as agressões dele.

— Que isso!? — Valeu a pena ver o pulo do canalha, finalmente um Tavinho, um Otávio pequeno de tão assustado, parecendo dar de cara com um fantasma. — O que você está fazendo aqui na minha casa, seu zé-ninguém?

— Te encontro mais uma vez, e qual a sua posição no jogo? Do covarde, do cara capaz de ferir alguém. Só que dessa vez, parabéns, conseguiu ser ainda mais otário do que quando me bateu. Está aí tirando onda com uma mulher? Você teve coragem de agredir a Flavia?

— Eu não acredito que você invadiu o meu apartamento. Como entrou aqui? Vou chamar a polícia. — Eu avisava que já tinha me encarregado disso? Melhor esperar...

— Dei meu jeito, mas quem deve explicações é você. Como foi capaz de fazer isso com essa garota? Fez aquela cena toda para cima de mim, me bateu com a ajuda de mais dois, alegando um amor maior, e cheguei a acreditar no seu enorme sofrimento por eu ter ficado com a sua namorada. Mas chego aqui e vejo você fazendo o quê? Ferindo a garota que você jura amar. Você é muito sem noção, Otávio. Caras de verdade não fazem mal a garotas, zé-mané.

— Você não sabe nada, cafajeste.

— Nem quero saber, estou vendo. Você é um desses caras tão rasos que, em pouco tempo, já deu para entender a sua vida toda.

— Cafa, por favor. — A voz frágil da Flavia tentava nos frear. Jeloma permanecia escondida, o que eu achava ótimo, porque não tinha ideia do que poderia acontecer. Eu sabia que o meu irmão estava chegando, o que aliviava a tensão dentro de mim. Em algum momento, o Cadu surgiria com a polícia.

— Fica calma, Flavia. Vai dar tudo certo.

— Para quem? Tudo certo? O correto para você não é para mim! Mais uma vez, você veio atrás da minha mulher. Vocês dois continuam juntos?

— Olha aqui, Otávio, mal te conheço e de repente virei o seu inimigo maior. Eu nunca te fiz nada. Quando eu fiquei com a Flavia, ela já era a sua ex… ou queria muito ser. Eu não tinha ideia da sua existência.

— Mas ela sabia que eu existia. Essa mulher nunca deixou de ser minha — disse, cheio de autoridade.

— Aprende a ser homem, cara, assume os seus erros, descobre como tratar bem uma mulher.

— Como é que é? Você está dizendo que não sou homem?

— Nunca foi — respondi seco, com a certeza de ter apertado o botão de um vulcão.

Otávio veio na minha direção, como se fosse uma cena de filme, berrando e acelerado. Me empurrou na porta do armário, o que achei bom porque fechamos a porta e a Jeloma me pareceu mais protegida. Flavia gritava com o resto de energia que parecia ter. Dei um soco em Otávio e ele levantou visivelmente atordoado.

— E aí, vai arregar? Vai fugir? Agora só estamos eu e você. Vambora! Não queria acabar comigo? Agora vem, somos só nós dois. Não tem coleguinha por perto. — Berrei com vontade.

Otávio ficou de pé e eu parei na porta, imaginando que o melhor seria atraí-lo para a sala, deixando as garotas protegidas no quarto.

— Ah, agora está valentão, cafajeste? Você não é ninguém sem o irmãozinho gêmeo e a turminha. Eu investiguei quem era o tal Carlos, pegador de namorada alheia. Soube que você estaria sem o Caduzinho, vasculhei a sua vida, pesquisei… foi tudo armado pra te caçar, otário. — Fiquei me perguntando como ele soubera tanto de mim, e ele mesmo tratou de responder. — A Jalma tem nojo de você e me avisou. Quem manda ficar contando a vida em rede social, combinando saída com os amigos na foto que postou? E agora você querendo dar de bom moço pra cima da Jeloma?

— Verme! Não teve coragem de me encarar sozinho e precisou da ajuda de uma garota problemática para armar um plano ridículo com dois perdidos. — Fiquei com medo da Jeloma surgir, querendo saber mais das atitudes da irmã, mas ela permaneceu onde estava. Devia estar escutando os meus apelos mentais.

— Você não foi convidado para a festa de hoje, Carlos Rafael.

— Flavia, fecha a porta do quarto! – gritei.

— Olho para você e só consigo rir. Perdeu dente, quebrou costela, ficou com a cara arrebentada e os coleguinhas foram consolar. Tadinho… Entendeu quem manda? – Ao ouvir isso, me lembrei do sonho da Kira, me vendo ao lado da Jeloma e uma nuvem densa e cheia de raios.

— Manda onde? Eu vou te mostrar quem manda. – Não sei de onde tirei forças, mas senti o meu braço duplicar de tamanho e parti na direção do Otávio, sem pena. Primeiro dei um soco no meio da cara dele, que imediatamente fez o nariz sangrar. Depois outro na barriga, devolvendo a dor na costela que ele tinha me causado. Eu odiava violência, sou totalmente contra qualquer tipo de agressão, mas com aquele cara discursos de inteligência emocional não adiantavam.

Otávio me devolveu o soco, batendo novamente na minha costela, e a dor foi alucinante. Ele deve ter ficado feliz porque dei passos para trás e pareci ter voltado no tempo com as dores conhecidas. Novamente parti na direção dele e, quando fui bater no seu rosto, ele me puxou e ficamos em um abraço inimigo, o que me dava muito nojo por tanta proximidade com um cara tão infame. Mais uma vez, consegui me fortalecer e dei outro murro, dessa vez na lateral do seu tronco. Vi que ficou meio sem forças, mas tentou manter a pose. Quando achei que era hora de empurrá-lo no chão, senti aquele barulho violento e algo passando ao meu lado. Foi tudo muito rápido. Jeloma tinha saído do banheiro, pegara uma cadeira e arrebentara na cabeça do covarde. Eu só tive tempo de cair no chão, colocar a mão na costela com a esperança de sentir um pouco menos de dor.

— Como você está? – Jeloma veio desesperada na minha direção.

— Pega meu celular no bolso. – Ela me deu o celular e eu liguei imediatamente para o Cadu, que já estava no prédio. Pedi para subirem rápido, enquanto o Otávio permanecia apagado. Jeloma levava jeito para dar cadeiradas na cabeça alheia. – Eu estou bem. Ele acertou no mesmo lugar de antes, a mesma dor, mas acabou.

— Esse cara é um idiota. – Jeloma começou a chorar.

Ela me beijou, e foi o único minuto que valeu naquele apartamento. Eu não estava bem fisicamente, mas muito melhor por ter salvo a vida de uma garota e ter a Jeloma novamente do meu lado. Mas… o problema…

não tinha... acabado. Quando eu e a Jeloma nos distraímos... Tavinho acordou... pegou um enfeite em cima do rack da TV e jogou na minha direção. Ele estava zonzo, mirou errado, mas quando vi a cabeça da Jeloma, com os seus olhos arregalados, ela sangrava muito. Me joguei em cima do Tavinho e perdi o controle, dando socos no rosto dele. Eu teria feito algo pior se a polícia não tivesse chegado junto com o Cadu.

A polícia demorou a entender quem havia cometido crime, mas quando me olharam e perceberam a semelhança com o Cadu, foram para cima do Tavinho e o seguraram. Finalmente o canalha estava preso. Teria muito a dizer na delegacia. Voltei a atenção para o lado, sem acreditar na Jeloma desmaiada. Eu só a queria de volta. Nossa história não podia ser interrompida de jeito nenhum, ainda tínhamos tanto para viver. Segunda vez que eu a via machucada em uma cena que envolvia violência. Só que agora eu tinha uma certeza: queria dar o mundo mais bonito que encontrara para a minha gatinha.

VINTE E DOIS

Não posso perdê-la

*É óbvio que essa história de príncipe não existe. Eu não posso dar
garantias de chegar num cavalo branco, quando me vejo como humano
e cheio de defeitos. Talvez o grande problema seja idealizar.
Ninguém é perfeito num relacionamento. Procure alguém
que não queira uma vida covarde, que te respeite e te faça feliz
sem dominação. E se os olhos de vocês se emocionarem toda vez
que se encontrarem, aí vale a pena.*

Não posso negar que ter visto o Tavinho sentado no carro da polícia, algemado, me deu uma esperança de que a impunidade não é eterna e o culpado em algum momento pagará, mesmo que depois o canalha seja solto. Esperei por esse dia e ele, finalmente, chegou. Se ele achava que nada aconteceria por ter me batido, agora estava enrolado. Tinha feito cárcere privado com a namorada, agressão contra três pessoas e mais um monte de ocorrências das quais certamente, dessa vez, não escaparia. Senti um alívio por ter colaborado com a justiça e logo me lembrei do meu pai. Sabia que jamais esqueceria aquela imagem do Tavinho sonolento, depois da cadeirada na cabeça, me observando com ódio, mas tive certeza de que pagaria por tantas barbaridades. A maldade perdera, enfim, o espaço que ganhara nos últimos dias na minha vida.

Meu irmão ajudou a organizar aquela situação e cuidamos para que a Flavia e a Jeloma fossem levadas pela ambulância. Flavia ainda teve tempo de virar o rosto e me falar algo que não entendi bem. Eu estava em pânico. O criminoso havia jogado um objeto, duro como uma pedra, na direção da Jeloma, e ela continuava apagada. A situação não me pareceu nada boa. Chamei várias vezes seu nome, e nada. O médico deu sinal de que seria melhor ir embora logo, e só me restou sentar na calçada e chorar como nunca antes na vida. Chorei muito, chorei demais. Eu estava vendo a Jeloma ir embora de mãos dadas com a nossa felicidade.

Os vizinhos foram chegando, tentando obter informações, e reparei o incômodo de algumas pessoas ao saberem da ocorrência. Como aceitar que você está morando ao lado de uma garota presa por um namorado inconsequente?

Fui convidado a verificar a minha saúde no hospital e jurei estar tudo bem. O que doía em mim não envolvia o físico. Cadu me convencera a ouvir as indicações dos profissionais e seguir para uma checagem. Minha costela incomodava, mas nada grave.

— Um lugar recentemente machucado voltou a ser atacado. Um pouco de repouso, uma medicação e tudo bem ficará — decretou o médico, como se conversasse sozinho, parecendo falar da minha vida sentimental.

Flavia tinha sofrido bastante na mão do namorado, a Jeloma tinha sido atacada na cabeça e eu repetira o ocorrido daquele dia para médicos, polícia e os pais da Flavia, que a procuravam desesperados havia três dias, tendo feito, inclusive, um boletim de ocorrência na delegacia sobre o desaparecimento da filha. O olhar da mãe da moça ao saber as notícias ficaria em mim por muito tempo. Uma mistura de dor, incapacidade, revolta e medo. Como um homem agia daquela maneira com alguém tão frágil com quem tinha um relacionamento? E o criminoso chegara a visitar a família, demonstrando preocupação com o desaparecimento da namorada. Que tipo de pessoa faz isso? Eu me sentia estranho em imaginar quantas mulheres passavam por situações semelhantes todos os dias. Em que momento haviam aberto a porta para seus algozes? Quando passaram a confiar naquele que se tornaria um monstro da sua novela íntima? Apesar de muito arriscado, eu conseguia entender as atitudes da Jeloma em querer ajudar essas garotas.

— Você escutou o que a Flavia te disse antes de entrar na ambulância?

— Não, eu estava meio fora de mim ali.

— Que, quando ficou com você, tinha terminado com o Otávio.

— Eu já sabia disso. Honestamente? Mesmo que ela tivesse traído o namorado... Ninguém se torna merecedora de uma agressão quando decide não namorar mais outra pessoa. Quis me dar uma explicação sem necessidade alguma. O culpado é o Otávio.

— Então ela terminou com o Otávio, ficou com você, ele insistiu e, pelo jeito, ela reatou. Deve ter acreditado em dias melhores. – Meu irmão tentava entender o quadro desolador.

— Ou seja, o cara me bateu e agrediu a garota quando ela nem estava mais com ele.

— Todos os dias garotas são assassinadas por esses motivos. É louco isso. Perdoam os namorados agressores, acham que eles podem mudar, chegam a pedir desculpas para esses caras, continuam suas relações doentes e depois sofrem nas mãos dos canalhas. – Poucas vezes, vi o meu irmão falando tão sério.

Ficamos sentados em cadeiras no corredor do hospital, olhando para a parede. Nossos corpos desalinhados, os pensamentos acelerados e um sentimento de impotência. Mais duas garotas da vida real haviam sido atingidas pela violência.

Kira e Felipe chegaram cheios de perguntas. Pedi a Cadu para não comentar nada com os nossos pais. Eu chegaria em casa com calma, sentaria para falar com o meu coroa, dando certeza de estar bem antes de relatar a ocorrência. De nada adiantou o meu apelo para o meu irmão, um dos policiais do resgate conhecia o meu pai das audiências no Fórum, talvez pelo sobrenome tenha me identificado, e, quando vi, o seu Marcondez estava em pé no corredor do hospital, querendo saber tudo, demonstrando todas as preocupações possíveis de um pai e me prometendo o que ele melhor sabia fazer, justiça.

— Esse rapaz já havia passado dos limites, agora ele perdeu todo o senso. A justiça cuidará dele, e não será somente através de nós. O pai da Flavia e o da Jeloma vão comigo à delegacia, e podem ter certeza de que faremos o impossível para que ele pague de maneira exemplar. Sinto muito pelo pai do Otávio. O doutor Alexandre Laçoluy elogiou muito o pai desse filho perdido. Uma pena para a família, mas vamos agir.

Se o Otávio me imaginava como seu inimigo, ainda não conhecia o meu pai, o da Flavia e o da Jeloma juntos.

A minha costela doía demais, a cabeça estava zonza, sentia vontade de vomitar, mas eu só conseguia me preocupar com a Jeloma e mantive a pose na frente das pessoas. Os pais da Jeloma surgiram, acelerados, queriam ver a filha, e foi tudo muito rápido, sem chance de grandes apresentações da minha parte.

Poucos minutos depois, fui liberado para voltar para casa, e não concordei. Ficaria no corredor, esperando até a Jeloma acordar. Fui praticamente arrastado pelos meus irmãos para ir para casa e repousar. Pedi que o Felipe ficasse um pouco mais para saber o que os médicos diriam sobre o estado de saúde das garotas. A mãe da Jeloma era cópia dela, ainda teve tempo de voltar no corredor e agradecer por tudo que eu fizera. Não consegui falar nada. Apenas aceitei o abraço forte e parti.

No meio de tanta confusão, eu precisava encarar a minha mãe. Para minha total surpresa, dona Claudia me recebeu com um abraço forte, nenhum falatório e disse apenas:

— Ainda bem que está aqui, não sei viver sem vocês três. — Foi impossível não notar seus olhos lacrimejantes.

— Eu estou bem. Minha preocupação é a Jeloma. Ela não merecia sofrer um segundo ataque na vida — falei com a voz embargada.

— Seu filho foi um herói tirando a Flavia de lá — disse Cadu, imaginando o que passei. Certamente, faria o mesmo no meu lugar.

— Levem o seu irmão até o quarto e cuidem dele. Vou ao restaurante acompanhar uma entrega de produtos e volto logo. Tem comidinha na geladeira, preparem para o Carlos Rafael.

— Estou bem, mãe — falei para não causar mais preocupações.

— Pode deixar. Vamos cuidar dele. — Kira sabia que eu precisava de uma força.

Eu, o Cadu e a Kira seguimos para o quarto. Não estava com sono, mas precisava repousar. Não estava com fome, mas sabia que tinha que comer algo. Só conseguia pensar na Jeloma.

— Nossa… que loucura. Sonhei com você e a Jeloma em apuros…
— disse Kira, reflexiva.

— Seus sonhos continuam acontecendo… – confirmou Cadu.

— Nunca saberemos os motivos. Olhar a Flavia daquele jeito me fez lembrar da Jeloma. Ela passou tantos dias sozinha, presa naquele lugar fétido. No seu interior, apesar de saber como estava isolada, tinha certeza de que alguém a tiraria de lá. Em nenhum momento achou que morreria. Acho que a Flavia sentiu o mesmo – comentei intrigado. Silêncio. Não sabíamos bem o que dizer.

— A força dessas garotas é admirável – elogiou Cadu.

— Eu fico bem chateado quando sou injusto. E não fui apenas com a Jeloma, mas com o nosso relacionamento.

— Olha, você acreditou na Jalma, porque aquela garota não presta no grau máximo. – Minha irmã tentava me tranquilizar.

— Eu queria poder ter sido mais sensível e entendido que havia algo errado naquela história. Estava na cara! E agora, preciso que ela fique boa. Nada pode acontecer – falei, lembrando que, quando soube que a Jeloma tinha sido machucada pelo Otávio, percebi como eu tinha vacilado e que o imbecil não merecia nenhum respeito. Também entendi como gostava daquela garota.

— Ela está sendo cuidada e você também precisa se cuidar. Amanhã vamos acordar com notícias melhores. – Meu irmão queria me acalmar, mas seria difícil.

Não sei como a conversa acabou, porque eu simplesmente apaguei sem comer nada.

No dia seguinte, levantei decidido a buscar notícias da Jeloma, para saber como eu estava depois do ataque sofrido. Cadu ficou preocupado. Eu não me achava em condições de voltar ao hospital. Me entregou um copo com água e um comprimido para dor, que não dei atenção, mas precisava tomar nos próximos dias. Será que curaria a erupção dentro de mim? Me deixaria calmo? Por que um cientista ainda não tinha inventado um bom remédio para sofrimento, a ser tomado de seis em seis horas?

— Olha, vou te levar ao hospital, porque você não está legal – disse ele.

— Não conta para ninguém, mas estou me sentindo meio zonzo. Pode ser tensão.

— Beleza, você visita a sua gata e eu te carrego depois para uma consulta.

No caminho, comprei flores. Não sabia bem o que dizer, juro que tentei pensar em algo, mas ensaiar um discurso pareceu pior. A gente mal tinha feito as pazes, eu fora tão duro com a Jeloma. Eu queria dizer tanta coisa, me desculpar mais uma vez, falar do quanto sentira a sua falta, do orgulho por ela ser tão corajosa.

Eu queria encontrar o mais rápido possível a minha namorada.

Assim que chegamos ao hospital, Cadu imaginou a possibilidade de a Jalma estar lá, e foi exatamente quem encontramos no corredor. Na entrada do quarto da Jeloma, usando salto alto, um vestido curto, batom vermelho e os cabelos arrumados como se estivesse pronta para uma festa. Jalma cruzou os braços no instante em que me viu. Muito louca! Imediatamente pensei como poderia haver tanta maldade naquela garota. Ela se tornara uma lição viva de como erramos quando julgamos as pessoas pela aparência. O que cada um guarda dentro de si não reflete a sua imagem exterior. Muitos equívocos ficam pelo meio do caminho.

— O que vocês estão fazendo aqui? Vieram visitar a *desmaiadinha*? Só acordou essa manhã. Estava com suspeita de ter um líquido na cabeça, mas foi só drama mesmo. Jeloma nasceu dramática! — Jalma mandou na lata quando me viu com o Cadu.

— A gente veio para a mesma festa que você — respondeu Cadu, apontando para a roupa da minha cunhada. Eu não aguentei e comecei a rir.

— O que você está fazendo aqui? — Devolvi a pergunta como resposta.

— Como assim?

— Jalma, você teve coragem de me procurar para denunciar a sua própria irmã. Na verdade, a Jeloma contou com quem a Flavia tinha ficado porque aquele idiota bateu nela. Bateu! E foi você que incentivou toda a confusão. Tem ideia de quantos Carlos moram na Barra da Tijuca, no Recreio dos Bandeirantes? Você confirmou para o Tavinho que eu era o misterioso Carlos. Você ainda conseguiu descobrir onde eu estaria, para o seu amigo aparecer acompanhado de dois caras e se achar no direito de me meter porrada. Eu nunca soube que a Flavia tinha namorado.

— Do que você está falando? — perguntou, se fazendo de desentendida.

— Você me procurou para dizer que a sua irmã tinha contado ao Otávio sobre eu ter ficado com a Flavia. Você é ridícula!

— Tá, e daí? Eu fiz isso para proteger a Jeloma, que não sabe se defender de pessoas como você – respondeu, confirmando o caráter duvidoso.

— O seu amiguinho vai morar onde merece: na cadeia.

— Isso é questão de tempo, porque ele é rico, e gente com poder não fica na cadeia.

— Você tem lido os jornais? Tem muito rico ficando na prisão. Criminoso é criminoso, e pode ter certeza de que vai ter gente acompanhando pessoalmente a situação do Otávio.

— Minha irmã te traiu, garoto. Ela não falou a verdade, como sempre faz na vida, e eu que vou pagar?

— Sai da minha frente, Jalma. Só quero te falar uma coisa: fica longe de mim e da Jeloma. Não vou ter problema em dar depoimento na delegacia, te colocando nessa confusão com esse criminoso.

Passei por ela, que se meteu na minha frente, esbarrou no meu ombro e vi que se segurou na parede para não cair, porque perdeu o equilíbrio. Cadu a ajudou, e segui sem olhar novamente para a pior cunhada de todas.

Abri a porta do quarto, entrando com toda a delicadeza possível. Meu irmão avisou que ficaria do lado de fora, não queria atrapalhar.

Uma pequena luz na parede iluminava o rosto da minha garota. Jeloma estava dormindo. Linda, com os cabelos suaves caindo em cima da roupa de hospital. Me aproximei bem devagar, com um sentimento de remorso enorme. Como me deixei ser envenenado por aquela outra? Como pude duvidar da Jeloma? Eu seguia inconformado.

Admirei a imagem da Jeloma, dormindo naquela cama de hospital, por alguns instantes. Eu pedi que ficasse tudo bem e pudéssemos continuar vivendo o relacionamento tão transformador para mim. Jeloma percebeu a minha presença e abriu os olhos vagarosamente. Ainda parecia um pouco sonolenta.

— Oi. Tão bom estar aqui ao seu lado. – Sorri meio sem graça.

— Oi. Que horas são? – A voz da Jeloma estava fragilizada.

— Cedo. Deve ser umas dez horas. Não estamos no horário de visita, mas ser um futuro médico me ajudou. Tenho amigos nesse hospital, e autorizaram a minha entrada – disse, preocupado com o seu estado introspectivo.

— Está tudo bem com você? E a Flavia? – perguntou ela, segurando a minha mão.

— Sim, sim. Sua amiga ficará bem. Quanto a mim, acho que me acostumei a viver aventuras com você. E a sua cabeça?

— Desculpa. – Ela pediu desculpas primeiro do que eu.

— Por favor. Nem brinca em pedir desculpas de novo. – Coloquei as flores no seu colo.

— Eu devo, porque te coloquei nessa confusão. Minha cabeça parece estar bem.

— Eu não acreditei em você quando a doida da sua irmã veio me envenenar. Deveria ter virado as costas. Ninguém está devendo nada para ninguém. – Meu arrependimento demoraria a passar.

— Eu adoro você! – disse ela e sorriu.

— Eu não aceito o Otávio ter batido em você para conseguir o meu nome e ter coragem de bater na própria namorada. Esse cara é tão covarde, eu viro bom moço perto dele... Quando o Otávio te atacou no apartamento e pensei na possibilidade de algo acontecer com você, perdi o chão.

— Você é um bom moço.

— Ah, acho que não. Mas estou tentando.

Rimos.

— Obrigada por ter me salvado e pelas flores. Já é a segunda vez nas nossas vidas. Sobre a minha irmã, não sei o que pensar. Ela não poderia ter feito o que fez. A única certeza que tenho é de que ela não se meterá mais comigo. – O mais louco foi saber que os pais da Jeloma confiavam na Jalma para cuidar da irmã no hospital. Depois eu soube que a irmã doida estava do lado de fora do quarto porque a minha garota preferida não a aceitava lá dentro.

— Não? O que você fará para afastar a sua irmã? – perguntei.

— Eu encontrei um moço e ele vai me proteger dela. Ai, está doendo – disse, passando a mão na cabeça.

— Com certeza vou te proteger. Fica quietinha para se restabelecer logo, mas antes preciso te contar algo, mas não conte para ninguém: na verdade, eu não sei me defender da sua irmã.

— Juntos, acho que conseguiremos. – Combinou comigo.

— Bom te escutar falando assim, Jeloma. Estava com tanta saudade.

— Achei que tinha perdido você quando não quis me ouvir, Cafa.

— Fui um idiota – falei, desejando beijá-la.

Jeloma pegou a minha mão e a colocou em cima do seu coração. Consegui sentir seus batimentos acelerados e percebi a energia nos envolvendo.

— Quando o Otávio me empurrou e apaguei, lembro que achei que ele te mataria.

— Nada, sou um gato, tenho sete vidas. — Rimos. — Estou brincando. Ele só me pegou da outra vez porque foi covarde, me atacou acompanhado dos amiguinhos. Dessa vez, foi diferente. Mas fiquei revoltado por ele ter te atacado. Obrigado por ter me ajudado com aquela cadeira.

— Não lembro de nada — disse ela, passando a mão na cabeça outra vez.

— Você deu uma cadeirada no criminoso. Eu sou louco por você, Jeloma. Por você! Tudo! Seu cheiro, toque, sorriso, voz...

— Não me deixa mais ir embora? — perguntou ela.

— Claro que não. Estou perdido aí no seu coração, mocinha — respondi, honesto. — Se você for, não saberei mais como será. Fica comigo.

Nos olhamos. Sabíamos o que tínhamos vivido. Agora havia chegado a hora de sonhar com o futuro.

VINTE E TRÊS

Novo mundo

Por que algumas pessoas acreditam no amor e outras não? Por que umas vivem a dois de maneira tão grandiosa e outras passam pela vida sem encontrar o seu grande amor? Será que acontece para quem realmente acredita e está disposto a viver esse mergulho único e tão transformador? Ou as pessoas são escolhidas e estão predestinadas a sentir esse coração acelerado? Seja como for, só não podemos nos esquecer do amor-próprio. Você pode não ter ninguém, mas precisa amar a si mesmo.

Aquele dia chegou. Um dia muito especial que me fez acordar animado, emocionado, mas cheio de lembranças na cabeça. Minha irmã e o meu cunhado tinham finalmente organizado a festa para comemorar a vida dele, já que um ano antes quase morrera, e acabamos combinando de comemorar a vida da Jeloma, pelo mesmo motivo. E agora, mais do que nunca, a minha vida e a da Flavia também. Junto com toda a festa, a inauguração do Enxurrada Delícia. As obras, enfim, acabaram e o restaurante ficou lindíssimo.

Estávamos imensamente gratos porque a história do segundo episódio de "Sonhei que Amava Você", assim estamos brincando de chamar o nosso último drama, acabara bem.

Junto com toda essa comemoração, o Felipe decidiu surpreender a Kira e lhe entregaria um anel de noivado, pedindo-a em casamento. Eles pensavam nesse noivado para uma data futura, mas o meu cunhado decidiu antecipar os planos, para pegar a minha irmã de surpresa. Meus pais também nada sabiam, mas o Cadu criou a desculpa perfeita, com a reinauguração do Enxurrada e a comemoração por estarmos salvos depois de tantos riscos.

Felipe resolveu tudo, combinando com a galera da cozinha do restaurante a preparação dos canapés, uma massa que os noivos amavam com molho de tomate e queijo, providenciou um bolo, discurso e decoração. Eu não estava acreditando na possibilidade de a Kira se casar, algo surreal para a minha cabeça. Há pouco tempo, minha irmã mais nova me pedia colo, e agora, adulta, mulher de negócios e ainda por cima com um futuro marido. Para a nossa sorte, o Felipe a amava demais. Eu estava orgulhoso dos dois e fiquei imaginando como a Kira ficaria emocionada ao ser pedida em casamento. Meio patético dizer, mas, somente naquele momento, compreendi o que aquele casal tão amado sentia e me inspirei com planos semelhantes para mim. Quem diria... Nunca diga nunca.

Desci, assim que acordei, para dar uma caminhada na praia. Jeloma estava na muita mente e eu respirava aliviado por estar tudo bem com ela. Sorri assim que vi o mar, pensando nas mudanças da minha vida. A areia clara e a vegetação davam o aviso de que eu morava próximo do paraíso. Geraldinho chegou animado, perguntando se queria a água de coco de sempre. Fiz um sim ofegante pela caminhada e fiquei ali, com a cabeça levemente abaixada, sentindo gotas de suor caírem do meu corpo. Passei a mão no cabelo completamente molhado, agradecendo a minha saúde, quando senti alguém atrás de mim.

— Te achei. — Virei a cabeça e vi aquelas pernas torneadas, lindas e brilhantes. Aquelas pernas não. Jalma. Beleza imediata e um problema andante.

— O que você quer? — perguntei, e reparei na levantada de sobrancelha do meu brother Geraldinho com o coco na mão.

— O que você acha? Ficar com você de novo é que não é.

— Ah, Jalma, a gente não tem assunto para conversar. Não te devo explicações.

— Você está pegando a minha irmã, certo? Vai usar e jogar fora aquela idiota?

— O que você sabe de mim? — Eu já não tinha mais vontade de argumentar nada. Quando chegamos nesse nível com alguém…

— O Recreio todo sabe quem é quem. E por isso eu quero que você se afaste da minha irmã, porque, honestamente… pensa comigo, você acha mesmo? — Enquanto a Jalma falava sem parar, eu pensava na Jeloma. Seu sorriso doce, sua maneira de passar a mão no cabelo, o mistério que se apresentava dentro de uma simplicidade atraente. Jeloma não saía da minha cabeça. Jalma me deixava tão animado quanto um bocejo.

— Agradeço os elogios, mas a sua opinião não mexe comigo e não preciso falar para você sobre as minhas intenções com a sua irmã.

— Intenções? Isso não precisa dizer. Vai comer e jogar fora como faz com várias. Para mim, o máximo que você chega é a Peter Pan, o garoto que não quer crescer.

Geraldinho se aproximou, meio sem saber como agir, e me entregou o coco. Olhei para ele com um semblante tranquilo, dando a entender que não se preocupasse. Ele deu um meio sorriso e saiu.

— Jalma, nada, nada do que falar, irá mudar os meus pensamentos.

— Não estou aqui como alguém que erradamente se envolveu com você, mas realmente preocupada com a minha irmã.

— Não precisa, cuidarei dela. — Quando disse isso, achei ter visto a Jalma cambalear. Somente uma sensação, ela ainda estava ali impávida, com toda a sua fúria, revoltada porque a irmã se envolvera com um cara que imaginara ser dela em algum momento. No fundo, a irmã doida competia com a Jeloma o tempo todo.

— Eu já escutei histórias horrorosas sobre você. — Só consegui pensar no Otávio quando ela disse isso. Os dois caminhando juntos, conversando sobre a minha pessoa. Tomei um gole da água de coco, demonstrei uma calma verdadeira, o que irritou a Jalma.

— E a Fabi? — perguntou sobre a garota que eu ficara depois que nos distanciamos. Eu me culpava por não ter sido o cara certo, por ter vacilado com uma garota tão legal. Levaria comigo aquela culpa, afinal nem tudo na nossa vida conseguimos resolver. Muitas vezes, o tempo se encarrega de levar embora. Nesse caso, assim seria. Jalma sabia que falar na Fabi incomodava e resolveu trazer de volta a imagem de alguém que merecia o meu total respeito.

— Você precisa de uma medicação. Tem um remédio ótimo: vergonha na cara. Você pode tomar de oito em oito horas – recomendei, querendo encerrar a conversa.

— Ah, não torra. Você nada sabe de mim.

— Nem quero.

— Já fui uma idiota igual a Jeloma, mas a vida real me ensinou a ser uma garota de verdade e não cair na rede de caras como você. Se afaste da minha irmã. Não posso dar garantias de que ficará tudo bem caso continuem juntos.

— Ameaça? Uau! Bacana para quem está aqui se fazendo de boa moça, defendendo a irmã. A parte boa? Não dou a mínima para você. Eu não lembro que ficamos ou que a Jeloma tem uma irmã vazia. Você não faz parte das nossas vidas.

— "Essa moça não bate muito bem…" – Fui embora da praia com essa fala de Geraldinho na cabeça.

Jalma não entendia a minha mudança. Caso me contassem, eu também duvidaria. Enquanto caminhava para casa, pensei em tantas garotas feridas porque um cara não quer ficar com elas, quando isso não significa a pessoa não valer a pena. Eu adoraria ter curtido a Fabi, uma pessoa especial. Tenho certeza, ela ganhou muito quando me perdeu. Eu não a mereci e não a faria feliz. As garotas do mundo deveriam saber que o amor-próprio precisa falar mais alto em todas as situações. Deveriam se lembrar de quem são quando estivessem acompanhadas, não deixando para trás uma vida inteira por ninguém. Você veio de algum lugar quando conheceu aquele cara que não está te dando a mínima. Quando um homem quer, ele liga. Porque é irresistível não escutar aquela voz e não tentar sair novamente. Desculpas são apenas desculpas. A maneira que ele encontra para te colocar em banho-maria ou não te ferir, quando, na verdade, está fazendo isso em dobro.

Entrei em casa sem acreditar que aquela louca tinha me procurado mais uma vez. Minha cunhada. Estava bem de irmã de namorada. Eu disse namorada? Disse. Ainda não dissera namorada com tanta ênfase. Guardei aquele acontecimento para mim. Quase um milagre! Já o encontro com Jalma, eu precisava comentar com o Cadu. Assim que escutou detalhes do bate-boca, o meu irmão colocou a cabeça para trás, demonstrando falta de paciência.

— O que você vai fazer?

— Arrumei uma doida para chamar de minha malvada favorita. O que eu posso fazer?

— Precisa falar com a Jeloma.

— Cadu, não acho que a Jeloma esteja preocupada com a irmã. Outro dia, ouvi uma conversa das duas ao telefone, fiquei impressionado como mandou várias na cara da Jalma.

— Menos mal que não deixa a doida montar.

— Gata, irmão, mas não adianta aquele corpão todo, o cérebro não ajuda. Quando abre a boca…

— Complicado. Vem cá, mudando de assunto. Que papo foi esse de que a Lelê pegou você e a Jeloma juntos e achou que fosse eu?

— A possibilidade do namorado dela com outra a fez berrar com o gêmeo errado. Sua mulher teve um ataque nesse quarto. Sabe surto? Anda na linha, hein!? – Falei brincando, mas no fundo sabia que o meu irmão tinha uma namorada do bem, com uma índole muito positiva e raramente saía do sério.

— Ela me contou bastante sem graça ontem. Amo essa garota. Ela tem que parar de bobagem. Eu sou parado na dela. – Meu irmão levou a história da melhor maneira. Aliás, ele e a Lelê não tinham estresse. Eu sempre fora o único com a vida sentimental bagunçada.

— Ah, o amor… – falei, irônico.

— Pelo jeito não sou o único apaixonado por aqui. Acho que alguém acordou com o coração batendo forte por esses dias – devolveu o Cadu.

Sorri. Talvez fosse isso. Acordei um dia completamente apaixonado pela Jeloma, como jamais imaginei acontecer na minha vida. Fiquei deitado, pensativo, querendo contar para o mundo sobre o amor transformador que é capaz de pegar um cara desgarrado e fazê-lo mudar. Eu tinha me transformado.

Peguei o celular e mandei uma mensagem para a Fabi. Sabia que poderia levar um fora, mas precisava fazer aquilo.

Fabi, oi, sou eu, Cafa. Eu queria te mandar essa mensagem para voltar no tempo e me redimir. Não fui um cara legal com você. Sei que tudo isso

aconteceu um ano atrás, mas me sinto culpado pelas minhas atitudes até hoje. Uma garota que merecia tanto... E, mesmo meses depois, essa sensação de fazer alguém sofrer me faz mal. Sei que você pode ter muita raiva de mim, mas queria me desculpar de verdade. Errei com você, e isso acabou me ajudando a melhorar como ser humano. Aprendi, ao conhecer uma garota legal como você, e depois de viver alguns dias ruins, como as mulheres merecem mais consideração da minha parte. Não sei se entendeu, mas vivi um processo de aprendizado e sei que você merecia muito mais. Ficarei muito bem se souber que você está feliz. Minhas sinceras desculpas mais uma vez. Eu preciso dizer isso para seguir melhor.

Nesse instante, percebi que ela ficou on-line. E de repente o "digitando" surgiu na tela.

Oi. Você sempre surpreendendo. Um ano depois... Kkkkkkk... Olha, eu não tenho raiva alguma de você. Passou. Sua culpa é que devia estar te maltratando. Se ajudar, aceito suas sinceras desculpas. Eu desejo que você seja feliz. Eu estou bem por aqui. Parece que o cupido se lembrou de mim e estou namorando um cara especial e vamos nos casar em breve. Estou em paz. O que vivemos o vento levou. Já foi. Seja o que o fez mudar, parabéns.

Aquelas palavras me deram um certo alívio.

Fico feliz de verdade. As pessoas na minha casa adoram você, Fabi.

Sem mágoas, Cafa.

Sem mágoas.

Ah, sei que você está com a Jeloma. Por favor, cuide dessa garota, ela é um diamante raro. Ao contrário da irmã...

Kkkkkkkk... Pode deixar! Bom falar com você e saber que está feliz.

Pode se livrar desse peso. Você não foi legal, mas eu segui e estou bem. Ganhe o mundo e vai ser feliz também!

Aquela troca de mensagens me trouxe paz. Foi como tirar um peso de magoar alguém em quem eu constantemente pensava. Sorri para mim mesmo por saber que a Fabi tinha encontrado um cara e estava seguindo a sua vida.

Kira e o Felipe chegaram animados em casa, repletos de novidades para a decoração do Enxurrada naquela noite. Minha irmã imaginava estar organizando a festa de reinauguração do restaurante. Certamente, o pedido de noivado a surpreenderia muito. Enquanto ela organizava as compras na sala, o Felipe entrou no nosso quarto para conversar. Estava ansioso e avisou que a Kira iria até o salão de beleza. Parecia um menino meio sem rumo e ficou rindo sozinho, antes de conseguir falar qualquer coisa.

— Estou sem saber como ela vai reagir.

— Vai aceitar, óbvio. – Eu e o Cadu falamos ao mesmo tempo.

— E os seus pais?

— Vão achar ótimo. – Falamos juntos de novo.

— Fica muito engraçado quando vocês falam ao mesmo tempo.

Rimos. Meu cunhado estava tenso e brincamos com ele, dizendo o que deveria ser feito para a Kira aceitar. Minha irmã saíra para o salão, e o Felipe aproveitou para pegar as alianças que estavam escondidas no fundo de uma gaveta de DVDs na sala. Ele nos apresentou o delicado anel, de muito bom gosto, com um brilhante que encantaria a noiva.

— Aí, Cadu, você é o próximo. Depois desse evento, a Lelê vai cobrar hoje mesmo!

— Por mim, caso logo, Cafa. Ela é que diz que precisamos esperar.

— E depois você, Cafa – disse o meu cunhado, esperando a minha reação.

— Então, quem sabe? Vai que…

— Desde que esse cara reencontrou a Jeloma, ele está assim, não fala coisa com coisa.

— Sou suspeito. Convivi com a Jeloma durante todo o tempo em que namorei a Jalma. Eu posso garantir que se você a acha legal, imagine muito mais. Garota preocupada com as pessoas, vivia ajudando os empregados da casa. Família rica, mas isso tanto fazia para ela. Depois do sequestro, essa pre-ocupação aumentou, seguiu ainda mais determinada a fazer diferença. Fora isso, gosta de estudar, trabalhar e ainda tem o brinde de ser gata… boto a maior fé em vocês dois.

Fiquei calado, e Felipe entendeu que nesse assunto em questão conver-sava com um novato.

Apesar da comemoração ser no nosso restaurante, aonde sempre íamos, me arrumei mais do que o normal para a data especial. Coloquei uma calça jeans, um sapatênis e uma camisa verde-musgo. Meu irmão seguiu a mesma linha e colocou uma camisa social vinho.

O horário da comemoração chegou. Jeloma me avisou que chegaria ao restaurante de carona com o pai. Eu queria abraçá-la e sentir seu cheiro logo, mas compreendi.

Quando saí pelo corredor do apartamento, dei de cara com a Kira, linda, repleta de uma felicidade contagiante. Nos abraçamos. Eu queria dar parabéns pelo noivado, falar como estava realizado em vê-la dando um passo tão importante, mas ela não sabia o quanto aquela noite seria marcante e eu não estragaria a surpresa. Desejei tudo de melhor para ela em pensamento.

Assim que chegamos ao restaurante, a Carla, contratada para o evento familiar, organizava os últimos detalhes. A mesa preparada pela minha irmã estava encantadora. No centro, um suporte azul envelhecido sustentava um bolo coberto por um chocolate amargo e grandes rosas vermelhas e creme. Pequenos pratos antigos, que a Kira comprara na sua própria loja como raridade, sustentavam pequenos doces. Luminárias com velas bem miúdas finalizavam a mesa, e a Kira as acenderia assim que os convidados chegassem. Eu não entendia muito dessas questões de fofurices, como diria a minha irmã, mas para mim estava tudo certo e os convidados aprovariam o visual daquela noite.

Felipe acertara comigo e com o Cadu que, ao terminar de falar, nós dois levantaríamos dois cartazes. No meu estaria "quer casar" e no do Cadu "comigo?". Fiquei imaginando qual seria a reação da Kira com o pedido de casamento. Achando que estava comemorando a obra do restaurante, receberia uma enorme declaração de amor.

Resolvemos fazer uma lista de convidados com pessoas bem próximas. Meus pais tinham os meus amigos como parte da família. Já eu, o Cadu e a Kira dividíamos esses amigos, formando um núcleo especial de contatos. Não foi difícil convidar as pessoas que mais faziam parte do nosso universo. A turma toda chegou no mesmo instante, com vários carros estacionando de uma vez só.

Olhando a Kira determinada, caminhando pelo salão, com o seu vestido esvoaçante, os cabelos soltos e brincos de brilhantes, lembrei de um momento inesquecível nosso. Errado e completamente machista, sempre cobrei que fosse comportada, pensando nos comentários alheios, e recebi como resposta imediata a lição de que as princesas poderiam até ser princesas, mas não deviam satisfação a ninguém. Que chegar em casa sem um dos sapatinhos, como a Cinderela, nada significava. Ela escolhera uma vida livre, de verdade, para viver... Que eu aceitasse as suas escolhas, assim como ela aceitava as minhas. Ela estava certa. Homem pode? Por que uma mulher não? Eu podia e ela não? Naquele dia, a minha irmã me ensinou que os nossos direitos deveriam ser iguais. Vamos caminhando e tentando...

Eu não sabia se o Cadu havia contado para a Lelê que a noite especial tinha ainda mais uma singularidade. Sodon estava animado, queria conhecer uma nova boate da Barra, a Sei lá. Pedro dizia que uma cantora daria pinta e o Sodon queria tentar algo com a moça. Como se fosse simples assim. Como dizer a um amigo maluco que, além de doido, está iludido? Olhei os dois e sorri. Eu não compreendia mais aquela vida que queriam.

Felipe deu uma saída e chegou muito nervoso, acompanhado da mãe, Lívia Dontarte, também conhecida como Mabel, que a minha irmã admirava não só por ser uma empresária de sucesso, mas por ser uma mulher de atitudes positivas. Sua sogra entendia muito de energia, força do pensamento, fé na vida, e se tornava assim muito agradável para qualquer conversa. Pelo semblante feliz, me perguntei se era sabedora do que aconteceria naquela noite. Depois soube que não.

Meus pais chegaram ao restaurante, ajudando com os últimos detalhes. Finalmente a obra acabara, e a minha mãe parecia se dar o direito de relaxar um pouco ao lado da amiga. Sim, os pais dos noivos se conheciam de longa data e, quando se encontravam, relembravam histórias antigas com muita risada.

— Mabel, querida, que bom que veio!

— Você é uma das poucas pessoas que me conhece como Mabel. No meio comercial todos me chamam de Lívia Dontarte, com nome e sobrenome.

— E de onde vem o Mabel? – perguntei, curioso.

— Meu nome todo é Lívia Mabel Dontarte. Uns me chamam de Lívia Dontarte, outros de Mabel. – As duas deram um abraço forte. – Estou muito orgulhosa dos nossos filhos.

— Confúcio dizia: "Se você planeja para um ano, plante milho. Se você planeja para dez anos, plante uma árvore. Se você planeja para cem anos, eduque pessoas." – disse o meu pai, observando ao redor.

O motivo aparente da comemoração logicamente foi assunto. Todos elogiaram as novidades no Enxurrada Delícia, o resultado da obra surpreendeu. Enquanto isso, a minha irmã, preocupada para que tudo corresse bem, perguntou o que gostariam de beber, e a Carla indicou que os garçons não deixassem de servir ninguém.

— Vamos nos jogar na pista, Kira, e descer até o chão. Chão, chão, chão, chão, chão...

— Não, Lelê, não vamos! – respondeu Kira, arrancando risadas.

— Ainda bem que eu tenho uma amiga coerente!

Minha cunhada tinha um jeito muito engraçado e fazia um enorme bem ao Cadu, o que contribuía para eu ter ainda mais carinho por ela. Divertida como poucas, fazia a gente gargalhar com as suas tiradas.

— Sinto decepcionar, Lelê, mas coloquei uma música mais calma – disse Felipe no mesmo instante em que começou a tocar "Universo", da Miranda: "Me tirou pra dançar/ Embaixo da lua onde eu queria estar/ E falou das estrelas/ Olhou pra minha alma/ E eu soube o que era amar."

Nesse instante, vi a Jeloma chegando. Senti uma animação imediata e o meu coração disparou. Ela estava radiante e eu, louco para abraçá-la. Como todos ali a conheciam, muitos sorrisos foram na sua direção. Quando a ajudei no ano anterior, não tinha ideia de que ela me ajudaria a ser alguém melhor. Será que existe alguma maneira de proteger a felicidade? Alguns dizem para não falar em voz alta, mas às vezes estamos tão felizes que adoraríamos contar para o mundo todo. Eu só conseguia pedir que nada mudasse entre nós.

— Demorou! – Para mim a chegada da Jeloma durara uma eternidade.

— Pedi ao meu pai para me trazer, queria contar para ele sobre o nosso relacionamento – disse de supetão.

— Como assim? Agora o seu pai sabe que eu existo?

— Meu pai já sabia da sua existência desde os tempos da Jalma. – Mandou sem piedade. Fiquei vermelho quando ela disse isso.

— E ele? – *Vamos esquecer a Jalma?*, pensei.

— Tudo ótimo. Meu pai quer me ver feliz. Falou que já escutou falar bem do seu pai. Também disse para eu não me preocupar com a minha irmã. Ela vai se entender com ele.

— Hum... – Jalma parecia um pesadelo inacabado. – Só quero saber de você...

— Vim superando o meu medo, porque precisava te ver. Estou um pouco envergonhada, Cafa. Todos vão me olhar. Você falou para todas essas pessoas sobre nós dois? – Ela me abraçou.

— Para ninguém, mas acho que todos já sabem. Sodon deve ter passado relatório de cada passo nosso. Confie, dará tudo certo! – respondi, pensando que as pessoas se acostumaram a me ver acompanhado de garotas sem nome, mulheres que em pouco tempo não estariam mais do meu lado.

— Eles não param de me olhar – disse rindo.

— Uma vez li que "a vida não se conta pelo número de vezes que você respirou, mas sim pelas vezes que fica sem fôlego"* – disse isso e senti vontade de beijá-la. Ela encostou sua boca na minha face e deu um daqueles beijos lentos. Me senti olhado pelos meus amigos, mas não me preocupei. Já estava na hora de apresentar o novo Cafa para aquelas pessoas.

---

* A frase, citada várias vezes com autor anônimo, também é encontrada com a autoria de Vicki Corona.

VINTE E QUATRO

A vida bonita

Eu dizia não querer aquilo que não conhecia. Tinha certeza de que o amor não era para mim. Ele chegou arrebatador, mostrando a sua força. Ninguém me explicou como amar. Nem eu mesmo quis me colocar naquele contexto. O amor aconteceu da maneira mais forte que pode ser, na casualidade mais doce. E agora eu quero. Agora não sei mais como seria se não fosse.

No evento familiar, todos receberam a Jeloma com muito carinho. Existia um pensamento comum de admiração por tudo que a minha garota passara. Não que a Jeloma precisasse de piedade, mas acabava sendo impossível não se emocionar com a sua história de vida. Ela acabou comentando sobre a sua decisão de ajudar garotas vítimas de violência e seus grandes sonhos de melhorar o mundo. Mas agora aprendera a lição. Juntaria o seu negócio de costuras a uma ONG e não se arriscaria mais tentando salvar a vida de garotas por conta própria. Meu pai apoiou suas palavras, até porque ele tinha entendido que eu acabaria me envolvendo. Jeloma continuaria ativa, mas com suporte de especialistas... Na ONG, havia uma equipe para receber qualquer denúncia. Jeloma gostou da ideia e estava cheia de planos para essa nova fase da vida.

Começou a tocar "Uncover"*, de Zara Larsson, dando um clima para o ambiente: "My asylum, my asylum is in your arms/ When the world gives heavy burdens/ I can bear a thousand times/ On your shoulder, on your shoulder/ I can reach an endless sky/ Feels like paradise..." Kira e a Jeloma deram um abraço forte, e o Felipe se aproximou dizendo que estava feliz por estarmos todos juntos um ano depois e tantos acontecimentos superados. Meus amigos não paravam a bagunça e pegaram no pé do Pedro, que começou a puxar conversa com a Flavia, bem melhor depois do que sofrera nas mãos do Otávio.

As mães dos noivos continuavam conversando animadas, sem saber da surpresa que estava por vir. Por se conhecerem desde jovens, só se reencontraram depois de o Felipe e a Kira começarem a namorar, e conversa nenhuma parecia colocar em dia o hiato de anos sem se verem. As duas, volta e meia, lembravam algo, algum detalhe para explicar como tinham chegado até ali, davam risadas altas e falavam uma no ouvido da outra.

— Bem, amigos, gostaria de agradecer a todos vocês. — Foi assim que o Felipe começou aquele momento que a Kira jamais esqueceria. — Meus pais se olharam, sem entender bem o Felipe tomando para si a atenção. Normalmente discreto, todos pararam suas atividades para olhar o meu cunhado. — Hoje estamos reinaugurando o Enxurrada Delícia, e há um ano eu e a Jeloma éramos convidados a viver uma nova segunda vida. Como sabem, nem todos possuem essa chance, mas, de alguma forma, estamos aqui. Flavia sabe do que estou falando, teve a sua oportunidade agora. Eu quero aproveitar a nova fase do restaurante da minha sogra para comemorar a vida, a continuação da vida, a minha salvação, a da Jeloma, a da Flavia, e a chance de seguir esses dias especiais. Nada disso faria sentido para mim se não fosse você, Kira. Por isso... — Felipe foi na direção do enorme vaso de planta do restaurante, ninguém entendeu nada, e pegou a caixa com o anel de noivado. Minha irmã ficou estática. Entendeu antes de todo mundo e colocou a mão na

---

* Em tradução literal: "Descoberto", de Zara Larsson – "Meu refúgio, meu refúgio é em seus braços/ Quando o mundo traz fardos pesados/ Eu posso suportar umas mil vezes/ No seu ombro, no seu ombro/ Eu posso alcançar o céu infinito/ Sentir como no paraíso".

boca. – Dona Claudia e seu Marcondez, eu gostaria de pedir a mão, na verdade não só a mão, bem, a Kira… – Eu e o meu irmão levantamos os cartazes: Você quer casar comigo?

Todos na sala aplaudiram e comemoraram muito. Risadas também foram ouvidas, já que o Felipe estava nervoso, suando, e no final quase entregando os pontos e pedindo para a gente falar no lugar dele.

– Ei, espera aí, gente, isso aqui não é bagunça. Meus pais têm que concordar. – Lembrei, dando risada.

– É isso aí. E nós também! – emendou o Cadu, fazendo o Felipe corar e mostrar os dentes, simulando nervoso.

– Eu quero ver a minha filha feliz. Se ela aceitar, aceitamos juntos, dando todo o apoio ao casal.

– Falou o juiz! – brincou o Ygor.

Minha mãe não conseguiu dizer nada, porque desabou no choro junto com a Mabel.

– E aí, Kira? – Sodon entrou para o coro da bagunça. – Acho melhor dizer não para esse cara.

– Claro que aceito. Acho que sou bem sortuda de ter encontrado o amor da minha vida nessa vida.

Todos aplaudiram. Minha mãe foi a primeira a abraçar a minha irmã. Aquele momento marcava uma etapa dos nossos dias, e confesso que gastei alguns minutos admirando os brilhantes olhos da Kira.

– Uau! Que demais isso tudo! – Jeloma comentou, admirando a felicidade da minha família e dos noivos.

– Se eu não for madrinha, não deixo viajarem na lua de mel – decretou a Lelê.

– De cara, gostaria de convidar os irmãos da Kira e suas namoradas para serem padrinhos. Eu e a Kira já tínhamos decidido isso… – Felipe abraçou a minha irmã ao falar isso. Sabia a importância dessa informação.

– Imaginei que a escolha dos padrinhos tinha sido uma brincadeira. – Foi tudo que a Kira conseguiu dizer. – Mas você me pediu mesmo em casamento.

Jeloma reagiu com surpresa pelo convite.

– Nenhuma outra garota ficaria tão bem no altar ao lado do Cafa quanto você – disse Kira, dando uma piscadinha para mim.

— Eu vou adorar. Já estou imaginando você vestida de noiva, Kira — disse ela, empolgada.

— Ai, nem fala, porque ter uma loja, pesquisar tanto sobre moda, só me fará ficar sem saber que vestido escolher.

— Vamos ajudá-la, minha filha. Ou você acha que vai escolher sozinha o seu vestido de noiva? Eu preciso assinar embaixo! E se não tiver o meu nome na barra desse vestido, você nem entra na igreja. — Lelê tinha muitas condições para esse casamento acontecer.

— Que gentileza da sua irmã me convidar para ser madrinha — comentou Jeloma baixinho.

Por falar em irmã, assim que a Jeloma terminou de falar, vi a Jalma parada em frente à porta, sorridente. Ela não tinha feito isso. Não conseguia acreditar. Muita cara de pau vir ao noivado da minha irmã. Puxei a Kira, sem fazer alarde, e disse:

— Não olhe agora, a Jalma está aqui.

— Oi? — Minha irmã mudava o tom de voz quando o assunto envolvia a ex do Felipe.

— Parada na porta. Não estrague a sua noite, faz de conta que essa garota é ninguém.

Meu pai viu a Jalma e acho que não lembrava bem de quem se tratava. Foi na sua direção, feliz para recebê-la. Fiquei acompanhando a situação, o semblante de boa moça quase convencia. Meus amigos não conseguiram segurar o incômodo com aquela presença. Kira foi avisar o Felipe da maneira mais discreta possível. Meu pai cumprimentou a moça e pediu que entrasse. Ela fez um charme, explicando algo incompreensível, e a Jeloma se deu conta do problema.

— Não acredito! — disse ela.

— Ah, vai, a gente tem que acreditar, isso é a cara da pessoa. Eu só me pergunto como podem duas garotas tão diferentes serem irmãs — falei de maneira debochada.

— Ela deve ter escutado quando falamos ao telefone e eu comentei da reinauguração — disse Jeloma.

— Não tem problema. Vamos lá saber o que ela quer — propus.

Caminhamos na direção da penetra, e eu pensando em como tirar alguém de uma festa da maneira mais discreta possível. Tive vontade de questionar a Jalma e cuspir aquela maluca porta afora, mas não podia fazer isso. Um dos dias mais felizes da minha irmã e do meu cunhado não merecia um arranhão. Jalma falava com um tom de voz doce, encantando o meu pai.

— Seu Marcondez, obrigada pela atenção nesse dia especial da sua filha... — Teve a cara de pau de dizer.

Nos aproximamos, e a Jeloma demonstrou sua revolta pela visita inesperada.

— Filho, receba a sua amiga – disse e voltou para a comemoração. De longe, reparei a minha mãe acompanhando toda a situação e se lembrando da irmã da Jeloma. Seu semblante perguntava se deveria agir. Com a nossa comunicação de olhares, avisei estar tudo bem e ela voltou a atenção para a amiga Mabel, que detestava a Jalma desde o namoro com o Felipe.

— O que você quer? – perguntei sem muita introdução.

— Ué, estava preocupada com a minha irmã.

— Mentira. Não estava nem aí quando eu fui sequestrada. Não vem com essa – disse Jeloma, com a certeza de a Jalma estar ali para atrapalhar o noivado.

— Você não foi convidada. – Fui direto e reto.

— Que horror, Cafa. O que é? Acha que vou pesar no orçamento da festa? Vai faltar comida?

— Não. Só não queremos você aqui.

— Eu sou sua cunhada.

— Jalma – Jeloma interrompeu a irmã.

— Olha, eu estou namorando a sua irmã, sim – falei de supetão e vi os olhos da Jalma ferverem –, mas daí você ser a minha cunhada tem a distância daqui até Paris.

Jalma permaneceu calada, surpresa com a declaração e decepcionada no alto da sua superioridade. Como a Jeloma tinha conseguido namorar o cara que ela não conquistara? Depois do curto período que ficamos, nem conseguia achar a Jalma tão bonita como na primeira vez em que a vira.

As atenções estavam se voltando para a direção da porta.

— O que é isso? Por que você veio aqui? – Felipe chegou sem muito freio na direção da ex-namorada.

— Desculpa, Felipe. – Parecia que o ex-namorado conseguia tocar em algum lugar mais doce da Jalma que eu não conhecia.

— Desculpa nada. Hoje é o dia do meu noivado, e a última pessoa que eu queria aqui é você.

— Noivado? — Jalma foi pega de surpresa — Eu vim porque estava preocupada com a minha irmã.

— Não ficou assim nem quando ela estava na mão do Pescada, naquele sequestro horroroso. Dando de boa moça agora? — Meu cunhado falou irritado para a garota que causava tantos transtornos por onde passava.

— Oi, querida. — Minha irmã chegou, sorridente. — Hoje ninguém tira a minha alegria — disse em voz mais baixa para mim. — Então, vou te levar até a rua.

Kira segurou a Jalma pelo braço e a levou na direção da esquina. Nem eu faria tão bem. Fui atrás para qualquer ação da doida, mas mantive uma distância.

— Jalma, deixa te falar. Olha, se reinventa. Entende que perdeu. Seja o Felipe ou o meu irmão. Segue outro caminho e vai viver. A maior pena que tenho é como você gasta o seu tempo para ser infeliz, atrapalhando a vida das pessoas, animada em infernizar todo mundo. Isso só faz de você uma garota inferior. Vai curar essa sua mente deturpada e fica longe da minha família. Você não faz ideia do que sou capaz de fazer quando saio de mim para defender as pessoas que amo.

Sabe o que Jalma respondeu? Nada. Saiu andando, meio perdida, e eu senti um alívio pela festa da minha irmã não dar errado com a presença de alguém tão odiável.

— Tudo bem? — perguntei, preocupado.

— Tudo ótimo, Cafa. Eu estou noiva, acredita? — Ela abriu um sorriso e o Felipe veio abraçá-la, completamente inundado de amor.

— Jeloma, desculpa tratar a sua irmã daquele jeito.

— Imagina, Kira. Você está coberta de razão. Ela aprontou demais, já me decepcionou tanto.

— Agora tudo ficará bem — falei, tentando encerrar qualquer incômodo.

Kira e a Jeloma deram um abraço forte e todos na sala aplaudiram a volta dos noivos. Era a segunda vez que expulsávamos a Jalma das nossas vidas. Pedi em voz baixa para a doida não aparecer no próximo ano.

— Gente, eu queria falar algo também. — Todos foram silenciando sem a menor ideia do que eu diria. — Primeiro, quero agradecer em nome da minha família a todos os amigos presentes. Desejo que a Kira e o Felipe sejam muito felizes e tenham um casamento lindo, do jeito que são, cheios de vida e envolvidos por amor. Gostaria de brindar a vida do Felipe, da Jeloma, a minha, a da Flavia e a de todos os presentes, e avisar que inacreditavelmente não sou mais solteiro na pista para negócios. Acabo de descobrir sobre ter um amor e sentir muita vontade de não largar nunca mais. – Vi os rostos das pessoas mudarem o semblante. – Jeloma, quer namorar comigo?

– Ah, que bom, achei que você também queria se casar com o Felipe – gritou o Sodon, e a gargalhada foi geral.

Eu sei, eu sei, foi meio patético o que fiz, mas o meu coração pediu daquele jeito. Brega, meio ridículo, mas, depois de tanto tempo vivendo de qualquer jeito, queria dar um rumo melhor aos acontecimentos da minha vida. Os aplausos foram grandes e os amigos não perdoaram. Ninguém acreditou, e até os meus pais demonstraram surpresa absoluta com a minha atitude. Jeloma me abraçou, me beijou e não escondeu a vergonha, apesar de ter adorado a surpresa. Enquanto eu beijava a minha namorada, escutei o Sodon gritar:

– Socorro, esse cidadão não está passando bem! Paramédicos urgente! Só uma febre alta explica esses caras querendo se casar...

EPÍLOGO

O amor não acaba

Onde começa a sua história? Será que estamos predestinados a seguir esse caminho ou aquele? E se eu quiser mudar a minha trajetória e deixar de ser quem sou? Se eu decidir surpreender? Se nada tiver sido combinado, mas tiver acontecido melhor do que a encomenda? Um dia me dei conta de que uma vida se fora, uma melhor chegara e começara a partir do sorriso de uma garota...

Estávamos reunidos naquela praia de águas claras – a Praia do Forte, na Bahia. Finalmente seguimos a ideia da Lelê e viajamos de férias para o solo baiano. Um paraíso! As ondas calmas iam e vinham, donas da cena. Era disso que precisávamos. Depois do Otávio ter sido preso, eu me sentia em paz. Mesmo quando ganhasse a liberdade, não poderia mais se aproximar de mim, da Jeloma e da Flavia. Jalma decidiu aceitar um tratamento, acompanhado de perto pelos pais, depois de a Jeloma ter uma conversa séria com a família, falando que amor seria lutar pela irmã e não deixá-la viver fazendo escolhas erradas.

Se ficaria bem, só o tempo diria. Confesso que essa informação me surpreendeu. Será que a Jalma teria cura?

Enquanto olhava aquela paisagem, pensei no que queria para o meu futuro e repeti frases para mim mesmo como um mantra: não se incomode com besteiras, não se irrite facilmente, não brigue por nada, não seja mesquinho, dramático na rotina, deixe o pavio longo, não se chateie com o desconhecimento alheio, seja forte, desvie, siga, mergulhe... mas não para as profundezas. Mergulhe ao contrário, para o alto!

De longe, a Kira e o Felipe caminhavam de mãos dadas, conversando sorridentes, achando algo muito engraçado.

— Voltei. – Jeloma se aproximou depois de um mergulho.

— Nadou igual a uma sereia. Fiquei te namorando – comentei.

— Quantos acontecimentos... – disse ela, respirando fundo.

— Verdade, mas não sabia que as certezas poderiam ser tão saborosas.

— Quais certezas? – perguntou, curiosa.

— Certeza de te beijar, por exemplo. – Nos beijamos e, envolvidos pelo silêncio, ficamos com o rosto bem próximo um do outro, sentindo nossas respirações.

— Sabe o dia em que nos encontramos naquele bar depois de um ano sem nos vermos? Foi engraçado. Na hora, pensei, vou namorar esse cara.

— Mas você não me deu a mínima, Jeloma.

— Você que pensa, eu sabia como te encontrar.

— Mas por que não disse? Teria facilitado tudo.

— Às vezes, não é para ser fácil. E depois eu sabia da sua fama. Lembro que também pensei: tão gatinho... que pena que é um cafajeste.

Fiquei calado. Depois, sem coragem de olhar para ela, falei um pouco mais de mim.

— Nunca escolhi ser um cafajeste. Eu seguia a vida, apenas isso. Queria ser franco com os meus sentimentos. Eu vivi muito, curti e nunca vou me arrepender. Aí te reencontrei e fui mais uma vez honesto com os meus pensamentos. Aquela vida deixou de me interessar. Agora, aqui com você, sinto que vale a pena. Estou muito bem nessa história, diferente de tudo. Envolve algo muito maior, uma sensação boa de me reconhecer em você, de sentir o seu cheiro e saber que essa é a minha essência. Te amo!

— Também te amo muito — disse ela com o olhar intenso, acariciando a minha mão. Beijou a minha boca, passou a mão no meu pescoço, me envolvendo em um abraço. — Você salvou a minha vida mais uma vez. Me salvou de criminosos, daquele doido e me salvou com o seu amor.

— Eu tenho muito amor para te dar.

— Uma escritora americana chamada Susan Sontag, que lutava pelos direitos humanos, uma vez disse: "Eu não estava querendo que os meus sonhos interpretassem a minha vida, mas sim que a minha vida interpretasse os meus sonhos." Estar aqui é uma espécie de sonho que a minha vida conseguiu sonhar. — Ao ouvir isso, puxei a Jeloma para mim e a beijei.

Lelê e o Cadu se aproximaram.

— Vamos chamar a Kira e o Felipe para almoçar?

— Claro, vamos, sim. — Eu e a Jeloma nos levantamos e caminhamos juntos, maravilhados com toda a beleza natural e a sintonia que girava ao redor de todos nós.

Chegamos na pousada, e o almoço estava sendo servido, acompanhado por um cantor, seu violão e a música "Como se fosse ontem", do Vitor Kley: "Como se fosse ontem/ Você me veio assim tão de repente/ Olhou no fundo dos meus olhos/ E naquele instante o clima ficou quente/ Como se fosse ontem/ Eu sei que só a gente entende/ Porque o amanhã é um dia diferente/ E ninguém sente o que a gente sente."

Kira puxou a Lelê e a Jeloma, e as três ficaram dançando, enquanto os namorados abriam a boca, bobos e orgulhosos com as suas garotas.

Eu não sabia tudo da existência, certamente ainda aprenderia muito, mas já estava perdidamente apaixonado pela oportunidade de compreender sentimentos sublimes ao lado daquela garota. Tudo de que duvidei estava ali na minha frente.

Jeloma percebeu a minha felicidade. Veio na minha direção e sorriu.

— Já pensou? Temos toda a vida pela frente!

Seus olhos se encheram de lágrimas. Os meus também.

— A vida inteira. Um dia, acordei apaixonado por você e vieram todas as certezas... — Beijei-a, agradecendo por ter encontrado alguém que me trouxesse tantas novidades de uma só vez. Eu me sentia tão bem naquele beijo. Tinha tido tantas garotas, vivido tanto em tão pouco tempo, e o amor estava ali diante de mim, me fazendo entender quem eu era. Não tinha perdido uma vida de curtição, chegara, sim, a minha hora de viver um sentimento capaz de preencher até as vontades mais superficiais do meu corpo, me fazendo conhecer como é viver um amor incrível.

Enquanto a música e o amor da Jeloma me envolviam, olhei os meus irmãos, felizes como eu, e entendi que a turma de "Sonhei que Amava Você" estava começando uma nova fase de suas vidas. Uma época que chegara para ficar, de viver nossos dias felizes. Esses dias existem!

Olhei a Jeloma e me senti mais intenso do que nunca, me perdoando de todas as atitudes erradas e recomeçando a nova vida da melhor maneira. Eu era o mesmo sendo outro. Minha namorada rodopiava, os cabelos soltos, brilhantes, com o sol daquele lugar grudado na pele e um sorriso vindo na minha direção, que me fez sentir bem e completo. Ela abriu os braços cantando para mim e eu pedi que a nossa música nunca mais parasse de tocar. O fim agora descortinava o nosso começo. Fim do segundo ato.

Fim